위대한 개츠비
The Great Gatsby

위대한 개츠비

초판 1쇄 발행   2013년 2월 15일
초판 6쇄 발행   2016년 4월 10일

지은이   F. 스콧 피츠제럴드
옮긴이   최성애
펴낸이   한승수
펴낸곳   온스토리

편 집   조예원
마케팅   안치환
디자인   김선영

등록번호   제2013-000037
등록일자   2013년 2월 5일

주 소   서울특별시 마포구 연남동 565-15 지남빌딩 309호
전 화   02 338 0084
팩 스   02 338 0087
E-mail   hvline@naver.com

ISBN   978-89-98934-13-2 04800
         978-89-98934-11-8 04800(세트)

＊책값은 뒤표지에 있습니다.
＊잘못된 책은 구입처에서 교환해드립니다.

온스토리 세계문학 002

위대한 개츠비
The Great Gatsby

F. 스콧 피츠제럴드 지음·최성애 옮김

1920년대 중반의 F. 스콧 피츠제럴드

차례

다시 한 번, 젤다에게

황금빛 모자를 쓰세요, 그렇게 해서 그녀의 마음을 움직일 수 있다면.

높이 뛰어오를 수 있다면, 그녀를 위해서 높이 뛰어올라요,

그녀가 이렇게 외칠 때까지,

"내 사랑, 황금빛 모자를 쓰고, 높이 뛰어오르는 내 사랑,

당신을 꼭 갖고 싶어!"

토마스 파크 딘빌리어스*

---

* Thomas Parke D'Invilliers. 피츠제럴드의 필명이자 그의 자전적 소설《낙원의 이편*This Side of Paradise*》의 등장인물.(옮긴이)

제1장

내가 아주 여리고 순진하던 어린 시절, 아버지는 내게 충고하셨다. 그날 이후 지금까지 마음속에서 수없이 되새겨온 충고였다.

"누군가를 비난하고 싶을 때면, 세상의 모든 사람들이 너처럼 복이 많은 것은 아니라는 사실을 꼭 기억해야 한단다."

아버지는 그 이상 말씀을 잇지는 않으셨다. 사실, 우리의 대화는 늘 그렇게 과묵했다. 하지만 나는 아버지가 아주 깊은 뜻으로 그 말씀을 하셨다는 것을 잘 알고 있었다. 그 충고 때문인지, 나는 사람들에 대해 쉽게 가치판단하지 않는 습관을 갖게 됐다. 그 덕분에 의외의 사람들이 내게 속마음을 털어놓는 경우도 많았지만, 닳아빠진 비열한 인간들이 던지는 송곳에 나 스스로 희생물이 되는 경우도 적지 않았다. 그들은 겉으론 멀쩡한 사람처럼 보이지만, 그들의 멀쩡하지 않은 속내는 나의 이 습성을 곧 알아채버린다. 그리하여 대학 시절에 나는 음흉한 정치꾼과 진배없다는 얼토당토않은 비난을 받은 적도 있다. 내가 낯설고도 별난 사람들의 비밀스런 고뇌에 아주 쉽게 다가간다는 이유 때문이었다. 나는 의도적으로 사람들의 비밀을 캐고자 애쓴 적은 없다. 오히려, 누군가가 내게 다가와 자신의 깊고 은밀한 사연을 수면 위로 드러낼 낌새를 보일 때면 나는 짐짓 잠에 곯아떨어진 체하거나, 다른 일에 여념 없는 체하거나, 또는 신경질적인 냉담함을 가장하기 일쑤였다. 왜냐하면 젊은 남자들이 드러내는 은밀하고도 사적인 사연들, 혹은 그런 사연들을 표현하는 데 동원되는 용어들이란 으레 어딘가에서 표절해온 것이거나, 지나치게 표현을 자제하여 그 진의를 알 수 없는 경우가 대부분이기 때문이다. 사람에 대한 가치판단을 유보하는 것은 그들에게 무한한 희망을 갖는 것이기도 하다. 품위 있는 삶이 무엇인지를 아는 사람이 있고 그렇지 않은 사람이 있다고, 그러한 감각은 타고나는 법이라고, 내 아버지는 우쭐대며 말씀하셨다. 나도 우쭐대며 그 말을 되된다. 그 말을 잊는 순간 뭔가를 잃어버릴 것 같은 두려움이 늘 내 안에 도사리고 있다.

나의 관대함에 대한 자랑은 이쯤에서 접어두고, 인정할 것은 인정해야겠다. 그 관대함에도 엄연히 한계가 있다는 것을. 도덕적 행위란 바위처럼 단단한 토대에 기초할 수도, 물컹한 진흙더미에 기초할 수도 있다. 하지만 어느 순간부터 나는 더 이상 그것이 무엇에 기초하는지 개의치 않게 되었다. 지난가을 동부에서 돌아온 나는, 세상이 어떤 하나의 획일적인 도덕적 기준 속에서만 영원히 움직이면 좋겠다고 생각했다. 나는 더 이상 떠들썩한 무리들 틈에 끼어, 모종의 특권적인 시선으로 상대의 내면 깊숙한 곳을 훔쳐보게 되는 상황에 놓이고 싶지 않았다. 하지만 개츠비만은, 이 책에 자신의 이름을 넣게 해준 바로 그 남자, 내가 진실로 냉소하는 이 세상의 모든 것을 대표하는 그 개츠비만은 예외로 하고 싶다. 만일 개인의 성격이 성공적인 몸짓의 끊이지 않는 연속이라면, 개츠비에겐 실로 대단히 매력적인 무언가가 있었다. 그에겐 삶의 가능성에 대한 매우 민감한 감수성이 있었다. 그것은 마치 그가 만 마일 밖에서도 지진을 감지하는, 고도로 정교한 기계와 연결되어 있는 듯한 느낌을 주었다. 그의 민감한 감수성은, 종종 '창조적인 기질'이라고 미화되는 연약하고도 신경질적인 예민함과는 완전히 달랐다. 그것은 희망을 향해 전진하는 비범한 재능이었고, 다른 누구에게서도 본 적이 없고 또 앞으로도 결코 볼 수 없을 낭만적인 의지였다. 개츠비는 자신의 삶을 잘 살아냈다. 인간의 숨 가쁜 희망이나 행복에 대해 내가 일시적으로나마 흥미를 잃은 이유는 개츠비 탓이 아니었다. 그것은 개츠비를 먹이로 삼아버린 그 무엇, 그가 품은 꿈들의 주변을 떠돌며 역겨운 먼지를 뿌려댄 그 무엇의 탓이었다.

　나의 가족인 캐러웨이 가문은 이곳 중서부 도시에서 삼대에 걸쳐

살아온, 명망 높고 부유한 집안이다. 우리는 꽤나 뼈대 있는 가문이며, 버클루 공작* 집안의 후손이라는 것에 자부심이 충만하다. 하지만 우리 가문 중 내가 실제로 속한 항렬은 내 할아버지의 형부터 시작된다. 그는 1851년에 미국으로 와서 남북전쟁에 대리인을 보내고는 철물 도매업을 시작했는데, 지금은 내 아버지가 그 사업을 잇고 계시다.

나는 내 큰할아버지, 즉 내 할아버지의 형을 직접 만나본 적은 없다. 그러나 아버지의 사무실 벽에 걸린 그 지엄한 인상의 초상화로 미루어 짐작컨대, 내가 그분을 많이 닮았음이 분명하다. 나는 1915년에 뉴헤이븐의 예일 대학을 졸업했다. 내 아버지가 그 학교를 졸업하신 지 꼭 이십오 년이 지난 때였다. 그리고 얼마 후 '세계대전'이라 불리는, 게르만 민족의 때늦은 영토 확장을 막는 전쟁에 참전했다. 적과 싸우는 것을 지나치게 즐겼던 탓인지, 귀향한 후에 나는 안정을 찾지 못했다. 전에는 세상의 따뜻한 중심이었던 중서부 지역이 왠지 모르게 너덜너덜해진 우주의 끝자락처럼 느껴졌다. 나는 동부로 가서 증권업 일을 하기로 결심했다. 너도나도 증권업에 종사하고 있던 시절이라, 그 업종이 나 같은 총각 한 명을 더 먹여 살릴 수 있겠거니 생각했다. 내가 이 같은 결심을 피력하자 집안 어른들이란 어른들은 모두 나서서 한마디씩 의견을 보탰다. 마치 나를 어떤 사립학교에 보내야 할지 결정해야 하는 듯한 모습들이었다. 그러고는

---

* Dukes of Buccleuch. 17세기 중엽 스코틀랜드의 귀족 가문.(옮긴이)

입을 모아 말했다. "글쎄다……, 그러려무나." 그들의 얼굴은 무거운 망설임으로 뒤덮여 있었다. 아버지는 나를 일 년 동안 금전적으로 지원해주마고 하셨다. 피치 못할 사정으로 몇 차례 날짜가 미뤄진 끝에, 마침내 나는 동부에 도착했다. 그곳에 영원히 정착할 생각이었다. 1922년 봄이었다.

실용적인 측면만 생각한다면 시내에 방을 얻어야 했다. 하지만 봄볕이 너무 따스했고, 푸른 벌판이며 다정한 초목들과 막 이별을 한 터였다. 직장 동료가 시 외곽에 함께 집을 하나 세내자고 제안했다. 좋은 아이디어였다. 그가 적당한 집을 한 채 물색했다고 했다. 어지간히 풍파에 시달린, 상자 모양의 단층집이었다. 월세는 팔십 달러였다. 이사를 코앞에 둔 어느 날, 그 직장 동료는 워싱턴으로 전근 명령을 받았다. 나 혼자 그 집으로 이사했다. 개 한 마리를 데리고 있었지만, 그나마 며칠 후 달아나버렸다. 낡은 자동차 한 대와 핀란드인 가정부가 전부였다. 그녀는 내 침대를 정리해주고 아침 식사를 차려주었으며, 이따금 전기스토브를 향해 핀란드어로 욕설을 퍼붓곤 했다.

처음 며칠 동안은 꽤 외로웠다. 그러던 어느 날, 나보다 더 나중에 그 마을로 이사 온 한 사내가 길에서 나를 불러 세웠다.

"웨스트에그 빌리지로 가려면 어떻게 해야 하죠?" 난감한 표정으로 그가 물었다.

그에게 길을 가르쳐주었다. 그러곤 걸음을 이었다. 외로움이 돌연 훌훌 사라졌다. 나는 길 안내자요, 방향 선도자였다. 엄연히 한발 먼저 터를 잡은 정착민이었던 것이다. 그 사내는 그 마을이 내게 가져다준 값진 자유에 대해 새삼 일깨워주었다.

햇살은 눈부셨고 나뭇가지에는 이파리들이 돋아나고 있었다. 고속 필름이 돌아가듯 사물은 그렇게 빠른 속도로 자라났다. 올여름 또다시 새로운 삶이 시작될 것이라는, 익숙한 믿음이 내 안에 피어올랐다.

읽어야 할 것이 아주 많았다. 때문에 젊고 신선한 봄의 대기 속으로 뛰어들고픈 마음을 꽤나 억눌러야 했다. 나는 은행 업무와 신용 및 투자 증권 등에 관한 서적을 십여 권이나 사들였다. 그 책들은 막 찍어낸 지폐처럼 품격 있고 빳빳하게, 그리고 오직 미다스와 모건과 마에케나스*만이 알 법한 비밀들을 내게 속삭여줄 듯한 자태로 내 서가에 자리 잡았다. 그 외에도 읽을 책들은 아주 많았다. 대학 시절, 나는 글 좀 쓰는 학생이었다. 예일대 학보에 아주 진지하고도 논조가 명쾌한 사설을 연재한 적도 있었다. 그때의 그 열정을 다시 한 번 내 삶 속으로 불러들일 생각이었다. 그리하여 다시 한 번 최고의 전문가이자 '팔방미인'이 되어볼 생각이었다. 사실, 인생은 한 개의 창문을 통해 볼 때 훨씬 더 잘 보이는 법일 텐데 말이다. 이 말은 그저 케케묵은 경구가 아니다. 진실이다.

내가 미국에서 가장 기이한 지역 중 하나에 집을 얻게 된 것은 실

---

* 미다스Midas는 그의 손이 닿기만 하면 모든 것이 금으로 변한다는 그리스 신화 속 왕이며, 모건J. P. Morgan은 미국의 유명 금융인이다. 마에케나스Maecenas는 로마 아우구스투스Augustus 황제의 부유한 후원자로서, 세 사람 모두 부를 상징한다.(옮긴이)

로 우연이었다. 뉴욕 시의 동쪽에 자리한, 가늘고 시끌벅적한 섬인 그곳에는 여러 가지 재미난 자연적인 지형지물이 많다. 그중에서도 유난히 독특한 모양을 한 지형이 두 개 있다. 뉴욕 시에서 이십 마일 떨어진 곳에 위치한, 거대한 달걀 모양의 두 지대가 그것이다. 아주 작은 만灣에 의해 서로 갈라져 있는, 그리고 쌍둥이처럼 똑같은 달걀 모양의 윤곽을 가진 두 지대는 롱아일랜드 해협의 앞마당이랄 수 있는 바다 쪽으로 튀어나온 모습을 하고 있다. 두 지대가 콜럼버스의 달걀처럼 완벽한 타원형이라는 뜻은 아니다. 두 곳이 맞닿은 쪽은 아주 밋밋하고 평평하다. 하지만 그 두 지대의 거의 완벽에 가까운 유사성은 아마도 그 위를 날아다니는 갈매기들에게 끝없는 경이로움을 선사해줄 것이다.

나는 웨스트에그에 살았다. 두 지대 중에서 조금 덜 멋진 곳이랄 수 있다. 물론 두 지대의 괴이하고도 음울하기까지 한 엄청난 대비에 비하면 '덜 멋지다'라는 표현은 너무나 약한 수사일 수 있다. 롱아일랜드 해협에서 불과 사십오 미터 정도 떨어진, 달걀의 맨 끝 부분에 위치한 내 집은, 계절마다 만 이천에서 만 오천 달러의 집세를 받는 두 채의 초대형 저택 사이에 끼어 있었다. 오른쪽에 있는 집은 어느 면으로 보나 웅장함 그 자체였다. 노르망디 시청을 정교하게 모방한 저택으로서, 가느다란 담쟁이덩굴이 뻗어 있었고 대리석 풀장과 사십 에이커나 되는 잔디밭과 정원이 있었다. 그것은 개츠비의 저택이었다. 아니, 그때는 그의 이름만 겨우 알던 때이므로, 개츠비라는 이름의 신사가 거주하는 저택이었다고 말하는 편이 옳을 것이다. 그 저택에 비하면 내 집은 눈엣가시처럼 보잘것없었을 것이다. 하지만 그리 큰 가시였다곤 할 수 없다. 내 집은 전망이 제법 괜찮았다. 바다가 내려다보였고 내 이웃의 잔디밭을 내다볼 수 있었을 뿐더러, 백만장자들과 어깨를 나란히 하고 있다는 위안도 안겨주었다. 이 모두를 한 달에 팔십 달러로 누릴 수 있었다.

자그마한 만 건너편의 화려한 이스트에그에는 궁전 같은 하얀 저택들이 해변을 따라 광채를 뿜어내고 있었다. 그해 여름의 이야기는 내가 이스트에그에 사는 톰 뷰캐넌 부부를 방문하면서 시작된다. 나는 그들과 저녁 식사를 하기로 예정되어 있었다. 데이지는 나와 먼 친척뻘이었고, 톰은 내가 대학에 다닐 때부터 알던 사이였다. 전쟁이 끝난 후 나는 시카고에 살던 그들의 집에서 이틀간 머문 적이 있었다.

우람한 몸집의 톰은 예일 대학에서 가장 출중한 풋볼 선수 중 한 명으로, 전국적으로도 이름을 떨쳤었고 스물한 살에 인생의 절정기에 도달한 후 흐지부지 내리막길을 걷는 사람들 중 한 사람이었다. 그의 집안은 어마어마한 부자였다. 대학 시절에도 워낙 씀씀이가 헤퍼 사람들에게 손가락질을 받을 정도였다. 그가 시카고를 떠나 동부로 옮겨왔다. 사치스럽기 짝이 없는 그의 생활 방식은 역시나 혀를 내두를 정도였다. 예컨대 폴로 경기용 조랑말 여러 필을 일리노이 주의 레이크포리스트에서 이스트에그로 옮겨오기까지 했으니 말이다. 내 또래의 젊은이가 그토록 경제적으로 풍요로울 수 있다는 것은 믿기 쉬운 일이 아니었다.

톰과 데이지가 왜 동부로 이사 왔는지 나는 지금도 모른다. 그들은 별달리 하는 일 없이 프랑스에서 일 년을 살았고, 그 후 폴로를 즐기고 돈을 자랑하는 사람들이 모여 있는 곳을 찾아 이곳저곳을 옮겨가며 살았다. 하지만 이젠 이곳 동부에 정착할 거라고, 데이지는 내게 전화 통화를 하며 말했다. 난 그 말을 믿지 않았다. 데이지의 마음속을 꿰뚫어볼 수는 없었지만 톰이 어떤 사람인지는 잘 알고 있었다. 그는 풋볼 게임과도 같은, 드라마틱한 삶의 소용돌이를 탐욕스러울 정도로 끝없이 추구하며 떠도는 사람이었다.

따스한 바람이 살랑대는 어느 날 저녁, 나는 내가 그리 잘 안다고 할 수 없는 그 두 옛 친구들을 만나기 위해 차를 몰아 이스트에그로 달렸다. 그들의 집은 내가 예상했던 것보다 훨씬 더 근사했다. 연한 적색과 흰색이 어우러진 조지 왕조풍의 콜로니얼 저택*으로서, 앞쪽으로 만을 내려다보고 있었다. 해변에서부터 시작된 잔디밭은 여러 개의 해시계와 벽돌로 된 산책로와 불타는 듯한 정원을 거쳐, 저택의 현관 앞까지 이어졌다. 그 길이가 거의 사 분의 일 마일에 달했다. 입구에 도달한 잔디밭은 저택 옆의 연한 포도덩굴 속으로 사라져버렸다. 마치 한껏 가속도가 붙어 빠르게 달려 나가 더 이상 보이지 않게 된 듯했다. 저택 앞면에 늘어선 프랑스식 창들은 햇빛에 반사되어 황금빛으로 빛났고, 부드러운 오후의 바람을 맞이하기 위해 활짝 열려 있었다. 승마복 차림의 톰 뷰캐넌은 두 다리를 벌린 채 포

---

* 식민지의 주민이 모국의 건축을 본떠 세운 저택.(옮긴이)

치porch에 서 있었다.

그의 모습은 뉴헤이븐 시절과는 많이 달라져 있었다. 질긴 지푸라기 같은 머리카락, 단단한 입매, 그리고 거만한 몸짓을 가진, 완연한 서른 살의 남자였다. 거들먹대는 듯한 두 눈은 그의 얼굴을 압도했고, 늘 앞을 향해 저돌적으로 돌진하는 인상을 만들었다. 다소 여성스런 그의 승마복조차도 박력 넘치는 그의 몸을 감춰주지는 못했다. 그가 몸을 굽혀 번쩍이는 부츠의 끈을 동여맸다. 어깨를 움직일 때마다 단단한 근육이 얇은 셔츠 안에서 불끈댔다. 엄청난 힘을 내뿜는 듯한 강인한 육체였다. 잔인한 육체였다.

거친 허스키 테너 톤의 목소리는 그의 인상을 더욱 까다로워 보이게 만들었다. 그 목소리에는 상대에 대한 은근한 경멸이 녹아 있었다. 그 경멸적인 어조는 그가 좋아하는 사람에게도 예외 없이 향했다. 뉴헤이븐 시절, 그의 이러한 거만에 진저리 치는 사람들이 적지 않았다.

"내가 자네보다 더 힘이 세고 남자답다고 해서 반드시 내 의견을 따라야 한다고 생각하지는 말게." 그의 태도는 마치 이런 식으로 말하는 것 같았다. 우리는 같은 클럽에 속해 있었다. 그다지 가까운 사이는 아니었지만 그는 늘 나를 인정해주었고, 그 자신과 같은 냉혹하고도 공격적인 갈망을 가지고 내가 그를 좋아해주기를 바라는 듯했다.

우리는 볕이 내리쬐는 포치에 서서 잠시 이야기를 나누었다.

"여기에 근사한 집을 하나 장만했지." 그가 말했다. 그의 눈이 들뜬 듯 번쩍였다.

톰은 한 팔로 나를 돌려 세우며, 크고 넓적한 손으로 저택 앞의 풍경을 가리켰다. 움푹한 이탈리아식 정원과 반 에이커에 달하는 향기 짙은 장미 밭, 조수潮水에 밀려 앞뒤로 흔들리는 들창코 모양의 모터보트가 있는 방향으로 그의 손이 움직였다.

"석유업자인 드메인이 소유했던 집이라네." 정중하면서도 갑작스럽게, 그가 다시 한 번 나를 돌려세웠다. "안으로 들어가지."

우리는 천장이 아주 높은 복도를 지나, 밝은 장밋빛으로 꾸며진 어떤 방으로 들어갔다. 방의 양쪽에 있는 프랑스식 창들이 그 방을 저택 본채와 이어주고 있었다. 창들은 조금 열린 채 창밖의 갓 돋은 푸른 잔디를 향해 하얗게 빛나고 있었다. 잔디는 거의 집 안까지 들어와 자랄 태세였다. 바람이 방 안으로 들이쳤다. 창백한 깃발처럼 커튼이 창 안팎을 넘나들며 흔들리더니 하얀 웨딩케이크 모양의 천장 쪽으로 휘말려 올라갔다. 바람은 포도주색 카펫에 살포시 잔물결을 일으키기도 했다. 바다 위에 그림자를 남기듯 카펫 위에도 그렇게 그림자를 드리웠다.

그 방에서 흔들리지 않은 유일한 사물은 두 젊은 여자가 앉아 있는 거대한 소파였다. 바람에 날리는 치마 때문이었으리라. 그들은 실 끝이 땅에 고정된 풍선처럼 가볍게 공중을 부유하는 듯했다. 두 여자 모두 흰색 드레스를 입고 있었다. 그들의 드레스는 마치 집 안을 한 바퀴 날아다니다가 막 착륙이라도 한 듯 너풀대고 파닥였다. 잠시 동안 나는 커튼이 나부끼는 소리와 벽에 걸린 그림이 신음하는 소리를 들으며 가만히 서 있었다. 그때 '쿵' 하는 소리가 들렸다. 톰 뷰캐넌이 뒤쪽 창문을 닫는 소리였다. 실내에 갇힌 바람은 곧 숨을 거두었다. 커튼과 카펫과 두 젊은 여자도 천천히 바닥으로 내려앉았다.

두 여자 중 나이가 좀 더 적어 보이는 여자는 처음 보는 사람이었다. 그녀는 긴 소파 한쪽 끝에서 몸을 최대한 길게 펴고 앉은 채 미동도 하지 않았다. 턱을 약간 치켜세운 모습이 마치 턱에 얹은 뭔가가 떨어지지 않게 잔뜩 힘을 주고 있는 것처럼 보였다. 내가 그곳에 있다는 걸 아는지 모르는지조차 알 수 없었다. 곁눈질로 나를 보았어도 아무런 내색도 하지 않는 것일 게다. 나도 모르게, 방해해서 미안하다고 말할 뻔했다.

또 한 여자는 데이지였다. 그녀는 살짝 몸을 일으켰다. 상냥한 표정으로 몸을 약간 앞으로 굽힌 정도였다. 그러고는 웃었다. 약간 어색하지만 매력적인 웃음이었다. 나도 따라 웃으며 그녀를 향해 걸어갔다.

"너무 반가워서 온몸이 마비될 것만 같아요."

그녀는 또다시 웃었다. 자신이 꽤 재치 있는 표현을 했다고 생각하는 눈치였다. 그러곤 잠시 내 손을 잡으며 내 얼굴을 힘주어 들여다보았다. 나 외에는 이 세상 그 누구도 보고 싶지 않다는 듯한 표정이었다. 그게 그녀의 방식이었다. 그녀는 저쪽에 있는 여자의 이름이 베이커라고 내게 속삭였다.(데이지가 속삭이며 말하는 것은 상대가 몸을 자기 쪽에 좀 더 가까이 기울이도록 하려는 술수라고 사람들이 말하는 것을 들은 적이 있다. 그게 사실이라 하더라도, 그 속삭임이 얼마나 매력적인지는 눈곱만큼도 부정하기 어렵다.)

미스 베이커의 입술이 살짝 움직였다. 그녀는 내게 가볍게, 거의 눈치채지 못할 정도로 살짝 목례를 했다. 그러고는 재빨리 머리를 다시 뒤로 젖혔다. 턱에 얹어놓은 뭔가가 떨어지기라도 할까 봐 놀란 듯한 태도였다. 다시 한 번 내 입에서 미안하다는 말이 나올 뻔했다. 나는 물샐틈없는 자신감을 보이는 사람에겐 나도 모르게 머리를 조아리는 버릇이 있다.

나는 데이지에게 눈길을 돌렸다. 그녀는 나지막하게 떨리는 그 특유의 목소리로 내게 이것저것 묻기 시작했다. 그녀의 목소리를 따라 두 번 다시 들을 수 없는 연주곡을 탐닉하듯, 내 귀가 위아래로 움직였다. 왠지 슬퍼 보이면서도 문득문득 밝은 기운이 감도는 사랑스러운 얼굴이었다. 그녀의 눈은 밝은 색이었고 입술은 연하면서도 정열적이었다. 하지만 그녀의 목소리에는 그녀를 좋아하는 남자라면 결코 잊지 못할 어떤 흥분이 담겨 있었다. 그 목소리는 마치 모종의 욕망이 노래하는 듯했다. '제게 귀 기울여보세요'라고 나지막이 유혹하는 듯했다. 지금껏 신나고 짜릿한 시간을 보냈으니 남은 시간도 자기와 그렇게 신나고 짜릿하게 보내자는 약속이라도 하는 듯했다.

나는 동부로 오는 길에 시카고에 하루 들렀으며, 여러 사람들이 그녀에게 안부를 전해달라는 부탁을 했다고 데이지에게 말했다.

"그들이 나를 보고 싶어 하던가요?" 좋아서 어쩔 줄 몰라 하며 그녀가 물었다.

"두말하면 잔소리지. 네가 없는 그곳은 황량하기만 하던걸. 모든

차들이 애도의 표시로 차 왼쪽 뒷바퀴에 검은 칠을 했고, 노스 쇼어
에선 밤마다 통곡이 그치지 않고 말이야."

"와, 듣던 중 반가운 얘기예요! 우리 다시 그곳으로 돌아가요, 톰.
내일 당장이요!" 그러고는 뜬금없이 이렇게 덧붙였다. "제 아이를
보셔야 할 텐데요."

"그래, 보고 싶군."

"지금 자고 있어요. 세 살이에요. 아직 한 번도 못 보셨죠?"

"못 봤지."

"꼭 봐야 해요. 그 애는……."

쉬지 않고 방 안을 서성거리던 톰 뷰캐넌이 걸음을 멈추고 내 어
깨에 손을 얹었다.

"닉, 자넨 무슨 일을 하나?"

"증권회사에 다니네."

"누구 밑에서 일하지?"

내가 몇몇 사람을 거명했다.

"전혀 들어본 적이 없는 이름들이군." 한 치의 주저도 없이 톰이
말했다.

그 말투가 내 귀에 거슬렸다.

"앞으로 듣게 될 걸세." 내가 짧게 대답했다. "자네가 동부에 계속
머문다면 말이야."

"아, 걱정 말게. 난 동부에서 계속 지낼 예정이라네." 그가 말했다.
그러고는 데이지와 나를 번갈아 바라보았다. 마치 다른 뭔가를 눈여

겨 살피는 듯했다. "다른 곳에서 살게 된다면 난 사람도 아니지. 그건 멍청한 짓이야."

바로 그 순간, 미스 베이커가 입을 열었다. "전적으로 동감이에요!" 너무나 갑작스런 그녀의 말에 나는 흠칫 놀랐다. 내가 그 방에 들어간 후 그녀의 입에서 처음 나온 말이었다. 그녀 자신도 나만큼이나 놀란 듯했다. 그녀는 갑자기 하품을 하더니 재빨리 몸을 움직여 방 한가운데로 걸어왔다.

"몸이 완전히 뻣뻣해졌어요. 저 소파에 얼마나 오래 누워 있었는지 몰라요." 그녀가 투덜댔다.

"내 탓은 아니야." 데이지가 대꾸했다. "뉴욕 시내로 놀러 나가자고 하루 종일 애원하다시피 했잖아."

"괜찮아요." 미스 베이커가 막 들어온 칵테일 잔을 들며 말했다. "사실 요즘 제 몸 컨디션은 최고거든요."

톰이 믿기지 않는다는 표정으로 그녀를 바라보았다.

"그래요?" 술잔을 비우며 그가 말했다. 마지막 한 방울이라도 남기지 않으려는 듯 쭉 들이켰다. "어떻게 그렇게 잘해내는지, 그저 놀라울 뿐이군요."

나는 미스 베이커를 바라보았다. 그녀가 무엇을 '해내는' 것인지 의아했다. 그녀를 바라보는 것은 즐거운 일이었다. 그녀는 몸매가 아주 가늘었고 가슴이 작았다. 있는 힘껏 등을 뒤로 젖혀 차렷 자세를 하는 사관 학도처럼 자세가 바르고 꼿꼿했다. 햇살 탓에 약간 찌푸린 그녀의 회색 눈이 나를 바라보고 있었다. 희고 매력적이면서도 왠지 욕구불만인 듯한 그녀의 얼굴엔 다정한 호기심도 깃들어 있었다. 그제야 그녀를, 아니, 그녀의 사진을 어디에선가 본 기억이 났다.

"웨스트에그에 사신다고요." 그녀가 약간 비웃듯 말했다. "그곳에 사는 사람을 하나 알고 있어요."

"저는 아무도 모릅니다."

"개츠비 씨를 아실 텐데요."

"개츠비?" 데이지가 불쑥 끼어들었다. "개츠비 누구라고?"

그가 내 이웃이라고 대답하려는 순간, 저녁이 준비되었다는 전갈이 왔다. 톰은 내 팔에 자신의 팔을 힘껏 끼우더니 체스 판의 말을 옮기듯 나를 방 밖으로 데리고 나갔다.

날씬한 두 여자도 엉덩이에 손을 얹은 채 우리 두 남자 앞을 느릿느릿 걸어갔다. 우리는 포치로 나갔다. 기울어가는 해가 우리와 얼굴을 맞댔다. 테이블 위에 놓인 네 개의 촛불이 가느다란 바람을 타고 깜박였다.

"촛불은 왜 켰담?" 데이지가 얼굴을 찌푸리더니 촛불을 손가락으로 비벼 껐다. "두 주 후면 일 년 중 낮이 가장 긴 날이 와요." 그녀가 눈을 반짝이며 우리 모두를 바라보았다. "해마다 낮이 가장 긴 날을 기다리다가 막상 그날이 되면 잊어버리지 않나요? 저는 해마다 낮이 가장 긴 날을 기다리다가 막상 그날이 되면 잊어버려요."

"그날을 위해 뭔가 계획을 세워야겠군요." 미스 베이커가 하품하며 말했다. 테이블 앞에 앉아 있는 모습이 마치 침대에 누워 있는 모습처럼 보였다.

"좋아." 데이지가 말했다. "그런데, 뭘 한담?" 그녀가 호소하듯 나를 보았다. "사람들은 무슨 계획을 세우죠?"

내가 뭐라 말하려는 찰나, 그녀는 놀란 눈으로 자신의 새끼손가락을 바라보았다.

"이것 좀 보세요!" 그녀가 푸념했다. "다쳤어요."

우리 모두 그녀의 손가락을 보았다. 마디 하나에 멍이 들어 있었다.

"당신이 그랬어요, 톰." 그녀가 원망조로 말했다. "일부러 그런 게 아니라는 건 알지만 당신 탓인 건 사실이에요. 야수 같은 남자랑 결혼해서 얻는 게 이런 거군요. 크고, 거대하고, 우람한 남자랑……."

"난 그 우람하다는 말이 정말 싫어." 톰이 짜증을 냈다. "농담으로도 듣고 싶지 않아."

"우람한 인간." 데이지가 우겼다.

데이지와 미스 베이커는 이따금, 그러면서도 별로 눈에 띄지 않게 대화를 나누었다. 엉뚱한 농담을 주고받긴 했지만 수다스럽지는 않았다. 그들의 대화는 그들이 입은 하얀 치마처럼, 욕망이 자리를 비웠을 때의 무표정한 그들의 눈빛처럼 무덤덤했다. 그들은 여기에 앉아 톰과 나를 받아들였지만 겨우 예의상으로만 즐기는 척 또는 즐겁게 해주려는 척했다. 그들은 저녁 식사가 곧 끝나리라는 것, 그리하여 그 저녁도 끝나리라는 것, 하루가 그렇게 훌쩍 사라지리라는 것을 알았다. 서부와는 사뭇 달랐다. 서부의 저녁은 한순간 한순간이 급하게 서둘러 지나간다. 기대와 실망이 줄지어 교차하면서 혹은 순간이라는 시간 그 자체에 대한 경외와 두려움 속에서, 아쉽고 안타깝게 지나간다.

"데이지, 너와 있으니 내가 마치 비非문명인처럼 느껴지는구나." 코르크 냄새가 조금 나긴 해도 제법 향이 괜찮은 두 번째 클라레* 잔을 비우며 내가 말했다. "농작물이 어떻다든가, 뭐 그런 얘기 좀 하면 안 될까?" 별생각 없이 한 말이었다. 하지만 뜻밖의 반응이 등장했다.

"문명은 곧 산산조각이 나게 될 거야." 톰이 거친 말투로 말했다. "나는 요즘 만사에 아주 염세적인 사람이 되어버렸다네. 고다드라는 남자가 쓴 《유색인 제국의 부상浮上》**이라는 책 읽어봤나?"

"안 읽었네만, 왜지?" 내가 대답했다. 그의 목소리가 높아져서 내심 놀란 상태였다.

"괜찮은 책이야. 모든 사람이 읽었으면 좋겠어. 우리가 자칫 방심하면 백인들이 머지않아 완전히 사라져버릴 거라고 주장하더군. 과학적으로 쓴 책이야. 조목조목 증거를 제시하면서 말이야."

"톰이 요즘 부쩍 심오해지고 있답니다." 심드렁한 표정으로 데이지가 말했다. "어려운 단어가 잔뜩 쓰인, 의미심상한 책들을 많이 읽더라고요. 그 단어가 뭐였더라, 우리가……."

"모두 과학적인 책들이라고." 답답하다는 듯 데이지를 쳐다보며 톰이 힘주어 말했다. "그 저자가 잘 설명해놨더라고. 모든 것이 우리 백인들한테 달렸다는 거야. 우리가 우월한 인종이기 때문이라는 거

---

* claret. 프랑스 보르도Bordeaux 지방에서 나오는 포도주.(옮긴이)

** 책과 저자 모두 허구이지만 비슷한 제목의 책은 있었다.(옮긴이)

지. 우리가 조심하지 않으면 다른 인종들이 득세하게 될 거래.”

“그치들을 일망타진해야겠네요.” 데이지가 속삭였다. 강렬한 태양을 등지고 앉은 나를 바라보며 그녀가 몇 차례 윙크를 했다.

“여러분들은 캘리포니아에 가서 사는 게 낫겠어요.” 미스 베이커가 입을 열었다. 하지만 톰이 의자를 휙 돌리며 그녀의 말을 가로챘다.

“우리가 북유럽 노르딕 혈통이라는 것. 핵심은 바로 그거라고. 난 노르딕 혈통이야. 자네도 그렇고. 미스 베이커, 당신도. 그리고…….” 톰은 순간적으로 주저하는 듯하더니 데이지를 바라보며 살짝 고개를 끄덕였다. 데이지는 내게 또다시 윙크했다. “문명을 만들어낸 건 다 우리들이야. 과학이며, 예술이며, 그 모든 것들을. 안 그런가?”

열변을 토하는 그의 모습이 왠지 애처로웠다. 예전보다 더 만족스러운 삶을 살고 있는 듯 보였지만 뭔가 결핍된 듯했다. 그때 저택 안에서 전화벨이 울렸다. 집사가 황급히 베란다를 떴다. 그 틈을 이용해 데이지가 내 쪽으로 몸을 기울었다.

“우리 집의 비밀을 하나 가르쳐드릴게요.” 그녀가 신난다는 듯 속삭였다. “우리 집 집사의 코에 대한 건데, 알고 싶으세요?”

“그 얘길 들으러 내가 오늘 밤 여기까지 온 것 아니겠니.”

“그 사람은 원래 집사가 아니었어요. 뉴욕의 어느 부잣집에서 은그릇 닦는 일을 했다는군요. 어느 날 이백여 명분의 은그릇을 닦게 된 거예요. 아침부터 밤까지, 온종일을요. 그러다가 그만 코가 맛이 가버렸대요.”

“엎친 데 덮친 격이었군요.” 미스 베이커가 말을 거들었다.

"맞아요. 엎친 데 덮친 격이었어요. 결국은 그 일을 그만두어야 했죠."

잠시 동안 마지막 태양 빛이 그녀의 환한 얼굴을 낭만적으로 쓰다듬었다. 그녀의 목소리가 나를 숨 가쁘게 잡아당겼다. 그 빛은 곧 스러져갔다. 빛줄기 하나하나가 무정하게 그녀를 버리고 떠났다. 해가 지자 자기들이 신나게 놀던 놀이터를 미련 없이 떠나는 아이들처럼.

집사가 돌아와 톰의 귀에 대고 뭔가를 말했다. 톰은 얼굴을 찡그리더니 의자를 박차고 일어나 한마디 말도 없이 집 안으로 들어갔다. 톰이 자리를 비우자마자 데이지가 내게 몸을 기울이며 말했다. 그녀의 목소리는 영롱했고 노래를 부르는 듯했다.

"오빠랑 이렇게 우리 집 테이블에 앉아 있으니 정말 기뻐요. 오빠는 한 송이 장미 같아요. 한 송이 완벽한 장미. 그렇지 않아?" 그녀가 미스 베이커를 바라보며 동의를 구했다. "한 송이 완벽한 장미 말이야."

그건 사실이 아니다. 난 장미 근처도 닮지 않았다. 데이지는 그저 즉흥적으로 그 말을 했을 뿐이었다. 하지만 그 말을 듣는 순간, 마치 상대의 마음을 뒤흔들어놓는 어떤 따스한 기운이 그녀에게서 흘러나오는 것처럼 느껴졌다. 그녀의 심장이, 숨 가쁘리만치 황홀한 한마디 단어에 담겨 몸 밖으로 나오려는 것만 같았다. 그런데 그녀가 갑자기 냅킨을 테이블 위에 던지고는, 미안하다고 말하며 집 안으로 들어가 버렸다.

미스 베이커와 나는 잠깐 동안 아무 의미 없는 눈짓을 주고받았다. 내가 뭔가 말하려 하자 그녀가 몸을 바짝 세우며 "쉿!" 하고 말했다. 중얼거리는 목소리가 집 안에서 흘러나왔다. 낮게 가라앉았지만 꽤 흥분한 목소리였다. 미스 베이커는 더 잘 들으려고, 전혀 거리낌 없이 방 쪽으로 몸을 기울였다. 중얼거리는 소리는 한순간 몹시 떨리더니 깊이 가라앉았다. 그러고는 흥분한 듯 다시 톤이 높아졌고, 어느 순간 완전히 멈춰버렸다.

"아까 당신이 말씀하신 개츠비 씨는 제 이웃에 삽니다." 내가 말을 꺼냈다.

"잠깐 조용히 하세요. 좀 더 들어야겠어요."

"무슨 일이 있는 건가요?" 내가 순진하게 물었다.

"모른다는 말씀이세요?" 미스 베이커가 크게 놀란 듯 말했다. "모르는 사람이 없을 줄 알았어요."

"전 모릅니다."

"그러니까……." 그녀가 머뭇거리며 말했다. "톰이 뉴욕에 여자를 하나 두고 있어요."

"여자를 두어요?" 멍한 표정으로 내가 되물었다.

미스 베이커는 고개를 끄덕였다.

"저녁 식사 중인 남자한테 전화 거는 걸 삼갈 정도의 예의는 지켜야 하는데 말이죠. 안 그래요?"

그녀가 하는 말을 이해하기도 전에, 찰랑거리는 드레스 소리와 저벅대는 가죽 부츠 소리가 들렸다. 톰과 데이지가 테이블로 돌아왔다.

"눈을 뗄 수가 없었어요!" 데이지가 외쳤다. 유쾌한 목소리였지만 긴장이 묻어 있었다.

데이지가 의자에 앉더니 미스 베이커와 나를 탐색하듯 바라보며 말을 이었다. "뒤뜰을 잠깐 보고 왔어요. 정말 로맨틱한 광경이에요. 잔디밭에 새 한 마리가 앉아 있었는데, 아마 나이팅게일일 거예요. 커나드인지 화이트스타 라인인지 하는 배를 타고 온 게 분명해요. 노래하며 멀리 날아가더라고요." 사실, 노래하는 건 그녀의 목소리였다. "정말 낭만적이에요, 안 그래요, 톰?"

"그럼, 낭만적이고말고." 톰이 답했다. 그러곤 심난한 표정으로 내게 말했다. "저녁을 먹고 나서도 날이 훤하면 자네에게 마구간 구경을 시켜주고 싶네."

또다시 집 안에서 전화벨이 울렸다. 모두가 움찔했다. 데이지가 톰을 보며 세차게 머리를 가로저었다. 마구간 구경에 관한 얘기는 그렇게 끝나버렸다. 사실, 모든 얘기가 그렇게 끝나버렸다. 테이블에 앉아 있던 마지막 오 분에 대해 기억나는 것이라곤, 촛불이 다시 밝혀졌다는 것, 그곳에 있는 세 사람을 똑바로 쳐다보고 싶은 생각이 들었다는 것, 그렇지만 그들의 시선은 피하고 싶었다는 것, 그것뿐이었다. 데이지와 톰이 무슨 생각을 하고 있었는지 알 길은 없다. 철저한 회의주의자인 듯한 미스 베이커조차도, 날카로운 금속성 소리를 지닌 그 다섯 번째 손님의 절박한 외침을 마음속에서 털어내지 못했을 것이 분명하다. 성격에 따라서는 그러한 상황을 흥미롭게 생각하는 사람도 있을 것이다. 내 본능대로라면 아마도 즉시 경찰을 불렀을 것이다.

당연한 일이지만 마구간에 대해선 아무도 더 이상 말을 꺼내지 않았다. 톰과 미스 베이커는 몇 발자국 거리를 둔 채 황혼을 등지고 서재로 향했다. 마치 열린 관 속에 누워 있는 시신을 애도하기 위해 비척비척 발걸음을 옮기는 듯한 모습이었다. 그동안 나는 기분 좋은 척하며 그리고 아무것도 모르는 척하며, 서로 잇닿은 여러 개의 베란다 주위를 데이지와 함께 거닐었다. 그런 후, 우리는 포치에 놓인 고리버들 소파에 나란히 앉았다. 침울한 공기가 감돌았다.

데이지는 두 손을 자신의 얼굴에 갖다 댔다. 아름다운 자신의 얼굴 윤곽을 감상이라도 하려는 듯했다. 그녀의 눈은 벨벳 같은 황혼 속으로 천천히 빨려 들어갔다. 격한 감정이 그녀에게 밀려드는 것을 알 수 있었다. 나는 아이에 대해 물었다. 그러면 그녀가 조금 진정될 수 있을 것 같아서였다.

"오빠, 우리는 서로를 잘 몰라요, 그렇죠?" 갑작스레 그녀가 말했다. "육촌지간이긴 하지만 오빠는 제 결혼식에도 오지 않았잖아요."

"그땐 난 전쟁터에 있었잖아."

"그건 그렇군요." 그녀가 머뭇거리며 말했다. "요즘 좀 힘든 시간을 보내고 있어요. 모든 게 덧없어 보여요."

당연히 그럴 것이었다. 기다렸지만 그녀는 더 이상 말을 잇지 않았다. 잠시 후 내가 슬쩍 딸에 대한 얘기를 다시 꺼냈다.

"그 애는 말도 꽤 하고……, 잘 먹고, 그렇겠지."

"아, 맞다." 그녀가 나를 공허한 표정으로 바라보았다. "닉, 제 아이가 태어났을 때 제가 뭐라고 했는지 아세요? 듣고 싶으세요?"

"물론이지."

"이 말을 들으면 제가 그동안 어떤 심정으로 살아왔는지 짐작할 수 있을 거예요. 아이가 태어나고 한 시간도 안 됐을 때였어요. 톰은 그때 어디서 뭐하고 있었는지 아무도 모를 일이고요. 정신을 차려 보니 아이도 톰도 곁에 없더라고요. 완전히 버림받은 기분이었어요. 간호사에게 물었죠. 아들인지 딸인지. 딸이라고 하더군요. 그 말을 듣고, 전 그만 고개를 돌려 울음을 터뜨리고 말았어요. '괜찮아'라고 저 자신에게 말했어요. '여자아이라 기뻐. 부디 자라서 바보가 되어야 할 텐데…… 바보가 되는 것이 이 세상에서 여자가 바랄 수 있는 최고의 희망이야. 작고 아름다운 바보' 이렇게요."

"제가 왜 모든 것이 끔찍할 뿐이라고 생각하는지 이해가 되죠?" 데이지는 확신에 찬 목소리로 말을 계속했다. "모두가 그렇게 생각해요. 똑똑한 사람들도 마찬가지예요. 전 잘 알아요. 전 안 다녀본 데가 없고, 안 본 게 없고, 안 해본 게 없거든요." 그녀의 눈이 당차게 빛을 뿜었다. 왠지 톰의 눈빛과 흡사했다. 그러곤 경멸적인 웃음을 터뜨렸다. "전 다 알아요……. 오, 하느님, 전 정말 다 알고 있다고요!"

그녀의 목소리가 끊겼다. 그 순간 나의 연민도 나의 믿음도 멈춰 버렸다. 그녀의 말에 한 치의 진정성도 없다고 느껴졌다. 그것이 나를 못내 불편하게 만들었다. 그날 저녁 전체가 내게서 어떤 공모의 감정을 이끌어내기 위한 속임수 같았다. 나는 기다렸다. 내 예상이 맞아떨어졌다. 곧이어 그녀가 그 아름다운 얼굴을 히죽이며 나를 바라보았다. 마치 자신이 어떤 특별한 비밀 집단에 속해 있다는 것을 증명이라도 하는 듯한 표정이었다. 그녀와 톰이 속한 집단 말이다.

저택 안의 자줏빛 방에 불이 환하게 밝혀졌다. 톰과 미스 베이커는 긴 소파 양 끝에 떨어져 앉아 있었다. 미스 베이커는 큰 소리로 《세터데이 이브닝 포스트》지를 톰에게 읽어주고 있었다. 단어들이 중얼중얼 단조롭게, 그리고 편안하게 이어져갔다. 램프의 불빛은 톰의 부츠에 부딪쳐 밝게 빛났고, 미스 베이커의 은행잎처럼 노란 머리카락에 닿아 무뎌지더니, 그녀가 넘기는 종잇장에 반사되어 다시 반짝였다. 페이지를 넘기는 그녀의 팔에서 근육들이 가볍게 씰룩였다.

우리가 방에 들어가자 미스 베이커가 한 팔을 치켜들며 잠시 아무 말도 못하게 했다.

"다음 호에 계속." 테이블 위로 잡지를 던지며 그녀가 말했다.

그러곤 무릎을 몇 차례 들썩이더니 소파에서 일어섰다.

"열 시네요." 벽시계를 바라보며 그녀가 말했다. "이 요조숙녀는 이만 잠자리에 들겠습니다."

"조던은 내일 웨스트체스터에서 있을 토너먼트에 출전할 거예요." 데이지가 설명했다.

"아, 당신이 바로 그 조던 베이커로군요."

나는 그제야 왜 그녀의 얼굴이 눈에 익었는지 알게 됐다. 애슈빌이라든가 핫스프링스 또는 팜비치 등지에서 벌어진 스포츠 행사를 소개하는 신문 사진을 통해, 자신감이 충만한 그녀의 얼굴을 본 적이 있었다. 그녀에 관한 소문도 들은 적이 있었다. 주로 비난성의, 좋지 않은 이야기였다는 건 기억하지만 자세한 내용은 잊은 지 오래였다.

"안녕히 주무세요." 그녀가 상냥하게 말했다. "아침 여덟 시에 깨워주실 거죠?"

"네가 순순히 일어난다면야."

"일어나야죠. 안녕히 가세요, 미스터 캐러웨이. 조만간 다시 봬요."

"물론 다시 보고말고." 데이지가 말했다. "사실은 제가 두 사람을 묶어줄 생각이야. 종종 들르세요, 닉. 제가 두 사람을 어떡해서든 엮어볼게요. 그런 거 있잖아요, 실수인 것처럼 해서 둘을 벽장 속에 가둬놓는다든가 보트에 태워 바다 한가운데로 보내버린다든가. 뭐 그런 거요."

"잘 자요." 계단을 올라가며 미스 베이커가 외쳤다. "난 아무 말도 안 들은 걸로 할래요."

"괜찮은 여자라네." 잠시 후 톰이 말했다. "그 사람들 말이지, 조던이 그렇게 사방팔방을 누비며 떠돌아다니게 해서는 안 될 텐데 말이야."

"그 사람들이라뇨?"

"조던의 가족들."

"가족이라 해봤자 천 살도 넘은 숙모 한 사람뿐인걸요. 게다가 앞으로는 닉이 그 애를 보살펴줄 거예요, 그렇죠, 오빠? 그 애는 올여름 주말마다 여기서 머물 예정이에요. 우리랑 함께 있으면서 가족 같은 분위기를 느끼는 것이 그 애한테도 아주 좋을 거예요.”

데이지와 톰은 아무 말 없이 서로를 잠시 쳐다보았다.

“그 여자, 뉴욕 출신인가?” 내가 재빨리 물었다.

“루이빌 출신이에요. 그 애와 저는 그곳에서 소녀 시절을 함께 보냈어요. 우리의 하얗디하얀 아름다운 소녀 시절을……”

“당신, 아까 베란다에서 닉한테 무슨 속 깊은 얘기라도 털어놓았나?” 톰이 갑작스레 물었다.

“제가요?” 그녀가 나를 보았다. “기억이 안 나요. 노르딕 혈통에 대해 이야기했던 것 같은데. 맞아요, 그랬어요. 어쩌다 그런 얘기가 나왔고, 그러다 보니……”

“들리는 얘길 다 믿지는 말게, 닉.” 그가 내게 충고했다.

나는 별다른 얘기를 들은 바 없다고 간단히 말했다. 몇 분 후에 집으로 돌아가기 위해 저택을 나섰다. 데이지와 톰이 따라 나와서 밝은 정사각형 불빛 아래 나란히 섰다. 내가 시동을 거는 순간 데이지가 호들갑스럽게 소리쳤다. “잠깐만요!”

“물어본다는 걸 잊었어요. 중요한 얘기예요. 서부에 있을 때 약혼한 적이 있다면서요?”

“그래, 맞아.” 톰이 거들었다. “자네가 약혼했다고 들었어.”

“잔인한 헛소문이군. 나 같은 가난뱅이한테는 말이야.”

“하지만 그렇게 들었는걸요.” 데이지가 고집을 피웠다. 시들다가 다시 피는 꽃처럼 아름다운 그 모습이 나를 한순간 당황케 했다. “세 사람한테서나 들었어요. 그러니 사실이겠죠.”

물론 그들이 무슨 얘기를 하는지 나는 잘 알았다. 하지만 나는 약혼 비슷한 것도 해본 적이 없었다. 내가 동부로 옮겨온 이유 중엔, 근거도 없는 일을 사실인 양 꾸며대는 무책임한 인간들을 보고 싶지 않아서인 것도 있었다. 헛소문을 퍼뜨리고 다닌다고 해서 그 친구들과 연을 끊을 수도 없지 않은가. 결혼과 관련된 짓궂은 소문의 주인공이 되는 것은 더더욱 피하고 싶었다.

그러나 방금 데이지와 톰이 보인 관심은 그다지 싫지 않았다. 잠시나마 그들이 지극히 평범한 서민처럼 느껴지기도 했다. 하지만 차를 몰고 집으로 돌아오면서 내 머릿속은 점점 혼란스러워졌고 역겨운 기분까지 들었다. 데이지가 해야 할 일은 아이를 데리고 당장 그 저택을 뛰쳐나오는 일일 것 같았다. 물론 데이지는 그럴 의도가 추호도 없을 것이었다. 톰은 어떤가. 그가 ‘뉴욕에 여자를 두고 있다’는 사실보다는 어떤 책 한 권 때문에 기분이 심난해졌다는 사실이 내게는 훨씬 놀라운 일이었다. 뭔가가 그로 하여금 낡아빠진 관념의 부스러기라도 갉아먹지 않으면 안 되도록 몰아붙이고 있음이 분명했다. 그의 늠름하고 이기적인 육체도 그의 거만한 영혼을 더 이상 만족시켜주지 못하는 모양이었다.

길가에 늘어선 주택들의 지붕에선 벌써 짙은 여름이 느껴졌다. 주유소 앞에는 새로 설치된 주유기들이 달빛을 받아 환히 빛나고 있었다. 웨스트에그의 내 집에 도착한 나는 차를 주차한 뒤 누군가가 버린 잔디 롤러 위에 잠시 앉았다. 바람이 제법 불었다. 나뭇가지들이 서로 부딪쳤고 개구리들의 목 놓은 울음소리가 끝없는 오르간 연주처럼 퍼져 흘렀다. 소란스럽고도 밝은 밤이었다. 달빛에 투사된 고양이의 실루엣이 보였다. 고양이를 보려고 고개를 돌렸다. 그 순간, 내가 혼자가 아니라는 것을 깨달았다. 십오 미터쯤 떨어진 내 이웃집 저택의 그림자 속에 어떤 형상이 어른거렸다. 그 형상은 호주머니에 손을 찔러 넣은 채, 은빛 후춧가루처럼 뿌려진 밤하늘의 별을 바라보며 서 있었다. 느릿한 몸 움직임, 잔디를 밟고 선 그 단호한 몸짓으로 미루어 개츠비임이 분명했다. 저 넓은 하늘 중에 자신이 차지한 하늘은 어디일까 탐색하는 듯 보였다.

그를 불러보기로 했다. 미스 베이커가 오늘 저녁에 그에 대해 언급한 바도 있으니, 그것으로 대화를 시작하는 것이 좋을 듯했다. 하지만 나는 그를 부르지 않았다. 그가 혼자 있고 싶어 한다는 직감이 들어서였다. 그가 어두운 밤바다를 향해 두 팔을 뻗었다. 이해할 수 없는 동작이었다. 뿐만이 아니었다. 비록 십오륙 미터 떨어져 서 있긴 했지만, 나는 그의 몸이 떨리고 있음을 분명히 알 수 있었다. 나도 모르게 바다 쪽을 바라보았다. 어둠 속에서 아주 작은 초록 불빛 하나가 보였다. 먼 곳에 있는 불빛이었다. 부둣가일지도 몰랐다. 다시 개츠비에게로 고개를 돌렸을 때, 그는 이미 사라지고 없었다. 소란스런 어둠 속에서 난 또다시 혼자가 되었다.

제2장

웨스트에그와 뉴욕의 중간쯤 되는 곳에서 자동차도로는 돌연히
기찻길을 만나 사 분의 일 마일 정도를 그 기찻길과 나란히 달린다.
그러곤 어떤 황량하고 황폐한 지역에 접어들면서 급격히 좁아진다.
재의 골짜기라는 곳이다. 재의 골짜기는 쓰레기를 태우며 생긴 재들
이 마치 곡식이 자라듯 무럭무럭 피어올라 동산도 만들고, 언덕도
만들고, 기괴한 정원도 만들어내는 신비의 농장과도 같은 곳이다.
재들은 연기가 모락모락 피어나는 굴뚝이 달린 집을 만들기도 하고,
심지어는 뛰어나게 정교한 솜씨로 잿빛의 인간 군상들을 만들어내
기도 한다. 그 잿빛 인간들은 흐릿하게 움직이다가 서서히 허물어져
대기 속으로 들어간 뒤 가루가 되어버린다. 이따금 눈에 보이지 않

는 도로를 따라 잿빛 자동차들이 줄지어 기어가다가 섬뜩한 끼익 소리를 내며 멈추기도 한다. 그러면 잿빛 인간들이 서서히 기어올라 납빛 삽으로 칠흑 같은 구름을 휘저어댄다. 하지만 가려진 시야 때문에 그들의 동작은 보이지 않는다.

그 회색 땅과 그 위를 끝없이 표류하는 음산한 먼지 더미 속을 좀 더 달리면, 닥터 T. J. 에클버그의 두 눈이 나타난다. 닥터 T. J. 에클버그의 눈은 푸르고 거대하다. 망막 하나의 길이가 거의 일 미터에 달할 정도다. 얼굴도 없고 코도 없다. 보이지 않는 코 위에 노란 테의 대형 안경이 걸쳐져 있다. 어느 익살스런 안과 의사가 돈방석에 앉아볼까 하여 광고탑을 세운 것인데, 아마도 곧 장님이 되어버렸거나 혹은 광고탑 세운 것을 잊은 채 멀리 떠나버린 게 분명했다. 광고탑은 여러 해 동안 비바람과 태양에 시달려 색이 바랬다. 페인트칠 한 번 새로 받은 적도 없어 보였다. 하지만 그 두 눈만은 여전히 저 처연한 쓰레기 매립지를 뚜렷이 응시하고 있었다.

재의 골짜기의 한쪽은, 악취가 심하게 나는 작은 강줄기와 이어져 있었다. 바지선을 통과시키느라 강 위의 도개교跳開橋가 올라갈 때면, 멈춰 있는 열차 안 승객들은 이 음울한 풍경을 물끄러미 바라본다. 길게는 삼십 분 이상 그렇게 바라볼 때도 있다. 그곳을 지날 때마다 적어도 일 분 동안은 차를 멈추게 되기 마련이다. 내가 톰 뷰캐넌의 정부情婦를 처음 만나게 된 것도 그렇게 해서였다.

톰에게 정부가 있다는 것은 이미 파다하게 알려진 사실이었다. 그는 지인들이 북적이는 카페에 그녀를 데리고 나타나곤 했다. 그녀를 테이블에 홀로 남겨둔 채 카페 안을 어슬렁거리면서 이 사람 저 사람과 잡담을 나누며 시간을 보내기 일쑤이므로, 사람들로부터 비난의 눈초리도 꽤 받고 있었다. 그녀가 어떤 사람인지 궁금하긴 했지만 만나보고 싶다는 생각은 하지 않았었다. 하지만 결국 만나게 됐다. 어느 날 오후, 나는 톰과 함께 뉴욕 시내로 향하는 열차에 몸을 실었다. 재의 골짜기에서 열차가 멈추자 톰이 재빨리 자리에서 일어나며 내 팔을 잡아당겼다. 난 거의 끌려 나오다시피 열차 밖으로 나왔다.

"자네에게 내 여자를 보여주고 싶군."

그날 톰은 꽤 거나한 점심 식사를 한 후 거의 막무가내로 나를 끌고 길을 나섰다. 일요일 오후이니 내가 무료하게 시간을 보내고 있으리라 단정했을 것이다. 그다운 오만함이었다.

나는 허옇게 회칠이 된 기찻길 옆 담장 쪽으로 그를 따라갔다. 거기서부터 닥터 에클버그의 고집스런 두 눈이 지켜보는 길을 따라 구십 미터쯤 더 걸었다. 누런색 벽돌 건물 한 채가 눈에 들어왔다. 쓰레기 매립지가 거의 끝나는 지점으로서, 약간 큰 도로와 접해 있는 곳이었다. 다른 집이나 건물은 눈을 씻고 찾아봐도 없었다. 건물 안에 있는 가게 세 곳 중 하나는 비어 있었고, 또 다른 하나는 야간에 영업하는 음식점이었다. 여기저기에 재가 흩뿌려져 있었다. 세 번째 가게는 자동차 정비소였는데, 수리 전문. 조지 B. 윌슨. 자동차 매매, 라고 쓰여 있었다. 톰을 따라 나도 그 안으로 들어갔다.

정비소 내부는 초라하고 휑댕그렁했다. 차라고는 먼지를 뒤집어 쓴 채 구석에 처박힌 고물 포드 자동차 한 대뿐이었다. 나는 아마도 이 정비소가 위장물일지도 모른다고 생각했다. 정비소 뒤쪽에는 필시 화려하고 로맨틱한 고급 아파트가 숨겨져 있을 것이라 상상했다. 그때였다. 정비소 주인임이 분명한 사내 하나가 정비소 안 사무실에서 기름 묻은 손을 닦고 있는 것이 보였다. 금발의, 기운 없이 축 쳐진, 그렇지만 인물이 그리 나쁘진 않은 남자였다. 우리를 보자 그의 담청색 눈동자에 옅은 희망의 빛이 일었다.

"어이, 윌슨." 사내의 어깨를 툭 치며 톰이 경쾌하게 말했다. "사업은 좀 어떤가?"

"뭐, 그리 나쁜 편은 아니구먼요." 윌슨이 대답했다. 별로 자신 있는 목소리가 아니었다. "그 차는 언제 제게 파실 겁니까요?"

"다음 주면 될 걸세. 지금 손보고 있는 중이니까."

"오래도 걸리는구먼요."

"그렇다곤 할 수 없지." 톰이 차갑게 말했다. "정 불만이라면, 다른 사람한테 팔겠네."

"그런 뜻은 아니었습니다요." 윌슨이 서둘러 응답했다. "저는 그저……."

그가 말꼬리를 흐렸다. 톰은 정비소 주변을 초조하게 두리번거렸다. 계단에서 발자국 소리가 들렸다. 곧이어 약간 두툼한 여자 모습의 형상이 내려오더니 사무실을 등지고 섰다. 사무실에서 나오는 빛이 그녀로 인해 막혀버렸다. 삼십대 중반쯤 되어 보이는, 조금 살집이 있는 여자였다. 그녀는 최대한 관능적으로 자신의 몸을 움직였다.

얼룩무늬의 감청색 주름 비단으로 된 원피스 위로 드러난 그녀의 얼굴은 그다지 아름답다고는 할 수 없었다. 하지만 그녀에게선 강한 생동감이 느껴졌다. 마치 그녀의 육체 안에서 끊임없는 생명력이 불타오르고 있는 듯했다. 그녀는 슬며시 미소 짓더니 투명한 유령을 뚫고 지나듯 남편 옆을 지나 톰에게 걸어와 그와 악수했다. 그녀의 눈이 불그레하게 상기됐다. 여자는 혀로 자신의 입술을 적신 후 톰에게서 눈을 떼지 않은 채 남편에게 말했다. 부드러우면서도 거친 목소리였다.

"의자 가져오지 않고 뭐하세요. 손님들이 앉으셔야죠."

"아 참, 그래야지." 월슨이 급히 사무실 안으로 들어갔다. 시멘트 색 사무실 벽과 월슨이 한데 뒤섞여버려, 무엇이 벽이고 무엇이 월슨인지 구분이 잘되지 않았다. 회백색 먼지가 그의 검은색 작업복과 창백한 머리카락을 뒤덮고 있었기 때문이었으리라. 사실, 회백색 먼지는 그곳에 있는 모든 것을 뒤덮고 있었다. 물론 월슨의 아내만 제외하고 말이다. 그녀가 톰에게 좀 더 가까이 갔다.

"당신과 만나야겠어." 톰이 열에 달뜬 듯 말했다. "이번 기차를 타도록 해."

"알았어요."

"뉴욕에 도착하면 역 아래층의 신문 판매대 옆에서 만나는 거야."

그녀는 고개를 끄덕이고 나서 곧 톰과 떨어져 섰다. 조지 월슨이 의자 두 개를 들고 사무실 밖으로 나왔다.

우리는 인적이 없는 길 아래쪽에서 그녀를 기다렸다. 독립기념일을 며칠 앞둔 날이었다. 창백하고 자그마한 이탈리아계 남자아이 하나가 기차선로를 따라 일렬로 폭죽을 꽂아 넣고 있었다.

"정말 끔찍한 동네야, 안 그런가?" 닥터 에클버그를 향해 인상을 찡그리며 톰이 말했다.

"지독한 곳이군."

"잠시 이곳을 벗어나는 것이 그녀에게 필요해."

"남편이 뭐라 하진 않나?"

"윌슨이? 자기 아내가 뉴욕에 사는 여동생을 만나러 간다고 생각할 거야. 얼마나 멍청한 인간인지 몰라. 아마 자기가 살아 있는지조차 모를걸."

그렇게 해서 톰 뷰캐넌과 그의 정부와 나는 함께 뉴욕으로 갔다. 아니, 딱히 함께 갔다고는 말하기 어렵다. 윌슨 부인은 일부러 우리와 다른 열차 칸에 탔기 때문이다. 톰은 기차 승객 중에 이스트에그 주민이 있을지도 모른다고 우려했다. 그는 이스트에그 주민들의 감성을 그 정도는 배려했다.

윌슨 부인은 갈색 모슬린* 드레스로 갈아입었다. 큼직한 엉덩이에 치마가 바싹 끼었다. 뉴욕에 도착하자 톰은 그녀가 플랫폼에 내리는 것을 도와주었다. 그녀는 신문 판매대에서 《타운 태틀》** 한 권과 영화잡지 한 권을 샀고, 역 안의 약국에서 콜드크림과 향수 한 병도 샀다. 차 소리가 요란한 지상으로 나온 후 그녀는 네 대의 택시를 그대

---

* mousseline. 소모사를 써서 평직으로 얇고 보드랍게 짠 모직물.(옮긴이)

** *Town Tattle*. 유명인들의 사생활을 다룬 가상의 잡지.(옮긴이)

로 보낸 뒤에 회색 시트가 깔리고 라벤더 색을 띤 새 택시를 잡았다.
그렇게 해서 우리는 마침내 떠들썩한 기차역을 벗어나 반짝이는 태
양 속으로 미끄러져 들어갔다. 얼마쯤 지나, 창밖을 내다보던 그녀
가 고개를 돌려 몸을 앞으로 기울이더니 앞좌석 창문을 톡톡 두드
렸다.

"저 강아지들 좀 보세요. 한 마리 갖고 싶어요." 그녀의 목소리가
간절했다. "아파트에서 키워야겠어요. 한 마리만요."

우리는 어느 백발노인이 서 있는 쪽으로 택시를 후진시켰다. 존
D. 록펠러*와 조금 우스꽝스럽게 닮은 노인이었다. 그의 목에 걸린
바구니 안에는 갓 태어난 듯한, 품종을 알 수 없는 새끼 강아지 십여
마리가 웅크리고 있었다.

"무슨 종들이죠?" 노인이 택시로 다가오자 월슨 부인이 애타는
듯 물었다.

"여러 가지 다 있습죠. 특별히 원하시는 종이 있나요, 부인?"

"경찰견으로 쓰이는 걸 갖고 싶은데요. 그런 건 없겠죠?"

노인이 자신 없는 표정으로 바구니 안을 늘여다보았다. 그리고는
그중 한 마리의 목 뒤를 움켜쥐며 꺼내들었다.

"저건 경찰견이 아니야." 톰이 말했다.

"그건 그렇습니다. 꼭 경찰견이라곤 할 수 없죠." 노인의 목소리
에 실망이 묻어났다. "이건 에어데일 종에 가깝습죠." 그는 복슬복

---

* John Davison Rockefeller(1839~1937). 석유업계를 지배한 미국의 실업가.(옮긴이)

슬한 갈색 수건 같은 그 강아지의 등을 만지작거리며 말했다. "이 털을 보세요. 굉장하지 않습니까. 감기 같은 건 절대로 안 걸릴, 그런 놈입죠."

"너무 귀여워요." 윌슨 부인은 좋아서 어쩔 줄 몰랐다. "얼마죠?"

"이놈이요?" 노인이 강아지를 감격스럽다는 듯 바라보았다. "십 달러만 내십쇼."

그 에어데일 강아지는 노인의 손을 떠나 윌슨 부인의 무릎에 자리를 잡았다. 다리가 지나치게 하얗긴 했지만 에어데일 종의 피가 섞여 있는 건 분명해 보였다. 윌슨 부인은 황홀한 표정으로 강아지의 풍성한 털을 어루만졌다.

"수컷인가요, 암컷인가요?" 그녀가 부드럽게 물었다.

"수컷입죠."

"암캐야." 톰이 단호하게 말했다. "자, 돈 여기 있습니다. 이 돈이면 저런 개 열 마리는 사고도 남겠죠."

우리는 5번가로 향했다. 따스하고 부드러운, 거의 목가적이기까지 한 여름날의 일요일 오후였다. 건물 모퉁이에서 양 떼가 나타나도 놀랍지 않았을 것이다.

"잠깐만." 내가 말했다. "난 여기서 내려야겠네."

"아니, 안 돼." 톰이 황급히 나를 만류했다. "자네가 우리 아파트에 함께 가지 않으면 머틀이 섭섭해할 거야. 안 그래, 머틀?"

"그러지 말고 같이 가세요." 그녀가 간청했다. "제 여동생 캐서린도 부를 거예요. 얼마나 예쁜 아가씨인지 몰라요. 그 애를 아는 사람들은 모두 그렇게 말한답니다."

"만나 뵙고 싶긴 합니다만, 그게……."

우리는 계속 길을 달려 센트럴파크를 지나 웨스트가 100번대 쪽으로 향했다. 158번지에 이르자 길고 하얀 케이크처럼 생긴 아파트 단지의 한 문 앞에서 택시가 멈추었다. 뿌듯한 표정으로 주변을 한 번 둘러본 후, 윌슨 부인은 강아지며 다른 물건들을 챙겨 도도하게 문 안으로 들어갔다.

"맥키 부부를 초대할 생각이에요." 엘리베이터에 오르자 윌슨 부인이 말했다. "물론 제 동생도 부르고요."

아파트는 꼭대기 층에 있었다. 작은 거실 하나, 작은 주방 하나, 작은 침실 하나, 그리고 욕실 하나가 있었다. 거실에는 지나치게 큰 태피스트리* 카펫이 현관문까지 깔려 있었는데, 걸려 넘어지지 않도록 조심조심 베르사유 궁전 정원에서 그네를 타는 수많은 여인들을 밟고 지나야 했다. 사진은 딱 한 장이 걸려 있었다. 희끄무레한 바위 위에 앉아 있는 암탉 한 마리를 아주 크게 확대해서 찍은 사진이었는데, 멀리서 보면 그 닭은 끈 달린 여성용 모자로 보였다. 그리고 그 모자를 쓴, 늙고 뚱뚱한 여인이 환히 웃으며 방 안을 밝히고 있었다. 테이블 위에는 낡은 《타운 태틀》 몇 권과 《베드로라 불린 시몬》**

---

* 여러 가지 색실로 그림을 짜 넣은 직물. 벽걸이나 가리개 따위의 실내 장식품으로 쓰인다.(옮긴이)

** *Simon Called Peter*. 노골적인 성적·종교적 내용으로 논쟁을 불러일으킨 로버트 키블Robert Keable의 소설로 1921년 베스트셀러였다.(옮긴이)

한 권, 그리고 주로 브로드웨이의 추문을 폭로하는 잡지 몇 권이 놓여 있었다. 윌슨 부인의 관심은 온통 강아지에 쏠렸다. 엘리베이터 보이가 쭈뼛거리며 지푸라기 한 상자와 우유를 들고 왔다. 시키지도 않았는데 큼직하고 딱딱한 강아지용 비스킷 한 통도 가져왔다. 비스킷 하나가 오후 내내 우유 접시 속에서 썩어갔다. 톰은 잠긴 서류함을 열고 위스키 한 병을 꺼내왔다.

나는 태어나서 지금까지 술에 취해본 적이 딱 두 번 있다. 그 두 번째가 바로 그날 오후였다. 비록 저녁 여덟 시가 넘어서까지 햇볕이 거실 안을 가득 채웠지만, 내게는 그날 일어난 모든 일이 위스키와 더불어 희미하고 뿌옇게만 남아 있다. 윌슨 부인은 톰의 무릎에 앉아 전화 몇 통을 걸었다. 나는 담배를 사러 근처 잡화점으로 갔다. 아파트로 돌아오자 두 사람이 보이지 않았다. 나는 차분하게 거실에 앉아《베드로라 불린 시몬》의 첫 장을 읽었다. 내용이 형편없어서였는지 아니면 위스키가 내 정신을 어지럽혀서였는지, 아무것도 이해되지 않았다.

톰과 머틀(위스키 첫 잔을 들이킨 후부터 윌슨 부인과 나는 존칭을 거두고 서로의 이름을 부르기 시작했다)이 나타나자 곧이어 손님들도 등장했다.

머틀의 여동생 캐서린은 서른 살쯤 된, 호리호리하고 속되 보이는 여자였다. 붉은 단발머리를 했고 얼굴엔 우유처럼 하얗게 분을 발랐다. 눈썹을 다 뽑고 그 자리에 얍삽한 선을 그려 넣었지만, 원래의 눈썹이 다시 집요하게 솟아나면서 그녀의 인상을 흐려놓았다. 그녀가 몸을 움직일 때마다 도자기로 된 수없이 많은 팔찌가 팔 위아래로 흔들리며 끝없이 짤랑댔다. 그녀는 집주인이라도 되듯 서슴없이 안으로 들어와서는 익숙한 표정으로 가구들을 둘러보았다. 그녀가 그곳에 살고 있는 것일지도 모른다는 생각이 들었다. 하지만 내가 그렇게 물어보자 그녀는 폭소를 터뜨렸다. "제가 이 집에 사냐고요?" 큰 소리로 내 질문을 반복하더니, 자기는 호텔에서 여자 친구와 함께 살고 있다고 했다.

미스터 맥키는 한 층 아래에 사는 이웃으로, 혈색이 좋지 않은 여성스런 남자였다. 방금 면도를 했는지 광대뼈에 비누 거품이 조금 묻어 있었다. 그는 방 안의 모든 사람들에게 정중하게 인사했다. 자신은 '예술 게임'에 종사하고 있다고 내게 말했는데, 나중에 알고 보니 사진작가였다. 벽에 걸린 채 심령술사처럼 거실을 내려다보고 있는 윌슨 부인 어머니의 대형 사진은 바로 그가 찍은 것이라고 했다. 목소리가 높고 날카로운 그의 아내는 힘이 없어 보였고, 곱게 생긴 편이지만 불쾌감을 주는 사람이었다. 그녀는 결혼한 이후 남편이 자신을 모델로 하여 백스물일곱 번이나 사진을 찍었다고 내게 자랑을 늘어놓았다.

윌슨 부인은 어느새 다른 옷으로 갈아입고 있었다. 크림색 시폰으로 된 우아한 애프터눈 드레스였는데, 그녀가 거실을 누비고 다닐 때마다 연신 사각사각 소리가 났다. 그 드레스는 그녀의 인상까지도 바꿔놓았다. 정비소에서 풍겼던 놀라울 정도로 강렬한 생동감 대신, 노골적인 거만함이 자리 잡았다. 그녀의 웃음소리, 그녀의 몸짓, 그녀의 말투는 시간이 갈수록 거침없어졌고, 그러면 그럴수록 거실도 점점 좁아져 갔다. 마치 뿌연 연기 속에서 끽끽 소리를 내며 움직이는 회전축에 매달려 정신없이 돌아가는 사람처럼 보였다.

"캐서린." 그녀가 높고 점잔 빼는 목소리로 동생에게 말했다. "세상 사람들 대부분은 말이야, 틈만 나면 다른 사람을 속이려고 들게 마련이란다. 그치들이 생각하는 건 오직 돈뿐이야. 지난주에 발 관리사 하나를 여기로 불렀는데, 글쎄 맹장수술이라도 한 것만큼이나 많은 돈을 청구하더라고."

"그 여자 이름이 뭐예요?" 맥키 부인이 물었다.

"미시즈 에버하트예요. 사람들 집을 방문해서 발 마사지를 해주는 일을 해요."

"댁의 드레스가 마음에 들어요." 맥키 부인이 말했다. "아주 사랑스러운 옷이네요."

윌슨 부인은 그런 소리 말라는 듯 눈썹을 치켜들며 그 칭찬을 사절했다.

"케케묵은 옛날 옷인걸요." 그녀가 말했다. "남들 눈에 어떻게 보이건 신경 쓰고 싶지 않을 때 한 번씩 걸칠 뿐이에요."

"그래도 당신한테 너무나 잘 어울려요. 아시죠?" 맥키 부인이 계속 밀고 나갔다. "체스터가 지금 당신의 모습을 사진에 담을 수만 있다면, 아주 근사한 작품이 나올 거예요."

우리 모두 아무 말 없이 윌슨 부인을 바라보았다. 그녀는 눈가에서 머리카락 하나를 집어내며 환한 미소를 띠고 우리를 바라보았다.

미스터 맥키는 머리를 한쪽으로 기울이며 그녀를 유심히 보더니 그녀의 얼굴을 향해 자기의 손을 천천히 앞뒤로 움직였다.

"조명을 바꿔야 할 거야." 잠시 후 그가 말했다. "이목구비가 제대로 살아나려면 말이야. 그리고 뒷머리도 모두 담아야 할 테고."

"조명을 바꿀 필요는 없을 텐데요." 맥키 부인이 큰 소리로 말했다. "내 생각엔……."

"쉿!" 그녀의 남편이 말했다. 우리 모두 또다시 윌슨 부인에게로 시선을 돌렸다. 그 순간, 톰 뷰캐넌이 모두들 들으라는 듯 크게 하품을 하면서 일어섰다.

"두 분, 뭣 좀 마셔야죠." 그가 말했다. "가서 얼음이랑 미네랄워터 좀 더 가져오지, 머틀. 다들 따분해서 자러 가기 전에."

"얼음을 더 가져오라고 그 녀석에게 분명히 말했거늘." 머틀은 하류 계층의 무능함에 넌더리를 치며 눈썹을 찡그렸다. "그 인간들은 말이야, 늘 옆에 따라다니며 잔소리를 해야 말을 듣는다니까."

그녀가 나를 보며 의미 없이 웃어 보였다. 그러고는 강아지에게로 달려가 키스를 퍼붓더니 급히 주방으로 들어갔다. 누가 보면, 요리사 열두 명이 그곳에서 주문을 기다리고 있다고 생각할 모양새였다.

"롱아일랜드에서 괜찮은 작품을 만든 적이 있습니다." 미스터 맥키가 말했다.

톰이 무표정하게 그를 보았다.

"그중 두 작품은 액자에 넣어 집에 걸어두었죠."

"두 뭐라고요?" 톰이 물었다.

"두 작품 말입니다. 하나는 '몬토크 포인트* 갈매기'라고 이름 붙였고, 다른 하나는 '몬토크 포인트 바다'라고 이름 붙였죠."

캐서린이 내 옆에 다가와 앉았다.

"롱아일랜드에 사세요?" 그녀가 물었다.

"웨스트에그에 삽니다."

"그래요? 한 달쯤 전에 그곳에서 열린 파티에 간 적이 있어요. 개츠비라는 남자의 집에서요. 그를 아세요?"

"그 옆집에 제가 삽니다."

"사람들은 그가 카이저 빌헬름**의 조카 아니면 사촌일 거라고 수군거려요. 그래서 그렇게 돈이 많은 거라고요."

"그래요?"

그녀가 고개를 끄덕였다.

"그런데 저는 그가 좀 무서워요. 제게 손끝 하나만 대도 소름이 끼칠 것 같아요."

내 이웃에 대한 이 흥미진진한 이야기는 맥키 부인의 갑작스런 한마디로 중단됐다.

"체스터, 이 여자를 찍어보는 것도 좋겠어요." 캐서린을 가리키며 맥키 부인이 말했다. 미스터 맥키는 관심 없다는 듯 고개만 살짝 끄덕이고는 다시 톰에게로 얼굴을 돌렸다.

"롱아일랜드에서 좀 더 작업을 했으면 합니다만 허락을 받는 일

이 문제입니다. 적당한 기회가 생기면 좋을 텐데 말입니다.”

“머틀에게 부탁해보시죠.” 윌슨 부인이 쟁반을 들고 거실로 들어오는 것을 보더니 짧게 웃음을 터뜨리며 톰이 말했다. “머틀이 소개장을 써줄 수도 있을 겁니다. 그렇지, 머틀?”

“제가 뭘 한다고요?” 머틀이 의아해하며 물었다.

“맥키 씨에게 소개장을 하나 써주지그래. 당신 남편한테 건넬 소개장 말이야. 맥키 씨가 당신 남편에 관한 작품을 만드는 것도 괜찮을 것 같아.” 톰은 뭔가를 생각하는 듯 잠시 말없이 입술을 움직이고 나서 말했다. “‘조지 B. 윌슨, 가솔린펌프 옆에서’ 뭐 그런 작품 같은 거.”

캐서린이 좀 더 가까이 다가와 내 귀에 속삭였다.

“저 두 사람 모두, 자기들의 배우자를 끔찍이 싫어해요.”

“그래요?”

“물론이죠. 못 견뎌 한다니까요.” 그녀는 머틀과 톰을 번갈아 보았다. “그러니까 제 말은, 그렇게 싫어하면서도 왜 결혼 생활을 계속 하느냐는 거예요. 당장 이혼하고, 둘이 결혼해야 해요. 저라면 그렇게 할 거예요.”

“머틀도 윌슨을 싫어합니까?”

우연히 내 질문을 들은 머틀이 몸짓으로 대신 답했다. 격하면서도 외설적인 몸짓이었다.

“보셨죠?” 캐서린이 의기양양하게 말했다. 그녀의 목소리가 다시 낮아졌다. “저 두 사람이 합치지 못하는 건 톰의 아내 때문이에요. 그 여잔 가톨릭 신자거든요. 가톨릭에서는 이혼을 금하니까요.”

데이지는 가톨릭 신자가 아니었다. 난 이 그럴듯한 거짓말에 적잖이 충격을 받았다.

"저 두 사람이 결혼하게 되면 말이죠." 캐서린이 말을 이었다. "한동안 서부에 가서 살 것 같아요. 모든 게 다 잊힐 때까지는요."

"유럽이 더 나을 것 같군요."

"아, 유럽 좋아하세요?" 그녀가 탄성을 질렀다. "사실 저는 얼마 전에 몬테카를로에 갔었거든요."

"그랬군요."

"작년에요. 여자 친구랑 함께 갔어요."

"오래 머물렀나요?"

"아뇨. 몬테카를로에만 잠깐 있다가 돌아왔어요. 마르세유를 경유해서 갔죠. 둘이 합해서 천이백 달러를 갖고 갔는데 도박장에서 이틀 만에 다 날렸어요. 돌아올 때 고생이 이만저만이 아니었죠. 몬테카를로만 생각하면 지금도 치가 떨린다니까요!"

창밖을 내다보았다. 늦은 오후의 하늘이 지중해처럼 푸르고 환하게 빛났다. 그때 찢어질 듯한 맥키 부인의 목소리가 나를 다시 방 안으로 불러들였다.

"저도 크게 실수할 뻔한 적이 있었답니다." 중대한 선언이라도 하듯 그녀가 큰 소리로 말했다. "저를 몇 년 동안이나 쫓아다니던 어떤 키 작은 유대인 녀석하고 거의 결혼할 뻔했어요. 그가 저보다 훨씬 못한 사람이라는 걸 저도 알고는 있었어요. 모두가 제게 말했죠. '루실, 그 남자는 정말 네 상대도 안 되는 사람이야'라고요. 그렇지만 만일 제가 체스터를 만나지 않았더라면 그와 결혼했을 거예요."

"그래도……." 머틀 윌슨이 고개를 위아래로 끄덕이며 말했다. "당신은 그 남자랑 결혼하지 않았잖아요."

"그건 그래요."

"저는 결혼했어요." 머틀이 혼잣말처럼 중얼거렸다. "그게 당신과 저의 차이예요."

"왜 그런 거야, 언니?" 캐서린이 따져 물었다. "아무도 강요하지 않았잖아."

머틀이 들릴 듯 말 듯 말했다.

"내가 결혼한 건 그가 신사라고 착각했기 때문이었어." 그녀가 다시 목소리를 높였다. "난 그가 교양깨나 있는 남자라고 생각했거든. 하지만 알고 보니 도저히 내 사랑을 얻을 만한 인물이 아니었지."

"그래도 언니는 한동안 그 사람을 죽자사자 좋아했잖아." 캐서린이 말했다.

"죽자사자 좋아했다고?" 머틀이 벌컥 소리 질렀다. "누가 그런 말을 하던? 난 그런 적 없어. 내가 저 남자한테 그런 적이 없는 것처럼 말이야."

그녀가 갑자기 나를 가리켰다. 일순간 모든 사람들이 힐난하듯 나를 쳐다보았다. 나는 머틀이 내게 애정을 품게 되는 일은 추호도 원치 않는다는 표정을 힘껏 지어 보였다.

"내가 그에게 푹 빠졌던 건 결혼하던 그 순간뿐이었어. 그러곤 곧 내가 큰 실수를 저지른 걸 깨닫게 됐지. 알고 보니 그가 결혼식 때

입은 예복은 자기 친구 것을 빌린 것이더라고. 나한텐 그 일에 대해 한마디도 하지 않았어. 결혼식 며칠 뒤, 월슨이 집에 없을 때 그 친구란 작자가 와서는 옷을 돌려달라는 거야. '아, 저게 댁의 옷이에요? 전혀 몰랐어요'라고 내가 말했지. 그에게 옷을 돌려주고 나서, 나는 그날 오후 내내 통곡했지."

"언니는 하루빨리 그 남자에게서 벗어나야 해요." 캐서린이 내게 다짐하듯 말했다. "두 사람은 그 정비소에서 십일 년이나 살았어요. 톰은 언니가 만난 첫사랑이나 마찬가지예요."

두 번째 위스키 병이 열렸다. 캐서린을 제외한 모두가 잔을 채웠다. 그녀는 '술을 안 마셔도 기분이 아주 좋다'고 했다. 톰이 아파트 수위를 불러 고급 샌드위치를 사오도록 했다. 그것으로 저녁 식사가 해결됐다. 나는 밖으로 나가고 싶었다. 부드러운 황혼을 등지고 동쪽 공원 쪽으로 산책이라도 하고 싶었다. 하지만 내가 자리를 뜨려 할 때마다 격렬하고 집요한 대화가 이어지는 바람에, 마치 누군가가 로프를 묶어 잡아당기듯 다시 의자에 주저앉아야 했다. 아파트 창들에서 노란 불빛이 비치기 시작했다. 어둑어둑해지는 거리에 행인이 하나 지나가고 있었다. 그가 고개를 들어 아파트 창을 바라보았다. 우리의 노란 불빛은 그에게 인간사의 또 다른 비밀처럼 느껴졌을 것이 틀림없으리라. 나도 그를 내려다보았다. 그의 얼굴에 궁금증이 어렸다. 나는 안에 있기도 했고, 동시에 밖에 있기도 했다. 인간의 삶이 얼마나 다양할 수 있는지, 감탄과 혐오가 한꺼번에 밀려들었다.

머틀이 의자를 잡아당겨 내 곁으로 바짝 다가와 앉았다. 그러고는 따뜻한 숨결을 내 얼굴로 쏟아내며, 자신이 톰과 어떻게 만났는지 말하기 시작했다.

"열차를 타다 보면 늘 마지막에 남는 작은 의자 두 개가 있잖아요. 서로 마주 보는 의자 말이에요. 저는 동생과 하룻밤 함께 지내려고 뉴욕으로 가고 있었어요. 톰은 야회복 차림에 에나멜가죽 구두를 신고 있었는데, 그에게서 도저히 눈을 뗄 수가 없더라고요. 물론 그가 저를 처다볼 땐 그 사람 머리 위에 있는 광고판을 보는 척했죠. 역에 도착할 무렵, 그가 제 옆에 앉더니 하얀 셔츠를 입은 자기 가슴으로 제 팔을 지그시 누르는 거예요. 전 경찰을 부르겠다고 했죠. 하지만 톰은 제 말이 진심이 아니라는 걸 알고 있었어요. 그와 함께 택시를 탄 순간 전 얼마나 흥분이 되던지……. 제가 택시를 탄 건지 지하철을 탄 건지 분간도 못 할 지경이었어요. 전 계속 생각했죠. '인생은 단 한 번뿐이야. 인생은 단 한 번뿐이야'라고요."

머틀은 맥키 부인에게로 고개를 돌리더니 깔깔 웃었다. 부자연스러운 그 웃음소리가 거실 가득 울렸다.

"오, 맥키 부인." 그녀가 큰 소리로 말했다. "니중에 이 옷을 당신한테 줄게요. 그렇잖아도 내일 새 드레스를 한 벌 살 생각이었거든요. 내일 할 일의 목록을 만들어야겠어요. 마사지도 받고, 미용실도 가고, 강아지 목걸이도 사고. 아, 그 귀엽고 작은 재떨이도 하나 사려고요. 용수철을 눌러서 쓰는 거 말예요. 엄마 무덤에 놓을, 검은 리본이 달린 화환도 하나 사야 해요. 여름 내내 시들지 않는 거여야 할 텐데. 목록을 적어놓아야지, 안 그러면 늘 뭔가를 잊더라고요."

아홉 시였다. 잠시 후 다시 시계를 보니 열 시였다. 미스터 맥키는 의자에서 잠들어 있었다. 두 주먹을 불끈 쥔 채 다리 위에 올려놓은 모습이, 마치 싸움꾼을 찍어놓은 사진 같았다. 나는 손수건을 꺼내어 오후 내내 나의 신경을 건드렸던, 그의 뺨에 말라붙은 비누 거품을 닦아냈다.

강아지는 테이블 위에 앉아 뿌연 담배 연기 속을 힘없이 쳐다보고 있었다. 이따금 가냘픈 신음도 냈다. 사람들은 어디론가 사라지기도 하고, 다시 나타나기도 하고, 어디론가 떠날 계획을 세우기도 했다. 그러다가 말을 나누던 상대방이 없어지기도 하고, 없어진 상대방을 찾아 돌아다니기도 하고, 몇 발자국 앞에서 상대방을 찾아내기도 했다. 자정이 거의 되었을 무렵, 톰 뷰캐넌과 윌슨 부인은 마주선 채 언성을 높이기 시작했다. 윌슨 부인이 데이지의 이름을 입 밖에 낼 권리가 있는지에 대해서였다. 다툼은 꽤 격렬해졌다.

"데이지! 데이지! 데이지!" 윌슨 부인이 고함쳤다. "내가 원할 땐 언제든지 소리 내서 그 이름을 말할 거예요! 데이지! 데이……."

톰 뷰캐넌이 갑자기 몸을 움직이는가 싶더니, 어느새 그의 주먹이 그녀의 코를 부러뜨렸다.

잠시 후, 욕실 바닥에는 피 묻은 수건들이 여기저기 나뒹굴었다. 여자들의 원망 가득한 목소리가 들려왔고, 그 어수선함 속에서 고통스러운 울부짖음이 길게 이어졌다. 잠에서 깨어난 미스터 맥키가 멍한 표정으로 현관문을 향해 걸어갔다. 반쯤 가다가 뒤돌아서서 실내를 물끄러미 바라보았다. 그의 아내와 캐서린은 각종 가구와 응급처치 물품이 어지러이 널려 있는 거실 바닥을 비틀비틀 오가며 비난과 위로의 말을 번갈아 늘어놓고 있었다. 소파 위에선 절망에 가득 찬 어떤 형상이 피를 심하게 흘리며, 베르사유 정원이 그려진 태피스트리 카펫 위에 《타운 태틀》 한 권을 펼쳐놓으려 애쓰고 있었다. 미스터 맥키는 다시 몸을 돌려 문밖으로 나갔다. 나는 샹들리에에 걸어 놓은 모자를 집어 들고 그를 따라나섰다.

"조만간 점심 한번 함께합시다." 엘리베이터 안에서 미스터 맥키가 제안했다.

"어디서요?"

"어디서든지요."

"걸쇠를 놓으셔야죠." 엘리베이터 보이가 차갑게 말했다.

"아, 미안하군." 미스터 맥키가 정중하게 말했다. "그걸 붙들고 있는 줄도 몰랐네."

"좋습니다." 내가 말했다. "함께 식사 한번 합시다."

……나는 그의 침대 맡에 서 있었다. 그는 속옷 차림으로 침대에 들더니 커다란 사진집 한 권을 집어 들었다.

"《미녀와 야수》……《고독》……《식료품 가게의 늙은 말》……《브루클린 브리지》……"

그런 뒤, 나는 펜실베이니아 역의 차가운 지하 대합실에 누웠다. 반쯤 잠이 든 채 조간 《트리뷴》을 물끄러미 바라보며 새벽 네 시 열차를 기다렸다.

제3장

  그해 여름, 밤마다 내 이웃 저택에선 음악이 끊이지 않았다. 그의 푸른 정원에는 끝없는 속삭임과 샴페인과 별들 속으로 무수한 남녀가 나방처럼 모여들었다. 오후의 밀물 때면 손님들은 그의 뗏목 위 솟대에서 바다로 다이빙하거나, 저택 앞 해변에서 일광욕을 즐겼다. 그가 소유한 두 대의 모터보트가 롱아일랜드 해안의 바닷물을 가르며 폭포 같은 물거품 위로 수상 스키를 이끌었다. 주말이면 그의 롤스로이스는 승객 수송 차량이 되어 오전 아홉 시부터 자정이 넘어서까지 뉴욕과 그의 집을 왕복하며 손님들을 실어 날랐고, 스테이션왜건 역시 분주한 노란 벌레처럼 기차역을 들락거렸다. 월요일 아침이면, 청소부 여덟 명과 정원사 한 명이 와서 하루 종일 대걸

레와 솔과 정원용 가위를 들고 전날 밤의 잔해를 없애느라 땀을 빼곤 했다.

매주 금요일엔 뉴욕의 청과상에서 오렌지와 레몬을 담은 다섯 개의 나무 궤짝이 도착했다. 그 과일들은 월요일이면 반으로 쪼개져 껍질만 남은 채 주방 뒷문에 피라미드처럼 쌓였다. 그의 주방에는 집사의 엄지손가락이 단추를 이백 번 누르면 삼십 분 안에 오렌지 이백 개의 즙을 짜는 기계가 있었다.

최소한 두 주에 한 번은, 출장 요리사 일개 군단이 수십 미터 길이의 천막들을 여러 개 들고 개츠비의 집으로 왔다. 그의 드넓은 정원에 거대한 크리스마스트리 장식을 하고도 남을 만큼의 형형색색 전구도 함께 도착했다. 뷔페 테이블에는 윤기가 흐르는 각종 전채 요리와, 알록달록한 샐러드를 얹은 매콤한 구운 햄과, 마법에 걸려 진한 황금으로 변한 듯한 돼지와 칠면조 구이가 즐비했다. 중앙 홀에는 놋쇠 레일이 설치된 바가 마련되었고, 진과 위스키가 가득 들어찼다. 아주 오랜 옛날식 과일 음료인 코디얼도 준비되었는데, 대부분의 여자 손님들은 너무 어려서 코디얼과 진짜 술을 구별조차 하지 못했다.

저녁 일곱 시쯤에는 오케스트라가 도착했다. 다섯 명으로 구성된 그런 소규모 악단이 아니었다. 오보에와 트롬본과 색소폰과 비올과 코넷과 피콜로와 큰북과 작은북을 모두 갖춘, 제대로 된 관현악단이었다. 그 시간쯤이면, 마지막까지 수영하던 사람들도 해변에서 돌아와 위층에서 옷을 갈아입었다. 뉴욕에서 온 자동차들이 저택 안 진입로에 5중으로 주차되었고, 홀과 객실과 베란다는 원색의 드레스와, 최신 유행인 단발머리와, 카스티야 왕국*을 능가하는 화려한 숄을 두른 여자들로 현란하게 북적댔다. 바텐더는 정신없이 술을 따르고 칵테일 잔을 쉴 새 없이 정원으로 날랐다. 어느덧 잡담과 웃음소리가 허공을 가득 메웠다. 의미 없는 농담이 오갔고, 미처 나누지 못한 인사를 나누었으며, 서로 이름도 모르는 여자들이 한없이 들뜬 모습으로 말을 섞었다.

땅이 비틀거리며 태양으로부터 멀어질수록 전등불은 더욱 밝아진다. 오케스트라가 선정적인 칵테일 음악을 연주하고, 가수들은 목소리의 톤을 한층 높인다. 시간이 갈수록 웃음도 헤퍼져서 가벼운 말 한마디에도 웃음바다가 된다. 새로운 손님들이 가세하면서 무리가 커지기도 하고, 없어지기도 하고, 또 조금 전과 같은 흥건한 분위기 속에서 다시 만들어지기도 한다. 한자리에 계속 서 있는 사람들이 있는가 하면, 그들 사이를 이리저리 누비며 다니는 콧대 높은 여자들도 있다. 그들은 아주 잠시 동안 한 무리의 주인공이 되었다가 승리감에 가득 찬 채 다른 무리 속으로 미끄러지듯 들어간다. 계속해서 색이 바뀌는 조명 아래에서, 무리 속 얼굴과 목소리와 빛깔도 정신없이 변한다.

집시 같은 이 여자들 중 하나가 갑자기 칵테일 잔 하나를 낚아채더니 그것을 단숨에 들이켠다. 그러고는 조 프리스코**처럼 팔을 흔

---

* Reino de Castilla. 스페인 중부의 중세 왕국.(옮긴이)
** Joe Frisco(1889~1958). 미국의 코미디언.(옮긴이)

들며 천이 씌워진 단상 위에서 홀로 춤을 추기 시작한다. 그녀의 오팔 목걸이도 함께 요동친다. 사방이 일순간 조용해진다. 오케스트라 지휘자는 그녀를 위해 다른 곡을 연주한다. 사람들이 웅성대기 시작하더니, 그녀가 〈지그펠드 폴리스〉*에 출연하는 질다 그레이의 대역이라는 헛소문이 잠시 떠돈다. 그렇게 파티는 시작되었다.

그날 밤에 나는 처음으로 개츠비의 저택을 방문했다. 나는 정식으로 초대를 받아 파티에 참석한 몇 안 되는 손님들 중 하나였을 것이다. 대부분의 손님들은 초대받지도 않은 채 그곳에 간다. 그냥 차에 올라타 롱아일랜드로 향하고, 여차저차 개츠비의 집에 닿는다. 개츠비를 아는 누군가가 그들을 안으로 들인 후에는 놀이공원에서 그러하듯 각자 알아서 파티 장을 누빈다. 때로는 개츠비의 얼굴을 한 번도 못 본 채 집으로 돌아가는 경우도 있다. 아무 목적도 꿍꿍이도 없는 단순한 마음. 그것이 개츠비 파티의 입장권이다.

나는 정식으로 파티에 초대받았다. 토요일 이른 아침, 청록색 유니폼을 입은 운전기사가 정원을 가로질러 내게 왔다. 그의 손에는 자기 주인이 쓴, 놀라우리만치 정중한 서한이 한 통 들려 있었다. 서한에는, 그날 밤에 열릴 자신의 '보잘것없는 파티'에 내가 참석한다면 더할 수 없는 영광이라는 것, 그동안 나를 몇 차례 본 적이 있다는 것, 나를 방문하고자 했으나 여러 가지 사정으로 그럴 수 없었다

---

* Ziegfeld Follies. 뉴욕 브로드웨이에서 1907년부터 1931년까지 상연된 뮤지컬로, 플로렌즈 지그펠드Florenz Ziegfeld가 제작했으며 질다 그레이Gilda Gray를 비롯한 많은 배우들이 출연했다.(옮긴이)

는 것 등이 쓰어 있었다. 서한 아래쪽에는 매우 장엄한 필체로 '제이 개츠비'라고 사인이 되어 있었다.

저녁 일곱 시가 조금 넘어, 나는 하얀 플란넬 양복을 차려입은 뒤 그의 정원으로 걸어갔다. 사람들이 소용돌이처럼 모여 있었다. 통근 열차에서 마주친 듯한 얼굴도 몇 명 있었지만 아는 사람이라곤 하나도 없었다. 그들 틈에서 돌아다니자니 적잖이 거북했다. 근사하게 차려입은 영국인 젊은이들이 어찌나 많은지 깜짝 놀랐다. 조금 허기진 모습의 그들은 나지막하고도 진지한 목소리로, 거만하고 돈 많은 미국인들에게 쉼 없이 말을 걸고 있었다. 뭔가를 열심히 판매하고 있는 것이 분명했다. 채권이나 보험 혹은 자동차 따위였을 것이다. 그들은 쉬운 돈벌이 기회가 자신들 눈앞에서 서성이고 있다는 것을 너무도 잘 알았고, 말 몇 마디만 제대로 건네면 그 기회가 즉시 손아귀에 들어오리라고 확신했다.

도착하자마자 나는 파티의 주인을 찾아보았다. 그가 어디에 있는지 두어 사람에게 묻자, 그들은 꽤나 의아해하는 표정을 짓더니 전혀 모른다며 딱 잘라 말했다. 나는 칵테일 테이블 쪽으로 조용히 걸어갔다. 혼자인 것처럼 보이지 않고, 사람들이 말을 걸어오지도 않을 유일한 장소인 것 같았다.

곤혹스런 마음을 달래려 술을 들이켜려는 순간, 문득 조던 베이커를 보았다. 그녀는 저택 안에서 나와 대리석 계단 꼭대기에 서서는, 몸을 약간 뒤로 젖힌 채 정원을 내려다보았다. 그녀의 얼굴에는 빈정대는 듯한 호기심이 어려 있었다.

좋든 싫든 누군가와 함께할 필요가 있었다. 지나가는 사람들과 마음에도 없는 말을 섞는 것보단 나을 것이었다.

"안녕하세요!" 그녀를 향해 걸어 나가며 내가 소리쳤다. 내 목소리가 지나치게 크게 정원에 울려 퍼졌다.

"그러잖아도 당신이 이곳에 있을지도 모른다고 생각했어요." 내가 다가가자 그녀가 대수롭지 않다는 듯 말했다. "옆집에 산다고 하셨던 게 기억이 나서……."

그녀가 내 손을 잡았다. 별다른 뜻이 있어서라기보다는 잠깐만 기다리라는 제스처였다. 똑같은 디자인의 노란 드레스를 입은 두 여자들이 계단 앞에 멈추어 그녀에게 말을 걸려 했기 때문이다.

"안녕하세요!" 두 여자가 함께 외쳤다. "이번 경기에서 패하셨더군요. 안타까워요."

골프 토너먼트에 대한 얘기였다. 한 주 전에 그녀는 결승전에서 고배를 마셨다.

"우리가 누군지 모르실 거예요." 노란 옷의 두 여자 중 하나가 말했다. "한 달쯤 전에 이곳에서 당신을 만난 적이 있어요."

"그 후에 머리를 염색하셨군요." 조던이 말했다. 하지만 두 여자가 이미 걸음을 옮긴 후였던 터라, 조던의 그 말은 하늘에 걸린 달에게 던지는 말 같았다. 출장 요리사의 바구니에서 너무 빨리 꺼내진 저녁 식사처럼, 그날 그 달도 너무 일찍 솟아났다. 조던의 가느다랗고 그을린 팔이 내 팔에 걸린 채, 우리는 계단을 내려와 정원을 어슬렁거렸다. 칵테일 잔을 가득 담은 쟁반이 황혼 속에 떠다녔다. 우리는 테이블에 앉았다. 노란 드레스를 입은 좀 전의 두 여자와 세 남자가 앉은 테이블이었다. 세 남자 모두 미스터 멈블이라고 자신을 소개했다.

"이곳 파티에 자주 오세요?" 옆에 앉은 여자에게 조던이 물었다.

"지난번에 왔을 때가 바로 당신을 만났을 때예요." 뿌듯한 목소리로 여자가 대답했다. 그리고 동행인 여자에게 물었다. "너도 그렇지, 루실?"

루실이 그렇다고 대답했다.

"이곳 파티가 마음에 들어요." 루실이 말했다. "예의나 격식 같은 것에 신경 쓸 필요가 없어서 맘껏 즐길 수 있어요. 지난번 파티에서 제 드레스가 의자에 걸려 찢어졌었어요. 그가 내 이름과 주소를 묻더군요. 일주일도 안 되어서 소포 한 상자가 왔는데, 크루아리에의 새 이브닝드레스가 들어 있더군요."

"그래서 그걸 받았어요?" 조던이 물었다.

"물론이죠. 사실 오늘 그 드레스를 입으려 했는데, 가슴 부위가 너무 커서 수선을 맡겼어요. 가스같이 푸른빛이 돌고 라벤더 색 구슬이 달린, 이백육십오 달러나 되는 옷이에요."

"그런 식의 호의를 베푸는 남자라면 뭔가 의심스러운 구석이 있는 법이에요." 동행인 여자가 확신에 찬 듯 말했다. "어느 누구하고도 말썽이 일어나는 걸 원치 않는다는 거죠."

"누구 말씀이시죠?" 내가 물었다.

"개츠비요. 사람들이 그러는데⋯⋯."

두 여자와 조던이 비밀스럽게 서로에게 몸을 기울였다.

"그가 사람을 죽였을 거래요."

오싹하는 느낌이 우리 모두를 휩쓸고 지나갔다. 세 명의 미스터 멈블도 몸을 앞으로 굽히고 열심히 귀를 기울였다.

"저는 그 정도일 거라곤 생각하지 않아요." 루실이 회의적이라는 투로 말했다. "전쟁 때 독일군의 스파이였다는 소문이 더 그럴 듯해요."

세 남자 중 한 명이 동감의 표시로 고개를 끄덕였다.

"저도 어떤 사람한테 그렇게 들었습니다. 개츠비 씨와 독일에서 함께 자라서 그를 잘 안다고 하더군요." 그가 자신 있는 목소리로 말했다.

"아니에요, 그렇지 않아요." 첫 번째 여자가 말했다. "그럴 리가 없어요. 그는 전쟁 때 미군에서 복무했거든요." 우리의 얇은 귀는 다시 그녀에게 쏠렸다. 그녀가 몸을 더욱 앞으로 기울이며 꽤나 진지하게 말했다. "주변에 아무도 없을 때 그가 짓는 표정을 보세요. 그가 사람을 죽인 적이 있는 게 틀림없다니까요."

그녀는 미간을 찌푸리며 몸을 부르르 떨었다. 루실도 몸을 떨었다. 우리는 모두 두리번거리며 개츠비가 주변에 있지는 않은지 살폈다. 우리의 대화는 개츠비에 대해 떠도는, 다분히 낭만적인 억측의 한 사례에 불과했다. 수군거릴 일이 별로 없는 세상에서, 개츠비는 다른 사람들에게 여러 가지 추측을 불러일으키기에 적합한 인물이었다.

첫 번째 저녁 식사가 차려지고 있었다. 자정이 넘으면 저녁 식사가 한 번 더 제공될 예정이었다. 조던은 자신의 일행들이 있는 테이블로 나를 데려갔다. 좀 전의 테이블과 반대편에 있는 테이블이었는데, 그곳엔 세 쌍의 부부, 그리고 조던의 동행인 자격으로 따라온 대학생 한 명이 앉아 있었다. 고집 센 성격의 그 대학생은 심하게 빈정거리며 말하는 버릇이 있었고, 머지않아 조던이 자기에게 몸을 허락하고 말 것이라 자신하고 있는 듯했다. 세 쌍의 부부는 여기저기 돌아다니며 다른 사람들과 말을 섞지 않고, 이스트에그 출신으로서 자신들의 품격 높은 동질성을 유지했다. 웨스트에그를 눈 아래로 보고 그곳의 천박한 환락을 주의 깊게 경계하면서, 이스트에그의 근엄한 품위를 지켜내는 임무를 떠맡기로 작정한 듯한 모습이었다.

"우리, 나가죠." 따분하고 어색한 시간이 삼십 분쯤 흐른 후에 조던이 속삭였다. "제게는 너무 점잖은 자리예요."

우리는 자리에서 일어났다. 그녀가 파티의 주인을 찾아보자고 했다. 내가 그를 한 번도 만나본 적이 없기 때문이라고 했는데, 그래서 내 기분이 개운치 않았다. 동행한 대학생이 냉소적이면서도 내키지 않는 표정으로 고개를 끄덕였다.

우리는 맨 먼저 바를 둘러보았다. 사람들이 북적였지만 개츠비는 보이지 않았다. 조던이 계단 꼭대기에도 올라가 둘러보았지만 마찬가지였다. 베란다에도 그는 없었다. 그러다가 꽤 중요해 보이는 방문이 눈에 띄어 들어가 보았다. 천장이 아주 높은, 고딕 스타일의 서재였다. 벽면은 다양한 장식이 조각된 영국산 떡갈나무 원목으로 마무리되어 있었다. 외국의 고건물에서 원판 그대로 옮겨놓은 것 같았다.

뚱뚱한 중년 남자 하나가 거대한 올빼미 눈 모양의 안경을 쓴 채 커다란 테이블 끝에 앉아 있었다. 술에 약간 취한 그 남자는 서가의 이곳저곳을 유심히 살펴보고 있었다. 우리가 들어가자 그가 몸을 홱 돌리고는 조던을 머리끝부터 발끝까지 훑어보았다.

"어떻게 생각하십니까?" 그가 성급히 물었다.

"뭐에 대해서요?"

그가 서가를 향해 손을 뻗었다.

"저것 말입니다. 사실, 확인할 필요도 없습니다. 제가 확인했거든요. 저것들 모두 진짜입니다."

"책들 말입니까?"

그가 고개를 끄덕였다.

"모두 진짜입니다. 페이지도 다 있고, 모든 게 다 있습니다. 처음엔 고급 판지로 만든 장식품일 거라고 생각했거든요. 그게 아니더라고요. 모두 다 진짜입니다. 페이지가 다 있어요. 자, 잠깐 기다리세요. 제가 보여드리죠."

우리가 당연히 의심하리라는 듯, 그가 서가로 달려가더니 《스토더드 강연집》* 제1권을 들고 왔다.

"이것 보시라니까요!" 그가 승리감에 도취되어 소리쳤다. "진짜

---

* *John L. Stoddard's Lectures*. 존 로손 스토다드 John Lawson Stoddard(1850~1931)
가 쓴 열다섯 권짜리 여행기 형식의 강연집.(옮긴이)

인쇄물입니다. 처음엔 믿지 않았죠. 이 친구는 벨라스코* 같은 사람이라 해도 과언이 아니에요. 대단합니다. 완벽합니다. 기가 막힐 정도의 사실주의입니다. 원형 그대로예요. 페이지를 자른 적조차 없다니까요. 하지만 읽지 않은 게 뭐 대수겠습니까? 안 그래요?"

그가 내게서 책을 낚아채고는 그것을 다시 서가에 꽂았다. 장서에서 책이 한 권이라도 빠지면 서가 전체가 무너져내릴지도 모른다고 중얼거렸다.

"누가 당신들을 이리로 데려왔습니까?" 그가 따지듯 물었다. "그냥 우연히 온 겁니까? 저는 안내를 받아서 왔어요. 대부분은 안내를 받아 들어오거든요."

조던은 아무 대답 없이 조심스럽게, 하지만 유쾌한 표정으로 그를 보았다.

"루스벨트라는 여자가 저를 안내했어요." 그가 말을 계속했다. "미시즈 클로드 루스벨트. 그녀를 아십니까? 어젯밤에 처음 만난 사람이에요. 지난 일주일 동안 저는 계속 술에 취해 있었습니다. 서재에 앉아 있으면 술이 좀 깨지 않을까 생각했죠."

"그래서 이제 정신이 좀 맑아지셨나요?"

"약간 그런 것 같지만, 아직 잘 모르겠군요. 이 서재에 들어온 지겨우 한 시간밖에 안 됐거든요. 제가 저 책들에 대해 말씀드렸나요? 저것들 모두 진짭니다. 진짜……."

---

* David Belasco(1853~1931). 미국의 극작가이자 연출가로, 사실주의적 무대를 지향한 것으로 유명하다.(옮긴이)

"말씀하셨어요."

우리는 그와 정중히 악수를 나눈 뒤 밖으로 나갔다.

정원에선 무도회가 벌어지고 있었다. 나이 든 남자들은 젊은 여자들을 끝없는 타락의 원 안으로 밀어 넣었고, 자신들이 남보다 더 우월하다고 믿는 남녀들은 정원 귀퉁이에서 서로를 꼭 잡은 채 고상하게 몸을 비꼬고 있었다. 파트너가 없는 여자들은 독자적이고도 개성 넘치는 춤을 춰서, 오케스트라가 연주를 잠시 멈추고 숨을 돌릴 수 있게 해주었다. 자정이 가까워지면서 흥은 최고조에 달했다. 유명한 테너 가수가 이탈리아어로 노래를 불렀고, 악명 높은 콘트랄토* 가수 한 명도 재즈 연주에 맞춰 노래했다. 한 곡이 끝날 때마다 사람들은 정원 이곳저곳에서 각종 장난기 어린 '묘기'를 부렸다. 얼큰하면서도 공허한 웃음소리가 여름 하늘을 가득 메웠다. 쌍둥이 같은 두 여자가 무대에 올라 아기 흉내를 내는 연기를 했다. 알고 보니, 노란 드레스를 입은 그 두 여자였다. 핑거볼보다 더 큰 유리잔들에 샴페인이 부어졌다. 하늘 높이 올라간 달은 롱아일랜드 해협에 삼각형 모양의 긴 은빛 비늘을 수놓았다. 정원에서 흘러나오는 작고 야무진 밴조** 리듬에 맞춰, 은빛 비늘들이 조금씩 떨렸다.

나는 여전히 조던 베이커와 함께 있었다. 우리는 테이블을 하나 잡아 앉았는데, 그곳엔 내 연배쯤 되어 보이는 한 남자, 그리고 시끄럽기 짝이 없는 작은 체구의 한 여자가 앉아 있었다. 그 여자는 별것

---

* contralto. 알토.(옮긴이)
** banjo. 미국의 민속 음악이나 재즈에 쓰는 현악기.(옮긴이)

70

아닌 말 한마디에도 까무러치듯 웃어댔다. 나도 어느덧 파티를 즐기고 있었다. 핑거볼보다 큰 유리잔으로 벌써 샴페인 두 잔을 마시고 나니, 눈앞의 광경들이 뭔가 중대하고 본질적이며 심오한 것처럼 바뀌어버렸다.

음악이 잠시 멈추자 남자가 나를 보며 미소 지었다.

"어디서 뵌 것 같군요." 그가 공손히 말했다. "전쟁 때 제1사단에 계시지 않았습니까?"

"아, 예. 28보병연대에 있었습니다."

"저는 1918년 6월까지 16보병연대에 있었습니다. 어쩐지 전에 뵌 적이 있다고 생각했습니다."

우리는 습하고 잿빛 가득한 프랑스의 작은 마을들에 대해 잠시 이야기를 나누었다. 그는 이곳 근처에 사는 것이 분명했다. 최근에 수상 비행기를 구입했으며 다음 날 아침에 시운전을 할 생각이라고 했다.

"저와 함께 타보지 않으시겠어요, 친구? 해안 근처에서요."

"좋습니다. 몇 시에 가면 되죠?"

"아무 때나 당신이 좋은 시간이면 저도 좋습니다."

그의 이름을 물어보려는 순간, 조던이 주위를 둘러보며 미소 지었다.

"이제 좀 흥이 나시나요?" 그녀가 물었다.

"훨씬 낫군요." 나는 다시 새로운 지인에게 고개를 돌렸다. "전 이런 파티는 처음이에요. 파티 주인을 아직도 못 만났거든요. 저는 바로 저쪽에 삽니다." 나는 보이지 않는 울타리 너머를 가리켰다. "그 개츠비라는 사람이 운전기사에게 초대장을 들려 제게 보냈더군요.”

그는 잠시 나를 바라보았다. 이해가 안 간다는 표정이었다.

“제가 개츠비입니다.” 불쑥 그가 말했다.

“네?” 내가 크게 소리쳤다. “아, 죄송하게 됐습니다.”

“당신이 이미 저를 알고 있다고 생각했습니다. 파티 주인으로서 제가 좀 부족했군요. 죄송합니다.”

그가 사려 깊은 미소를 지었다. 아니, 사려 깊다는 말로는 부족하다. 그것은 상대에게 무한한 안도감을 안겨주는, 일생에 몇 번 볼까 말까 한, 진정 보기 드문 미소였다. 찰나적으로 완전한 영원의 세계를 마주한 혹은 마주한 듯한, 그런 후에 억누를 길 없는 흠모의 눈길로 상대를 바라보는 듯한, 그런 미소였다. 마치 내가 이해받고 싶은 대로 나를 이해해주는 듯한, 내가 스스로를 신뢰하고 싶은 대로 나를 신뢰해주는 듯한, 그런 미소였다. 당신이 남에게 보이고 싶은 그 모습 그대로 지금 제가 당신을 보고 있습니다, 라고 확신시켜주는 그런 미소였다. 미소는 곧 사라졌다. 그리고 나는 서른한두 살 쯤 된, 고상해 보이면서도 어딘지 막일을 업으로 하는 듯한, 한 젊은 사내를 바라보고 있었다. 그의 세련된 어투는 자칫 어색하게 느껴질 수 있을 정도였다. 그가 자신이 누구인지 밝히기 전부터, 나는 그가 아주 신중하게 어휘를 골라가며 말을 하고 있다는 인상을 받았다.

개츠비가 자신의 이름을 밝힌 직후, 집사가 그에게 다가와 시카고에서 전화가 왔다고 알려주었다. 그는 실례하겠다고 말하며 우리 모두에게 일일이 목례를 했다.

"필요한 게 있으면 뭐든 말씀하십시오, 친구." 그가 내게 말했다.
"실례합니다. 나중에 다시 오겠습니다."

그가 자리를 뜨자마자 나는 고개를 돌려 조던을 보았다. 내가 얼마나 놀랐는지 그녀에게 보여주어야 했다. 나는 개츠비가 얼굴이 불그죽죽하고 덩치가 큰 중년일 거라 예상했었다.

"대체 그가 누구죠?" 내가 다그치듯 물었다. "아시지 않나요?"

"그저, 개츠비라는 이름을 가진 남자일 뿐이에요."

"어디 출신이냐는 겁니다, 제 말은. 그리고 뭘 하는 사람이죠?"

"이제 당신까지 시작이군요." 빙긋 웃음을 지으며 그녀가 대답했다. "그가 제게 말하기로는, 옥스퍼드 대학 출신이라는군요."

희미하게 그의 배경이 그려지기 시작했다. 하지만 그녀의 이어진 말에 그 그림은 이내 지워져 버렸다.

"그렇지만 전 그 말을 믿지 않아요."

"왜죠?"

"모르겠어요." 그녀가 고집스럽게 말했다. "그냥, 그가 그곳에 다녔다고는 생각 안 해요."

그녀의 어투를 들으니 좀 전에 만난 아가씨가 했던 말이 떠올랐다. "그가 사람을 죽였을 거래요." 내 호기심이 커져만 갔다. 개츠비가 루이지애나의 늪지대 출신이라거나, 혹은 뉴욕의 이스트사이드 빈민가 출신이라면 난 아무런 의심 없이 믿었을 것이다. 그건 있을 수 있는 일이었다. 하지만 어디서 왔는지도 모를 젊은 사내가 난데없이 롱아일랜드 해협에 흘러들어와 어마어마한 저택을 사들인다는 건, 촌뜨기인 나로선 도저히 납득할 수 없는 일이었다.

"어쨌거나 그는 큰 파티를 자주 열어요." 시시콜콜한 애기를 싫어하는 도시 사람답게 화제를 바꾸며 조던이 말했다. "저는 이런 큰 파티가 좋아요. 편안해요. 규모가 작은 파티에선 프라이버시가 보장이 안 되거든요."

베이스 드럼 소리가 크게 울리더니, 갑자기 오케스트라 지휘자의 목소리가 정원 가득 울려 퍼졌다.

"신사, 숙녀 여러분." 그가 소리쳤다. "개츠비 씨의 요청으로 블라디미르 토스토프의 최신 작품을 연주해드리겠습니다. 지난 5월에 카네기 홀에서 연주되어 크게 호평을 받은 작품입니다. 얼마나 대단한 센세이션을 일으켰는지, 신문을 읽는 분이라면 잘 아실 겁니다." 그가 뻐기듯 말하며 유쾌하게 웃었다. 그리고 다시 한 번 외쳤다. "대단한 센세이션이었다고요!" 사람들이 크게 웃었다.

"이 작품의 제목으로 말할 것 같으면." 그가 힘차게 말을 끝냈다. "블라디미르 토스토프의 〈세계 재즈사〉입니다!"

토스토프의 작품 세계는 나를 사로잡지 못했다. 연주가 시작되면서부터 내 시선은 개츠비에게 머물렀다. 그는 대리석 계단 위에 혼자 선 채 정원을 내려다보고 있었다. 무언가를 점검하고 확인하는 듯한 눈빛으로, 하객들을 한 사람 한 사람 둘러보았다. 햇볕에 그을린 그의 피부는 단단하고 매력적이었다. 짧은 머리는 매일 다듬는 듯 단정했다. 나는 그에게서 음울하거나 사악한 느낌을 찾을 수 없었다. 그는 술을 마시지 않았다. 그것이 그와 하객들 사이에 일정한 거리를 만드는 것이 아닐까 하는 생각이 들었다. 사람들이 파티에 빠져들어 흥청댈수록, 그는 더욱더 정중해지고 꼿꼿해졌다. 〈세계 재즈사〉 연주가 끝나자 젊은 여자들은 강아지처럼 애교 넘치게 남자들의 어깨에 머리를 얹어놓기도 하고, 뒤돌아서서 남자들의 품으로 넘어지는 장난도 쳤다. 한 남자에게로 넘어지기도 하고, 여러 남자에게로 넘어지기도 했다. 여자들은 누군가가 자기들의 몸을 받아주리라는 걸 잘 알았다. 하지만 아무도 개츠비에게는 몸을 넘기지 않았다. 최신 유행의 프랑스식 단발머리를 한 그 많은 여자들 중 어느 누구도 개츠비의 어깨에는 머리를 기대지 않았다. 함께 어울려 노래를 부르는 어떤 그룹도 개츠비와는 어깨동무를 하지 않았다.

"실례합니다."

개츠비의 집사가 갑작스레 우리 앞에 다가와 섰다.

"미스 베이커시죠?" 그가 물었다. "실례합니다만, 개츠비 씨가 말씀을 나누고 싶어 하십니다. 단둘이서요."

"저하고요?" 조던이 놀라서 되물었다.

"네, 그렇습니다."

그녀는 천천히 자리에서 일어나며 놀란 표정으로 나를 향해 눈썹을 치켜들었다. 그러곤 집사를 따라 저택 안으로 향했다. 나는 그녀가 입고 있는 이브닝드레스를 바라보았다. 그날도 역시 운동복 같은 드레스였다. 그녀의 몸동작엔, 맑고 풋풋한 아침에 처음 골프 코스를 도는 법을 배우는 사람 같은 쾌활함이 배어 있었다.

나는 다시 혼자였다. 시간은 거의 새벽 두 시였다. 얼마 동안 테라스 위쪽의 기다랗고 창문 많은 방에서 북적이면서도 흥겨운 소리가 새어나왔다. 조던과 함께 온 대학생은 코러스 걸 두 명과 산부인과에 관한 이야기를 나누며 내게 대화에 동참해달라고 애걸하다시피 했다. 나는 그에게서 벗어나 저택 안으로 들어갔다.

큰 방은 사람들로 가득했다. 노란 드레스를 입은 여자 중 하나가 피아노를 연주했고, 그 옆에서 키가 크고 머리가 붉은 어떤 여자가 노래를 불렀다. 유명한 합창단 출신의 여자였다. 샴페인을 얼마나 마셨는지, 그녀는 이미 거나하게 취해 있었다. 노래 부르는 내내 그녀는 모든 게 너무도, 너무도 슬플 뿐이라고 느끼는 것 같았다. 노래만 부른 게 아니라 울기도 했다. 노래 중간에 간주가 연주될 때마다 숨이 찰 정도로 흐느껴 울었고, 곧 다시 떨리는 소프라노로 노래를 이었다. 눈물이 그녀의 뺨을 타고 흘렀다. 하지만 자연스럽게 흐른 것은 아니었다. 눈물은 화장이 덕지덕지 발라진 속눈썹을 지나면서 잉크와 섞였고, 그때부터 검은 냇물이 되어 흘러내렸다. 누군가 그녀에게 얼굴에 그려진 악보를 보고 노래를 불러보는 게 어떠냐고 농담을 했다. 그 순간, 그녀가 갑자기 양손을 치켜들고 의자에 털썩 주저앉더니 곧 깊이 곯아떨어졌다.

"저 여자는 어떤 남자랑 싸움을 한판 벌였어요. 자기가 저 여자 남편이라던 남자였죠." 내 옆에 바싹 붙어 선 어떤 젊은 여자가 설명했다.

나는 주위를 둘러보았다. 남아 있는 여자들 대부분은, 남편이라 불리는 남자들과 언쟁을 벌이고 있었다. 조던의 일행들, 즉 이스트에그에서 온 그 네 사람도 말다툼 끝에 뿔뿔이 흩어졌다. 그중 한 남자는 어느 젊은 여배우와 수상쩍을 만큼 밀도 높게 이야기를 나누고 있었다. 그의 아내는 아무렇지도 않은 척 고상하게 그 상황을 웃어넘기고자 했지만 결국 참지 못하고 측면 공격을 시도했다. 성난 다이아몬드 방울뱀처럼, 그녀는 이따금 남편에게 다가가 그의 귀에 대고 쉭쉭댔다. "당신, 약속했잖아!"

집으로 돌아갈 생각을 안 하는 건 바람기 가득한 남자들만이 아니었다. 홀에는 지독하리만치 맨 정신인 두 남자와, 그들의 분노한 아내들도 있었다. 두 아내는 조금 격앙된 목소리로 서로를 위로했다.

"저이는 내가 재미 보는 꼴을 못 봐요. 좀 즐길 만하면 집에 가자고 보챈다니깐."

"살면서 저렇게 이기적인 인간은 처음이에요."

"제일 먼저 파티를 떠나는 사람들은 꼭 우리들이잖아요."

"맞아요, 우리들이죠."

"오늘 밤엔 우리가 거의 제일 마지막까지 남아 있군." 두 남자 중 하나가 멋쩍어하며 말했다. "오케스트라도 반 시간 전에 떠났는데 말이야."

아내들은 남편들의 재촉이 말도 안 되게 부당하다고 우겼지만, 언쟁은 결국 짤막한 몸싸움으로 막을 내렸다. 두 남자는 싫다며 버둥대는 여자들을 잡아끌고 어둠 속으로 향했다.

홀에서 모자를 갖다 주길 기다리고 있는데, 조던 베이커와 개츠비가 함께 나타났다. 그는 그녀에게 마지막으로 몇 마디 말을 하고 있었다. 몇몇 사람들이 작별 인사를 하기 위해 다가가자, 조바심치는 듯하던 그의 태도는 금세 지극히 정중하게 바뀌었다.

포치에 있던 조던의 일행이 그녀를 재차 불러댔지만, 그녀는 나가지 않고 내게 다가와 악수를 청했다.

"굉장한 얘기를 들었어요." 그녀가 작은 소리로 말했다. "우리가 저 안에서 얼마나 있었던 거죠?"

"한 시간쯤 될 겁니다."

"정말…… 놀라운 얘기였어요." 그녀가 알쏭달쏭하게 다시 말했다. "아무에게도 말하지 않겠다고 했는데, 이렇게 당신의 궁금증을 자극하고 말았네요." 그녀가 내 면전에서 우아하게 하품을 했다. "저를 만나러 한번 오세요……. 전화번호부에 있어요……. 미시즈 시고니 하워드라는 이름으로요……. 제 숙모예요……." 그녀가 바삐 걸음을 옮기며 말했다. 그녀는 가무잡잡한 손을 흔들며 쾌활하게 작별 인사를 한 후, 문 앞에서 기다리던 일행과 합류했다.

처음 온 파티에서 너무 늦게까지 머문 것에 약간 겸연쩍어하며, 나는 개츠비 주변에 모여든 마지막 손님들 틈에 섰다. 저녁에 그를 만나고자 찾아다녔으며, 정원에서 처음 만났을 때 알아보지 못해 미안하다고 말하고 싶었다.

"그런 말 마십시오." 그는 내 사과를 극구 사양했다. "그런 생각일랑 절대 하지 마세요, 친구." '친구'라는 그 친숙한 표현이, 안심시키려고 내 어깨를 쓸어내리는 그의 손길만큼이나 어색하게 느껴졌다. "함께 수상비행기를 타기로 한 것 잊지 마세요. 내일 아침, 아홉

십니다."

그때 집사가 그의 등 뒤로 와서 섰다.

"필라델피아에서 전화가 왔습니다."

"알겠네. 곧 갈 테니, 잠깐 기다리라고 전해주게……. 그럼, 안녕히 가십시오."

"안녕히 계십시오."

"안녕히 가세요." 그가 미소 지었다. 갑자기 내가 마지막까지 머물러 있었던 것이 꽤 의미심장한 일처럼 느껴졌다. 내가 끝까지 남아 있기를 그가 바라기라도 한 듯이. "안녕히 가세요, 친구……. 안녕히."

하지만 계단을 내려온 나는 그 밤이 아직도 끝나지 않았음을 알았다. 정문에서 십오 미터쯤 떨어진 곳에 십여 개의 자동차 전조등이 기괴하고도 소란스러운 어떤 광경을 비추고 있었다. 길 옆 도랑에는 신형 쿠페 자동차 한 대가 바퀴 하나가 떨어져 나간 채 처박혀 있었다. 방금 전까지만 해도 개츠비 저택 안 진입로에 세워져 있던 차였다. 뾰족하게 돌출된 벽에 부딪혀 바퀴가 떨어져 나간 것 같았다. 여섯 명쯤 되는 운전자들이 잔뜩 호기심에 찬 얼굴로 그 차를 바라보고 있었다. 그들의 차가 도로를 꽉 막고 있었던 터라, 뒤의 차들이 경적을 울려대기 시작했다. 주변은 점점 더 혼란에 빠져들었다.

실내복을 입은 한 남자가 부서진 차 안에서 내리고는 길 한가운데에 섰다. 그는 차와 바퀴 하나하나를 살펴보더니, 신기하다는 듯 그리고 곤혹스럽다는 듯 구경꾼들을 바라보았다.

"이것 좀 보세요!" 그가 말했다. "차가 도랑에 박혀버렸어요."

그는 어지간히 놀란 모습이었다. 내게는 그 모습이 더욱 놀랍게 여겨졌다. 나를 더욱 놀라게 한 것은 그가 바로 개츠비 서재에서 만난 그 남자라는 사실이었다.

"어쩌다 이렇게 된 겁니까?"

그가 어깨를 으쓱했다.

"난 기계에 대해선 문외한이에요." 그가 단호히 말했다.

"그래도 그렇죠. 어떻게 된 일이에요? 벽에 갖다 박기라도 한 겁니까?"

"내게 묻지 말라니까요." 올빼미 안경을 쓴 그가 발뺌하며 말했다. "저는 운전의 '운'자도 모른단 말입니다. 어쩌다 보니 저렇게 됐단 얘기예요. 그것밖엔 모릅니다."

"운전을 못 하면 하지 말았어야죠. 그것도 한밤중에 말이죠."

"운전할 생각도 없었어요." 그가 성난 목소리로 말했다. "운전대에 손도 대지 않았다니까요."

놀란 사람들은 아무 말 없이 이 광경을 구경하고 있었다.

"자살이라도 할 생각이었습니까?"

"바퀴 하나만 날아갔으니 퍽도 운이 좋았군요. 운전도 못 하고 운전대에 손도 대지 않았다, 이 말이죠!"

"내 말을 이해 못 하시는 것 같은데." 남자가 설명하려 들었다. "내가 운전한 게 아니라는 겁니다. 차 안에 다른 사람이 있어요."

이 말에 여기저기서 "아!" 하는 탄성이 튀어나왔다. 그때 쿠페의

문이 천천히 열렸다. 어느덧 '군중'이라고 불러도 무방할 만큼 많은 사람들이 모여 있었다. 그들은 자기도 모르게 한 발자국 뒷걸음쳤다. 문이 활짝 열렸다. 잠시 무거운 침묵이 흘렀다. 그러곤 아주 천천히, 창백하고 몸을 잘 가누지 못하는 누군가가 차 밖으로 발을 내밀더니 조심스럽게 땅을 디뎠다. 커다랗고 희뿌연 댄스 슈즈를 신은 발이었다.

전조등 불빛으로 앞을 볼 수가 없는 데다가, 끊임없이 울려대는 경적 소리 때문에 어리둥절해진 그 유령은 비틀거리며 잠시 그 자리에 섰다. 그가 외투를 입은 남자를 알아보았다.

"무슨 일이죠?" 그가 조용히 물었다. "기름이 떨어졌나요?"

"저것 좀 보세요!"

잘려나간 바퀴를 여섯 개의 손가락이 일제히 가리켰다. 그는 내동댕이쳐진 바퀴를 물끄러미 바라보더니, 이어서 하늘을 올려다보았다. 바퀴가 하늘에서 떨어진 건 아닐까, 의심하는 표정이었다.

"완전히 떨어져 나갔어요." 누군가가 말했다.

그가 고개를 끄덕였다.

"저는 차가 멈춘 것도 몰랐습니다."

그는 잠시 침묵했다. 그러고는 크게 심호흡을 한 뒤 어깨에 힘을 주며 결연한 목소리로 말했다.

"근처에 주유소가 어디 있는지 아십니까?"

십여 명의 남자들이 앞을 다투어 바퀴 하나가 차체에서 완전히 떨어져 나갔다는 사실을 그에게 설명하려 들었다.

"차를 꺼내보세요." 잠시 후 그가 말했다. "후진해보면 어떨까요."

"바퀴가 떨어져 나갔다니까요!"

그가 머뭇거리며 말했다.

"그래도, 한번 해본다 한들 밑져야 본전 아니겠습니까?"

여기저기서 고양이 비명 같은 경적 소리가 더욱 커졌다. 나는 돌아서서 잔디밭을 지나 집으로 향했다. 가면서 뒤를 한 번 돌아보았다. 웨이퍼 모양의 달이 개츠비 저택 위에서 밝게 빛나고 있었다. 그 빛은 그곳을 여느 밤처럼 평온해 보이게 했다. 아무 소란도 벌어지고 있지 않은 것처럼, 반짝이는 정원에서 그저 웃음소리만 살아 있는 것처럼 느껴지게 했다. 하지만 저택의 수많은 창문과 육중한 방문 틈으로 갑작스런 공허가 밀려 나오는 듯했다. 저택의 주인은 포치에 서서, 손을 들어 마지막 손님들과 정중히 작별 인사를 하고 있었다. 저택에서 흘러나오는 공허가 그를 완전한 고립 속으로 밀어 넣고 있었다.

지금까지 내가 쓴 것을 다시 읽어보니, 몇 주에 걸쳐 일어난 세 건의 사건에 내가 지나치게 몰입한 듯한 인상을 준 것 같다. 사실은 그렇지 않다. 그 사건들은 북적북적한 여름에 흔히 일어날 수 있는 평범한 사건들이었다. 나는 내 일에 파묻혀 그 사건들을 빠르게 잊어갔다.

나는 대부분의 시간을 일하며 보냈다. 태양이 내 그림자를 서쪽으로 밀어붙이는 이른 아침이면, 나는 맨해튼의 하얀 빌딩 숲을 허겁지겁 달려 프로비티 신탁회사로 향했다. 나는 여러 사무직원들이나 젊은 채권업자들과 호형호제하며 지냈을 뿐만 아니라, 어두침침하고 어수선한 레스토랑에서 그들과 함께 소시지와 으깬 감자 및 커피를 점심으로 먹었다. 저지시티에 사는, 회계과 직원인 아가씨와 잠깐 동안 연애도 했다. 하지만 그녀의 오빠가 나를 음흉한 시선으로 바라보는 바람에, 그녀가 7월 초에 여름휴가를 떠난 것을 기점으로 조용히 관계를 정리했다.

나는 주로 예일 클럽에서 저녁을 먹었다. 웬일인지 하루 중 그때가 가장 우울했다. 그런 다음, 위층 도서관에 올라가서 투자라든가 주식에 관한 책들을 한 시간 정도 열심히 읽었다. 클럽에는 으레 시끌시끌한 건달들이 죽치고 있게 마련이었지만, 그들은 절대 도서관엔 오지 않았다. 일에 몰두하기에 아주 좋은 장소였다. 밤공기가 쾌적할 때면 도서관에서 나와 머리힐 호텔과 33번가를 지나 펜실베이니아 역까지, 매디슨 애비뉴를 따라 걸었다.

뉴욕이 좋아지기 시작했다. 생기 넘치고 모험 가득한 뉴욕의 밤이 좋았다. 무수한 남녀와 자동차들이 눈앞에서 쉴 새 없이 명멸하는 모습이 만족감을 더했다. 나는 5번가에 가서, 수많은 사람들 속에서 로맨틱해 보이는 여자들을 점찍어보는 걸 좋아했다. 그리고 어느 틈엔가 내가 그들의 삶 속으로 성큼 들어가는 상상을 했다. 아무도 모를, 그래서 아무도 왈가왈부하지 않을 그런 모험을 상상했다. 이따금 나는 마음속으로 그들을 집까지 따라간다. 아무도 모르는 도로 한 귀퉁이에 있는 집이다. 그들은 돌아서서 나를 보며 미소 짓는다. 그리고 문 안으로, 따스한 어둠 속으로 사라진다. 고혹적인 메트로 폴리탄의 황혼을 바라보며, 나는 이따금 고독이 엄습해오는 것을 느꼈다. 다른 사람들에게서도 그런 고독을 느꼈다. 거리에서 하릴없이 서성대는, 황혼 속의 젊고 가난한 회사원들. 오늘도 또다시 식당에서의 외로운 저녁 식사를 기다리며 그렇게 시간을 보내는 그들. 밤의, 아니 인생의 가장 짜릿한 순간을 그렇게 흘려보내는 그들에게서도 고독이 느껴졌다.

여덟 시가 되었다. 어둑어둑한 40번가 도로에 자동차들이 빽빽이 늘어섰다. 택시들도 쉴 새 없이 모여들었다. 극장가로 향하는 차들이었다. 마음이 침울해졌다. 택시 안의 사람들은 서로 몸을 기댄 채 노래를 흥얼거렸고, 듣도 보도 못한 농담을 나누며 웃음을 터뜨렸다. 담배 연기가 차 안을 뿌옇게 메웠다. 그들의 안녕을 빌며, 나는 상상했다. 나도 즐거움을 찾아 급히 길을 나서는 중이라고. 나도 누군가와 친밀한 대화를 나누며 한껏 들떠 있다고.

한동안 조던 베이커를 보지 못했다. 그리고 한여름에 그녀를 다시 만났다. 처음엔 그녀와 함께 여기저기 다니는 것이 꽤 으쓱하기만 했다. 골프 챔피언인 그녀를 몰라보는 사람이 없었기 때문이다. 그러다가 뭔가 묘한 느낌이 들기 시작했다. 사랑에 빠진 것은 아니었다. 모종의 야릇한 호기심이었다. 권태로운 듯 도도하게 세상을 내려다보는 그녀의 얼굴은 뭔가를 감추고 있었다. 허세란 본래 뭔가를 감추기 마련이다. 의도적이지 않더라도 그렇다. 어느 날, 나는 그 뭔가가 무엇인지 알게 되었다. 우리는 워릭의 어느 집에서 열린 파티에 참석했다. 오픈카를 빌려 타고 온 그녀는 차를 빗속에 뚜껑을 열어놓은 채 놓아두었다. 그러곤 거짓말을 했다. 불현듯 데이지의 집에서 조던을 처음 만났을 때 내 머릿속을 스쳤던 오래된 일화가 떠올랐다. 그녀가 첫 골프 토너먼트에서 경기할 때, 거의 신문에 날 뻔한 큰 사건이 있었다. 준결승전에서 불리한 지점에 떨어진 공을 그녀가 옮겨놓았다는 주장이 제기된 것이었다. 그 일은 엄청난 스캔들로 비화되는 듯하더니 스멀스멀 사그라졌다. 캐디가 자기의 주장을 철회했고, 다른 유일한 목격자도 자기가 잘못 보았을 수도 있다고 말했다. 그 사건과 그 이름이 내 기억 속에 남아 있었다.

조던 베이커는 영악하고 눈치 빠른 남자들을 본능적으로 기피했다. 왜 그런지 이제 알 것 같았다. 그녀는 정해진 코드에서 한 치라도 벗어나면 큰일인 줄 아는 우직한 남자에게서 더 안전함을 느꼈다. 그녀는 못 말릴 정도로 부정직한 사람이었다. 그녀는 자신이 불리한 상황을 견디지 못했다. 내 생각이지만, 세상을 향한 그 냉정하고 거만한 미소를 유지하기 위해, 그 단단하고 멋들어진 육체의 욕망을 충족시키기 위해, 아마도 그녀는 아주 어릴 때부터 무수한 평계와 속임수를 일삼았을 것이다.

내겐 대수로운 일이 아니었다. 여자의 부정직함이란 심하게 비난받을 일이 아니다. 나는 약간 떨떠름하긴 했지만 곧 잊었다. 그날 파티에서 우리는 자동차 운전에 대해 흥미로운 대화를 나누었다. 파티에 오는 길에 몇몇 일꾼들을 지나쳤는데, 우리의 차가 너무나 아슬아슬하게 그들 옆을 지나가는 바람에 자동차 범퍼가 그중 한 명이 입은 점퍼의 단추를 살짝 건드린 일이 있었다.

"운전 실력이 형편없군요." 내가 말했다. "좀 더 조심하든가, 아예 운전을 하지 말든가 하시죠."

"조심하고 있어요."

"아뇨. 그렇지 않은데요."

"적어도, 다른 사람들은 조심하잖아요."

"그게 무슨 상관이죠?"

"그 사람들이 알아서 길을 비켜줄 거라는 거죠." 그녀가 우겼다. "사고는 쌍방의 과실로 일어나는 법이잖아요."

"당신처럼 부주의한 운전자를 만난다고 생각해보세요."

"안 그러길 바라야죠." 그녀가 대답했다. "부주의한 사람은 싫어요. 제가 당신을 좋아하는 것도 바로 그래서예요."

햇살에 찡그린 그녀의 회색 눈은 정면을 바라보고 있었지만, 그녀는 우리의 관계를 교묘히 뒤틀어놓았다. 순간적으로 나는 내가 그녀를 사랑한다고 생각했다. 그러나 나는 생각이 느린 사람이다. 자기 규율이 엄격한 편이어서 일시적인 욕망에 그다지 흔들리지도 않는다. 고향에 남기고 온 어떤 여자와의 모호한 관계를 확실하게 정리하는 것이 우선이라는 걸 나는 잘 알고 있었다. 그 당시 나는 일주일에 한 번씩 그 여자에게 편지를 썼다. 편지의 끝은 항상 '사랑하는 닉으로부터'라고 마무리했다. 그녀에 대해 생각나는 것이라곤, 테니스를 치는 그녀의 입술 위로 땀방울이 수염처럼 맺히던 모습뿐이었다. 그녀와 나의 관계는 아주 불확실했다. 하지만 완전히 자유로워지기 전에 그 관계를 조심스럽고 요령 있게 매듭지어야 했다.

모든 사람은 자기 자신이 적어도 한 가지 중요한 미덕을 지녔다고 생각한다. 나도 마찬가지다. 나는 보기 드물게 정직한 사람이다.

제4장

　일요일 아침에 교회 종소리가 해안가 마을에 울려 퍼질 때면, 내로라하는 사람들과 그들의 연인들은 개츠비의 저택으로 돌아와 그의 잔디밭에서 야단스럽게 웃고 떠들며 즐거움을 만끽했다.

　"그는 밀주업자래요." 개츠비의 칵테일 바와 꽃밭 사이를 오가며 젊은 여자들이 말했다. "사람을 죽인 적도 있대요. 폰 힌덴부르크*의 조카이자 악마의 육촌뻘이라는 게 발각되자 그걸 알아낸 사람을 죽였다는 거예요. 여보, 내게 장미 한 송이를 갖다 줘요. 그리고 저 크리스털 잔도 마지막 한 방울까지 가득 채워주고요."

---

*　Paul von Hindenburg(1847~1934). 당시 독일의 장교이자 정치가.(옮긴이)

언젠가 한 번 나는 내 열차 시간표 여백에 그해 여름 개츠비 저택을 드나든 사람들의 이름을 쭉 적어본 적이 있다. 지금은 접힌 부분이 거의 닳아 헤질 정도로 낡아버린 시간표로서, 맨 위에 '1922년 7월 5일자 열차 시간표'라고 쓰여 있고, 내가 적은 이름들이 아직도 흐릿하게 남아 있다. 그들은 개츠비에 대해 아무것도 알지 못했다. 그러나 그 무지함은 사실상 개츠비의 환대에 대한 감사의 표시나 다름없었다. 내가 구구절절 설명하는 것보다 그 이름들을 밝히는 것이 여러분의 이해를 훨씬 도울 것이다.

이스트에그에서 온 사람들을 보면, 우선 체스터 베커 부부와 리치 부부가 있다. 번슨이라는 이름의 남자도 있는데, 예일 대학 시절에 나도 알던 사람이다. 작년 여름 메인 주에서 익사한 웹스터 시벳 박사, 그리고 혼빔 부부, 윌리 볼테어 부부도 있다. 블랙벅 가문 사람들도 있는데, 그들은 늘 구석에 따로 모여 자기들 앞을 지나가는 사람들을 향해 염소처럼 코를 쿵쿵댔다. 이스메이 부부, 크리스티 커플(허버트 아우어바흐와 미스터 크리스티의 아내라고 해야 좀 더 정확할 것이다), 그리고 어느 겨울날 오후에 아무 까닭도 없이 머리가 온통 목화솜처럼 세어버린 에드거 비버도 있다.

내 기억으론, 클래런스 엔다이브도 이스트에그에서 왔다. 그는 니커보커* 차림으로 딱 한 번 왔는데, 에티라는 건달과 정원에서 싸움을 벌였었다. 롱아일랜드의 더 바깥쪽에서는 치들 부부, O. R. P. 슈

---

* 무릎 아래에서 끈으로 여미는 바지.(옮긴이)

레이더 부부, 조지아 출신의 스톤월 잭슨 에이브럼 부부, 피시가드 부부, 리플리 스넬 부부가 왔다. 스넬은 감옥에 가기 사흘 전에 그 파티에 왔는데, 만취한 채로 저택 안 진입로에 누워 있다가 미시즈 율리시즈 스웨트의 차에 오른손을 치였다. 댄시 부부, 예순이 넘은 S. B. 화이트베이트, 모리스 A. 플링크, 해머헤드 부부, 담배 수입업자인 벨루가와 그의 여자들도 왔다.

웨스트에그에서는 폴 부부와 멀레디 부부, 세실 로벅, 세실 숀, 상원의원 걸릭, 필름스 파 엑설런스 영화사를 주무르던 뉴턴 오키드, 에크호스트, 클라이드 코헨, 돈 S. 슈워츠(아들), 아서 맥카티가 왔다. 모두가 어떤 식으로든 영화 산업과 관련 있는 사람들이었다. 캐틀립 부부, 벰버그 부부, G. 얼 멀둔도 왔다. 얼 멀둔은 훗날 아내를 목 졸라 죽여서 유명해진 멀둔과 형제지간이다. 영화 프로모터인 다 폰타노, 에드 레그로스, 제임스 B. 페럿, 드종 부부, 어니스트 릴리도 왔는데, 이들이 파티에 온 것은 주로 도박을 하기 위해서였다. 페럿이 정원을 서성거리는 건, 다음 날 그의 운수업의 주가가 올라야 할 정도로 그가 돈을 다 털렸음을 뜻했다.

클립스프링거라는 남자는 개츠비의 파티에 거의 빠짐없이 온 데다가 한 번 오면 오래 죽치는 경우가 많아서 '하숙생'이라는 별명까지 얻었다. 아마도 그는 집이 없었을지도 모른다. 연극계 인사들로는 거스 웨이즈, 호레이스 오도노반, 레스터 마이어, 조지 덕위드, 프란시스 불이 있었다. 뉴욕에서는 크롬 부부, 백하이슨 부부, 데니커 부부, 러셀 베티, 코리건 부부, 켈러허 부부, 듀어 부부, 스컬리 부부, S.

W. 벨처와 스머크 부부, 지금은 이혼한 젊은 퀸 부부, 훗날 타임스스 퀘어 지하철역에서 전동차에 뛰어내려 자살한 헨리 L. 팔메토가 왔다.

베니 맥클레나한은 항상 여자들 네 명을 거느리고 왔다. 같은 여자인 경우는 한 번도 없었지만 매번 너무나 비슷한 모습의 여자들이어서, 늘 그곳에 왔던 것 같은 느낌을 주었다. 그 여자들의 이름은 정확하게 기억나지 않는다. 재클린이나 콘수엘라나 글로리아나 주디나 준, 대충 그런 이름이었을 것이다. 그중엔 발음이 부드러운, 꽃이나 계절 이름을 딴 성을 가진 여자도 있었고 미국의 어느 대자본가와 동일한, 딱딱한 성을 가진 여자들도 있었다. 좀 더 다그쳐 물었다면 자기들이 그 대자본가와 사촌지간이라고 털어놓았을지도 모른다.

그 외에도 포스티나 오브라이언이 적어도 한 번은 왔었다는 걸 기억한다. 베데커 집안 딸들, 전쟁에서 총에 맞아 코가 떨어져 나간 청년인 브루어, 미스터 앨브룩스버거와 그의 약혼녀인 미스 하그, 아디타 피츠-피터스, 한때 미국 재향군인회 회장이었던 미스터 P. 주웨트, 운전기사라는 남자와 함께 등장한 미스 클라우디아 힙, 우리가 '공작님'이라 부르던, 하지만 이름을 도저히 기억할 수 없는 어떤 왕자도 있었다.

이 모든 사람들이 그해 여름 개츠비의 저택을 드나들었다.

7월 하순의 어느 날 아침 아홉 시, 개츠비의 호화로운 자동차가

자갈길을 지나 내 집 문 앞에 서더니 삼중 톤의 경적을 울려댔다. 그간 나는 그의 파티에 두 번 참석했고, 그의 수상비행기를 탄 적이 있으며, 그의 끈질긴 초대를 받아 그의 해변에서 시간을 보낸 적이 종종 있다. 하지만 그가 직접 내 집을 방문한 건 처음 있는 일이었다.

"안녕하세요, 친구. 오늘 나와 점심을 함께하시죠. 같이 차를 타고 나가서요."

그는 아주 가벼우면서도 독특한 미국적인 몸동작으로 자동차 대시보드에 몸을 기대고 섰다. 내 생각에 그러한 몸동작은 어린 시절에 무거운 물건을 들어본 경험이 없는 데서 나온 것이거나, 혹은 어쩌면 더, 마치 게임을 하듯 긴장되면서도 산발적인 우리의 캐주얼한 관계에서 비롯된 것 같기도 했다. 그의 이러한 특성은 지나치리만치 정중한 태도 속에서 불안과 동요의 모습으로 문득문득 드러났다. 그는 한시도 몸을 가만히 두지 못했다. 늘 발끝으로 바닥을 두드리거나 쉴 새 없이 손을 쥐었다 폈다 했다.

감탄에 젖어 차를 들여다보는 나를 보며 그가 말했다.

"근사하죠, 친구?" 내가 좀 더 잘 감상할 수 있도록 그가 차에서 뛰어내렸다. "이런 차를 본 적이 있습니까?"

본 적이 있었다. 누군들 본 적이 없겠는가. 진한 크림색에, 니켈로 밝게 마감된 차였다. 어마어마하게 긴 몸체는 모자 넣는 칸, 음식물 넣는 칸, 도구 넣는 칸이 여기저기에 장착되어 울퉁불퉁했다. 미로처럼 디자인된 차창들은 마치 열두 개의 태양을 비추는 거울과도 같았다. 여러 겹의 차창 뒤에서 녹색 가죽으로 된 온실 같은 좌석에 앉은 우리는 시내로 향했다.

그 전의 한 달 동안 나는 여섯 번 정도 그와 이야기를 나누었다. 하지만 실망스럽게도 그로부터 들은 이야기는 거의 없었다. 때문에 그가 범상치 않은 사연을 가진 사람일 것이라는 첫인상은 차츰 사라졌다. 그냥 내 이웃에 있는 세련된 로드하우스의 소유자일 뿐이었다.

그러던 차에 그날의 당혹스런 드라이브를 하게 되었다. 웨스트에그 빌리지에 도착하기 얼마 전이었다. 갑자기 개츠비가 우물쭈물 두서없이 말하기 시작했다. 그답지 않은 일이었다. 캐러멜 색 양복을 입은 자신의 무릎을 불안한 듯 탁탁 치기도 했다.

"할 말이 있는데요, 친구." 그가 불쑥 말을 꺼냈다. "나를 어떻게 생각하십니까?"

약간 당황한 나는, 그런 질문을 받을 때 사람들이 흔히 하는 방식으로 어물쩍 넘겨버리려 했다.

"내가 어떻게 살아왔는지를 당신에게 말씀드릴까 합니다." 그가 내 말을 끊었다. "사람들이 하는 얘기만 듣고 당신이 나에 대해 잘못된 생각을 갖게 될까 봐서요."

그는 사람들이 자신에 대해 어떤 괴상한 얘기를 쑥덕이는지 잘 아는 모양이었다.

"신에게 맹세코, 진실만을 말씀드리겠습니다." 그가 갑자기 오른손을 치켜들었다. 진실이 아니면 천벌이라도 받겠다는 듯한 자세였다. "나는 중서부의 어느 부잣집 아들입니다. 가족들은 모두 세상을 떴고요. 미국에서 자랐지만 교육은 옥스퍼드에서 받았습니다. 제 선

조들은 모두 그곳에서 교육을 받았거든요. 가족 전통입니다."

그가 나를 흘깃 쳐다보았다. 조던 베이커는 개츠비가 거짓말을 한다고 말한 적이 있다. 그녀가 왜 그런 말을 했는지 알 것 같았다. '옥스퍼드에서 공부했다'라는 부분을 아주 빨리, 주워 삼키듯 혹은 목에 걸린 듯 말했다. 마치 전에 그것 때문에 문제가 됐던 적이라도 있는 듯이 말이다. 한 번 의심을 하니 그의 이야기가 모두 거짓 같았다. 그에게 모종의 사악한 구석이 있는 것은 아닐까 하는 생각까지 들었다.

"중서부 어느 지역이죠?" 내가 태연한 척하며 물었다.

"샌프란시스코입니다."

"그렇군요."

"부모님이 돌아가시면서 내게 많은 돈을 남기셨습니다."

그의 목소리가 엄숙해졌다. 가족의 갑작스러운 죽음에 대한 기억이 아직도 그의 뇌리를 맴돈다는 표현 같았다. 잠시 동안, 그가 나를 놀리는 것이려니 생각했지만 그의 얼굴을 보니 농담이 아닌 게 분명했다.

"한동안 유럽 각지를 돌아다니며 인도의 왕자처럼 살았습니다. 파리라든가 베네치아라든가 로마 같은 곳이요. 보석 수집도 했습니다. 주로 루비 종류였죠. 큰 짐승들을 쫓아 사냥도 하고, 그림도 좀 그렸습니다. 오직 나 자신을 위해서만 그렇게 살았죠. 오래전에 있었던 아주 슬픈 어떤 일을 잊기 위해서 말입니다."

나는 터져 나오려는 웃음을 참느라 용을 써야 했다. 그가 하는 말들이 너무나 낡고 상투적이어서 어떤 그럴듯한 이미지도 연상되지 않았다. 굳이 있다면, 땀구멍마다 톱밥이 줄줄 새어나오는, 터번을 쓴 어떤 '괴짜'가 불로뉴 숲 속에서 호랑이를 뒤쫓고 있는 이미지였다.

"그러던 중에 전쟁이 터진 겁니다, 친구. 내겐 큰 구원이었죠. 죽으려고 무진 애를 썼습니다. 하지만 나는 목숨이 아홉 개는 되는 것 같더군요. 처음엔 중위로 임관됐습니다. 기관총 대대를 이끌고 아르곤 숲 깊숙한 곳까지 들어갔는데, 너무 멀리까지 가는 바람에 숲 양쪽에 포진한 아군 보병 부대와 반 마일이나 떨어지게 됐습니다. 보병 부대가 도저히 따라올 수 없는 거리였죠. 그곳에서 꼬박 이틀을 싸웠습니다. 병사 백삼십 명과 루이스 기관총 열여섯 자루가 말입니다. 마침내 보병 부대가 왔습니다. 산처럼 쌓인 시체 더미 속에서 독일군 세 개 사단의 휘장이 나왔죠. 나는 소령으로 승진했고, 모든 연합국으로부터 훈장을 받았습니다. 몬테네그로 정부한테서까지 훈장을 받았다니까요. 아드리아 해에 있는 그 작은 나라 몬테네그로요!"

작은 나라 몬테네그로! 그는 그 세 단어를 외치고는 고개를 힘껏 끄덕였다. 그리고 미소 지었다. 그의 미소는 몬테네그로가 지닌 고난의 역사를 잘 알고 있는 미소였다. 몬테네그로 국민의 용감한 투쟁에 공감하는 미소였다. 어려운 국가 상황에도 불구하고 자신에게 훈장을 수여한, 몬테네그로의 작지만 따뜻한 마음에 깊이 감사하는 미소였다. 나의 의심은 어느덧 흥미진진함 속으로 빠져들었다. 마치 십여 권의 잡지를 빠른 속도로 훑어보는 듯한 기분이었다.

그가 호주머니에 손을 넣더니, 리본이 달린 금속 물체 하나를 꺼내고는 내 손바닥에 올려놓았다.

"이게 몬테네그로에서 받은 훈장입니다."

놀랍게도, 진짜 훈장으로 보였다.

'Orderi di Danilo' 둥근 가장자리에 새겨진 글귀였다. 'Monte-
negro, Nicolas Rex'

"뒷면을 보세요."

"제이 개츠비 소령." 내가 소리 내어 읽었다. "귀하의 비범한 용기
와 지략을 치하하며."

"그것 말고도 내가 늘 지니고 다니는 것이 또 하나 있습니다. 옥
스퍼드 시절을 기념하는 물건이죠. 트리니티 대학 앞뜰에서 찍은 사
진입니다. 내 왼쪽에 있는 사람이 돈캐스터 백작입니다."

여섯 명의 젊은이가 고급 스포츠 재킷 차림으로 아치 아래에서
한가로이 서 있는 사진이었다. 아치 뒤로 뾰족탑들이 눈에 띄었다.
크리켓 배트를 손에 쥔, 지금보다 조금 더 젊은 개츠비도 보였다.

그의 말이 사실인 모양이었다. 베네치아의 그랜드 커낼에 있는 그
의 성채 안에서 여기저기 이글대는 호피들이 보이는 듯했다. 보석함
을 열어 짙은 심홍색 루비들을 들여다보며 시름을 달래는 그의 모습
이 눈앞에 펼쳐지는 듯했다.

"오늘, 중요한 부탁을 하나 드리고자 합니다." 만족스럽다는 듯
기념품들을 호주머니에 넣으며 그가 말했다. "나에 대해 몇 가지 말
씀드린 것도 그 때문입니다. 내가 그저 그렇고 그런 사람이라고 생
각하실까 봐서요. 사실은 말이죠, 나는 아는 사람들이 별로 없습니

다. 여기저기 떠돌아다니며 살았거든요. 과거에 있었던 어떤 슬픈 일을 잊기 위해서요." 그가 머뭇거렸다. "오늘 오후에 말씀드리겠습니다."

"점심 먹으면서요?"

"아니요. 오늘 오후에요. 당신이 미스 베이커와 차를 마실 예정이라고 들었습니다."

"미스 베이커에게 특별한 감정이라도 있다는 말씀입니까?"

"아닙니다, 친구. 그건 아니에요. 미스 베이커가 이 문제에 대해 당신에게 대신 말해주겠다고 했습니다."

'이 문제'가 뭔지, 나는 짐작조차 할 수 없었다. 호기심이 피어오르기보다는 기분이 상했다. 제이 개츠비에 대한 얘기를 하기 위해 조던과 차를 마시고자 했던 것은 아니었다. 그 부탁이라는 것이 뭔가 엉뚱하기 짝이 없을 것 같다는 생각이 들었다. 애당초 그의 복잡스런 잔디밭에 발을 들여놓지 말았어야 했는데, 라는 후회가 일었다.

그는 더 이상 아무 말도 하지 않았다. 시내에 접어들면서 그의 정중하고 올곧은 몸가짐이 다시 살아났다. 우리는 루스벨트 항을 지났다. 붉은 띠가 그려진 선박들이 항해하고 있는 모습이 보였다. 자갈길을 따라 늘어선 빈민가, 음침하고 황폐한 1900년대의 색 바랜 살롱들이 빠르게 눈앞을 스쳐 갔다. 재의 골짜기가 차창 양옆에 펼쳐졌다. 윌슨 부인이 숨을 헐떡이며 주유기를 펌프질하는 모습이 얼핏 보였다.

날개 같은 범퍼에 햇살이 반사되어 빛을 뿌렸다. 아스토리아 가를 정확히 반 정도 달린 후, 고가 철도의 기둥 사이를 구불구불 누비며 지나갔다. 그때였다. '부우웅' 하는 모터사이클 소리가 들리더니, 흥분한 경찰관 하나가 우리 옆으로 바짝 다가와 달렸다.

"알았습니다, 친구." 개츠비가 속도를 늦추고는 지갑에서 하얀 카드를 꺼내 경찰관의 눈앞에 대고 흔들었다.

"잘 알겠습니다." 경찰관이 모자를 살짝 들어 예를 표하며 말했다. "다음번엔 알아 뵙도록 하죠, 개츠비 씨. 죄송합니다!"

"그게 뭐였습니까?" 내가 물었다. "그 옥스퍼드 사진인가요?"

"경찰청장의 부탁을 한 번 들어준 적이 있습니다. 그 뒤부터 매년 크리스마스카드를 보내더군요."

거대한 다리 너머에서 햇살이 내리쪼였다. 햇살은 다리 난간 틈을 비집고 들어와, 그곳을 지나는 자동차들에 튕겨 끊임없이 반짝였다. 강 너머 맨해튼의 높은 빌딩들이 점차 가까워졌다. 깨끗한 돈을 벌어보고자 하는 소망 위에 세워진 하얀 설탕 덩어리들이었다. 퀸즈보로 브리지에서 보는 뉴욕은, 세상의 모든 미스터리와 아름다움을 약속해주기라도 하듯 언제 봐도 마음 설렌다.

꽃으로 뒤덮인 영구차 한 대가 우리 옆을 지나갔다. 가리개를 내린 두 대의 마차가 선두에 섰고, 망자의 친구들이 탄 듯한 조금 더 밝은 분위기의 마차 몇 대가 그 뒤를 따랐다. 그 친구들은 남동부 유럽 사람들 특유의 짧은 윗입술과 비통한 눈으로 우리를 바라보았다. 개츠비의 화려한 자동차가 그들의 침울한 휴일에 끼어들어 다행이라는 생각이 들었다. 블랙웰 아일랜드를 건널 때, 백인 운전기사가 모는 리무진 한 대가 옆으로 지나갔다. 리무진 안에는 멋지게 차려입은 세 흑인이 있었다. 남자 둘에 여자 하나였다. 그들의 눈동자는 우리를 향한 도도한 경쟁심으로 번득였다. 나는 파안대소했다.

'다리를 건너왔으니 무슨 일인들 못 일어날까.' 나는 생각했다. '무슨 일인들……'

하물며 개츠비 같은 사람도 홀연히 나타나지 않았는가. 별다른 이목도 끌지 않고 말이다.

소란스런 정오였다. 점심 식사를 하기 위해, 선풍기가 힘차게 돌고 있는 42번가의 지하 레스토랑에서 개츠비를 만났다. 밝은 곳에 있다가 막 들어온 터라 잠시 동안 사물을 식별하기 어려웠다. 빛을 털어내기 위해 눈을 연신 깜박이는데 어슴푸레 개츠비가 보였다. 그는 대기실에서 어떤 남자와 얘기를 나누는 중이었다.

"캐러웨이 씨. 이쪽은 내 친구 미스터 울프심입니다."

키가 작고 코가 납작한 그 유대인은 커다란 머리를 들어 올려 나를 보았다. 그의 양쪽 콧구멍에 코털이 수북했다. 어두침침함 속에서 그의 작은 눈도 보였다.

"그래서 난 그를 한 번 슬쩍 보았네." 미스터 울프심이 나와 힘차게 악수하며 말했다. "내가 어떻게 했을 것 같나?"

"네?" 내가 정중하게 물었다.

알고 보니 그 말은 나를 향한 것이 아니었다. 그는 곧 내 손을 놓더니 그의 재미난 코를 개츠비에게로 돌렸다.

"돈을 캐츠포에게 건네며 이렇게 말했지. '좋아, 캐츠포. 그 녀석이 입을 다물 때까지는 땡전 한 푼 주지 말게'라고. 그랬더니 녀석이 입을 다물더군."

개츠비가 우리 두 사람과 팔짱을 끼고 레스토랑 안으로 들어갔다. 미스터 울프심은 무슨 말을 할 듯하다 말고, 갑자기 멍한 얼굴로 자리에 앉았다.

"하이볼*로 드려야죠?" 수석 웨이터가 물었다.

"괜찮은 레스토랑이군." 천정에 그려진 장로교의 요정들을 바라보며 울프심이 말했다. "그래도 나는 길 건너편 레스토랑이 더 좋은걸!"

"네, 하이볼로 주시죠." 웨이터를 보낸 뒤 개츠비가 미스터 울프심에게 말했다. "거긴 너무 덥습니다."

"덥고 좁긴 하지. 자네 말이 맞네." 미스터 울프심이 말했다. "그렇지만 추억이 아주 많은 곳이야."

"거기가 어딥니까?" 내가 물었다.

"올드 메트로폴이라네."

"올드 메트로폴." 미스터 울프심이 우울한 어조로 생각에 잠긴 듯 말했다.

"죽은 이의 얼굴들로 가득 찬 곳이라네. 지금은 영영 가버린 친구

---

* highball. 위스키나 브랜디에 소다수나 물을 타고 얼음을 넣은 음료.(옮긴이)

들이지. 그놈들이 로지 로젠탈을 쏴 죽인 그날 밤을 난 영원히 잊을 수 없을 것이네. 우리 여섯 명이 테이블에 앉아 있었지. 로지는 그 날 밤 내내 엄청 먹고 마셔댔어. 새벽 무렵이었어. 웨이터가 수상적은 표정으로 그에게 오더니 누군가가 밖에서 기다리고 있다고 하더라고. '알겠네'라고 하면서 로지가 자리에서 일어나려 했지. 내가 그를 다시 의자에 끌어 앉혔어. 내가 말했지. 그놈들이 자넬 보고자 하는데 왜 자네가 나가느냐고. 그놈들더러 들어오라고 하라고. 그때가 새벽 네 시쯤이었으니까 커튼을 젖히면 동트는 것도 볼 수 있었을 거야."

"그래서, 그가 나갔습니까?" 내가 순진하게 물었다.

"물론 나갔지." 미스터 울프심의 콧잔등이 분노하듯 내 앞에서 번득였다. "그가 문을 열기 전에 뒤돌아보며 말하더군. '웨이터가 내 커피를 도로 가져가지 않도록 하게나!' 그러곤 밖으로 나갔어. 놈들이 그의 배에 총알 세 발을 쏜 후 차를 몰고 달아났지."

"그중 네 명이 전기의자에서 사형당했죠." 내가 말했다. 그 사건이 기억났다.

"다섯 명이었네. 베커까지." 그의 콧구멍이, 관심 있다는 듯 내게 향했다. "사업상 여언줄(연줄)을 구하는 중이라고 들었네만."

당황스러울 만큼 갑작스레 그가 화제를 돌렸다. 개츠비가 나 대신에 대답했다.

"아, 아닙니다. 이 친구가 아닙니다."

"아니라고?" 미스터 울프심에게서 실망한 표정이 엿보였다.

"이 사람은 그냥 친구입니다. 그 일에 대해선 좀 나중에 의논하자고 말씀드렸는데요."

"미안하군." 미스터 울프심이 말했다. "내가 잘못 알았네."

육즙 가득한 해시* 요리가 테이블에 놓였다. 올드 메트로폴에 얽힌 슬픈 추억은 다 잊은 듯, 미스터 울프심은 맹렬히 식사를 시작했다. 동시에 그의 눈은 실내 구석구석을 아주 천천히 훑어보았다. 그 시선은 그의 바로 등 뒤에서 식사하는 사람들에게 와서야 거두어졌다. 만약 내가 없었다면 우리가 앉은 테이블 아래도 슬쩍 살펴보았을 것이다.

"이봐요, 친구." 내 쪽으로 몸을 기울이며 개츠비가 말했다. "오늘 아침, 차 안에서 당신 기분을 좀 상하게 한 것 같군요."

그리고 예의 그 미소가 뒤따랐다. 하지만 나는 이번엔 그 미소에 넘어가지 않았다.

"나는 미스터리를 좋아하지 않습니다." 내가 대답했다. "그리고 당신이 부탁하려는 게 뭔지를 왜 나한테 직접 말하지 않는지 이해가 안 가는군요. 대체 왜 미스 베이커를 통해서 해야 하는 겁니까?"

"아, 뭔가 비밀스러운 것은 절대로 아닙니다." 그가 내게 장담했다. "아시다시피 미스 베이커는 훌륭한 운동선수가 아닙니까. 옳지 않은 일은 절대로 하지 않는, 그런 사람 말입니다."

갑자기 그가 자신의 손목시계를 들여다보더니 자리에서 벌떡 일

---

* hash. 고기와 감자를 잘게 다진 것을 섞어서 따뜻하게 차려 낸 것.(옮긴이)

어났다. 그러고는 나와 미스터 울프심을 남겨둔 채 급히 식당 밖으로 나갔다.

"전화할 데가 있는 모양이군." 눈으로 계속 개츠비를 따라가며 미스터 울프심이 말했다. "썩 괜찮은 친구 아닌가? 인물 좋고 완벽한 신사지."

"그렇습니다."

"오그스퍼드(옥스퍼드) 출신이라네."

"그렇군요."

"영국에서 오그스퍼드 대학에 다녔다는군. 자네, 오그스퍼드 대학 아나?"

"들어는 봤습니다."

"세계에서 제일 유명한 대학 중 하나지."

"개츠비와는 오랫동안 알고 지내셨습니까?" 내가 물었다.

"몇 년 됐네." 그가 흐뭇한 표정으로 대답했다. "전쟁이 끝난 직후에 처음 만났지. 겨우 한 시간 정도 이야기를 나눴지만 그가 좋은 가문 출신이라는 걸 알겠더군. 내가 혼잣말을 했지. '당장 집에 데려가서 어머니와 누이에게 소개하고 싶을 그런 사내군'이라고." 그가 말을 멈췄다. "자네, 내 커프스단추를 보고 있군."

그런 건 아니었다. 하지만 그 순간 그것에 내 눈길이 쏠렸다. 상아색 단추였는데, 이상하리만치 눈에 익었다.

"사람 어금니라네. 흠잡을 데 없이 완벽한." 그가 말했다.

"아하!" 내가 단추를 유심히 살폈다. "아이디어가 재미있군요."

"그렇지." 그가 코트 안의 소매를 걷어 올렸다. "개츠비는 여자에 대해 아주 신중하더군. 친구 아내를 넘보는 일 따위는 절대 하지 않을 사람이야."

울프심이 그토록 신뢰하는 남자가 다시 테이블로 돌아와 앉았다. 미스터 울프심이 단숨에 커피를 비우더니 일어섰다.

"점심 즐거웠네." 그가 말했다. "젊은 자네들에게 누가 되기 전에 먼저 자리를 뜨려네."

"서두르실 필요 없습니다, 마이어." 개츠비가 다소 성의 없이 말했다. 미스터 울프심은 축복이라도 내리는 것처럼 한 손을 들어 올렸다.

"친절은 고맙네만 나는 자네들과 세대가 다르지 않은가." 그가 엄숙히 말했다. "앉아서 얘기들 나누게. 스포츠라든가 여자라든가 또……." 그는 다시 한 번 손을 들어 휘젓는 것으로 그 문장을 끝냈다. "나로 말할 것 같으면, 내 나이 벌써 쉰이야. 더 이상 자네들을 귀찮게 하지 않겠네."

그가 악수를 한 뒤 돌아섰다. 진동 때문에 그의 비극적인 코가 흔들렸다. 내가 무슨 말을 해서 그의 마음이 상한 건 아닌가 하는 의문이 들었다.

"그는 이따금 아주 심하게 감상에 빠지곤 합니다." 개츠비가 설명했다. "오늘이 바로 그런 날인 모양입니다. 뉴욕에서 꽤 알려진 인물이에요. 브로드웨이에 살죠."

"대체 누굽니까? 배우인가요?"

“아니요.”

“치과의사?”

“마이어 울프심이? 아닙니다. 그는 도박사입니다.” 개츠비가 머뭇거리며 말했다. 그러곤 아주 건조한 어조로 덧붙였다. “1919년 월드 시리즈를 조작한 게 바로 그 사람입니다.”

“월드 시리즈를 조작했다고요?” 내가 되물었다.

기분이 어찔했다. 1919년 월드 시리즈가 조작되었다는 건, 물론 나도 알고 있었다. 그것에 대해 깊이 생각해본 적은 없지만 생각했다 하더라도 그저 어쩌다 일어난 일이겠거니 했을 것이다. 일련의 좋지 않은 사건들이 연쇄반응처럼 일어난 결과일 뿐이라 생각했을 것이다. 도둑이 금고 하나를 털 듯, 한 사람이 오천만 명의 믿음을 농락할 수 있었다는 건 나로선 상상도 할 수 없는 일이다.

“그 사람은 어쩌다 그런 일을 하게 된 겁니까?” 잠시 후 내가 물었다.

“우연히 기회를 포착한 겁니다.”

“왜 지금 감옥에 있지 않죠?”

“그를 잡아들일 수가 없는 겁니다, 친구. 보통 영리한 사람이 아니거든요.”

내가 점심 값을 지불하겠다고 고집했다. 웨이터가 잔돈을 가져왔다. 그때 북적이는 레스토랑 저편에서 톰 뷰캐넌이 보였다.

“잠깐 나와 함께 가시죠.” 내가 말했다. “인사를 해야 할 사람이 있어서요.”

톰이 우리를 보더니 자리에서 벌떡 일어나 대여섯 걸음 다가왔다.

"자네, 그동안 대체 어디에 있었나?" 그가 큰 소리로 물었다. "데이지가 단단히 화가 났네. 자네가 전화 한 통 하지 않는다고 말이야."

"자, 이쪽은 미스터 개츠비, 이쪽은 미스터 뷰캐넌."

두 사람이 짧게 악수했다. 자못 긴장된, 그답지 않게 당황한 기색이 개츠비의 얼굴을 뒤덮었다.

"그건 그렇고, 어떻게 지냈나?" 톰이 재차 물었다. "웬일로 이렇게 먼 곳까지 와서 식사를 하게 된 거지?"

"개츠비 씨와 점심을 함께했네."

나는 개츠비 쪽으로 고개를 돌렸다. 하지만 그는 그곳에 없었다.

1917년 10월 어느 날이었어요…….

(그날 오후, 플라자 호텔 정원의 곧은 의자에 곧은 자세로 앉아, 조던 베이커가 말했다)

……저는 이리저리 길을 걷고 있었어요. 인도도 걷고 잔디밭도 걷고 그랬죠. 잔디밭을 걸을 때가 더 기분 좋았어요. 밑창에 고무 옹이들이 박힌 영국제 구두를 신고 있었는데, 잔디밭을 걸을 때 바닥에 닿는 느낌이 아주 좋았거든요. 새로 산 체크무늬 치마가 바람에 조금씩 날렸어요. 그럴 때면 집집마다 걸려 있는 빨갛고 하얗고 푸른 성조기들도 마땅찮다는 듯 투두둑 투두둑 펄럭였죠.

가장 큰 성조기와 가장 큰 잔디밭을 가진 집이 바로 데이지 페이의 집이었어요. 데이지는 당시 열여덟 살이었어요. 저보다 두 살 위였죠. 루이빌에서 제일 인기 있는 아가씨였어요. 흰색 드레스를 즐겨 입었고 흰색의 소형 로드스터 오픈카를 몰았어요. 그녀 집에선 하루 종일 전화벨이 그치지 않았어요. 테일러 기지의 젊은 장교들이 그녀와 단 둘이 만나고 싶어 안달복달했죠. "어쨌든 한 시간만이라도 좋습니다!"

그날 아침에 저는 데이지의 집 건너편을 걷고 있었어요. 로드스터가 길옆에 세워져 있었고, 그녀가 어떤 중위와 그 안에 앉아 있더군요. 한 번도 본 적이 없는 남자였어요. 두 사람은 서로에게 너무나 열중해 있었어요. 제가 꽤 가까이 다가가고 나서야 데이지가 저를 알아보더라고요.

"안녕, 조던." 뜻밖에도 그녀가 저를 불렀어요. "잠깐 이리 와볼래?"

그녀가 저와 얘기하고 싶어 하다니 아주 기쁘더라고요. 선배 언니들 중에서 그녀를 제일 우러러봤거든요. 붕대 만들러 적십자사에 가는 길이냐고 묻기에, 그렇다고 했죠. 자기는 그날 못 간다고 전해달라고 부탁하더군요. 데이지가 저와 얘기하는 동안, 그 젊은 장교는 그녀에게서 잠시도 눈을 떼지 않았어요. 젊은 여자라면 누구나 받고 싶어 할, 그런 시선으로요. 너무나 낭만적인 모습이어서 아직도 그 장면이 눈에 선해요. 그 장교의 이름은 제이 개츠비였어요. 그 후 사년이 넘도록 그를 보지 못했죠. 롱아일랜드에서 그를 만났을 때도 알아보지 못했어요.

그게 1917년의 일이었죠. 이듬해엔 저도 남자 친구를 몇 명 사귄데다 토너먼트에 나가기 시작했기 때문에 데이지를 자주 보진 못했어요. 그녀는 친구들과 자주 어울려 다니지 않았어요. 자기보다 나이가 많은 사람들과 어울려 다녔지요. 그녀에 관한 소문이 꽤 돌았죠. 해외로 파병되는 군인을 배웅하려고 어느 겨울날 밤에 몰래 짐을 싸서 뉴욕으로 가려다 엄마에게 발각됐다는 얘기가 있었어요. 결국 뉴욕엔 가지 못했고, 가족들과 몇 주 동안 말도 하지 않고 지냈대요. 그 후론 군인들과 더 이상 사귀지 않았다더군요. 평발이나 근시 때문에 징집되지 않은 동네 청년들만 만난 모양이에요.

그다음 해 가을이 되어서야 그녀는 다시 예전처럼 명랑해졌어요. 전쟁이 끝난 후 사교계에 데뷔했고, 2월에 뉴올리언스 출신 남자랑 약혼했다는 소문도 있었어요. 6월에 시카고 남자인 톰 뷰캐넌과 결혼했는데, 루이빌 사상 가장 화려하고 성대한 결혼식이었어요. 그는 열차 네 량을 세내어 시카고에서 백여 명의 손님을 실어왔고, 멀바크 호텔 한 층을 전부 빌렸어요. 결혼식 전날, 그는 데이지에게 삼십오만 달러짜리 진주 목걸이를 주었죠.

저는 신부 들러리였어요. 결혼식 전날, 리허설 만찬이 시작되기 삼십 분 전에 데이지의 방에 들렀어요. 침대에 누워 있더군요. 꽃으로 장식된 드레스를 입은 그녀는 6월의 밤만큼이나 사랑스러웠어요. 그런데…… 기가 막히게 취해 있더군요. 한 손엔 소테른 와인 병을, 또 한 손엔 편지 한 장을 들고 있었어요.

"축하해줘." 그녀가 중얼거렸어요. "난생처음 마시는 술이야. 아, 너무 좋은걸."

"무슨 일이야, 데이지?"

솔직히, 저는 좀 무서웠어요. 그렇게까지 술 취한 여자는 처음 봤거든요.

"자, 이리 와봐." 그녀가 침대 위에 있던 휴지통 안을 뒤지더니 진주 목걸이를 꺼냈어요. "이걸 아래층에 가져가서 주인에게 돌려줘. 그리고 데이지가 마음을 바꿨다고 말해. '데이지가 마음을 바꿨어요!' 이렇게 말해줘."

그러더니 울기 시작했어요. 울고, 또 울었죠. 전 급히 방을 나왔어요. 마침 데이지의 엄마가 부리던 하녀가 지나가더라고요. 우리 둘은 문을 잠그고 데이지를 찬물로 목욕시켰어요. 데이지는 손에 쥔 편지를 욕조에까지 가지고 들어갔어요. 물에 젖은 편지를 너무 꼭 쥔 바람에 그것이 눈송이처럼 흐물흐물 찢어지기 시작하더라고요. 그제야 저더러 편지를 비누 접시에 놓아달라고 하더군요.

데이지는 더 이상 아무 말도 하지 않았어요. 우리는 그녀에게 암모니아 냄새를 맡게 해주었고 이마에 얼음찜질을 해주었어요. 그러곤 다시 드레스를 입혔죠. 삼십 분쯤 후에 우리 모두 방을 나설 수 있었어요. 진주 목걸이는 다시 데이지의 목에 걸렸고, 긴급 사태는 그렇게 마무리됐죠. 다음 날 오후 다섯 시, 그녀는 톰 뷰캐넌과 결혼식을 올렸어요. 떠는 기색 하나 없었죠. 두 사람은 남태평양으로 석 달간의 여행을 떠났어요.

그들이 돌아오고 난 후, 샌타바버라에서 저는 다시 그들을 만났어요. 남편에게 그토록 빠져 있는 여자는 처음 봤어요. 그가 일 분이라도 방을 비우면 그녀는 "톰이 어디로 간 거지?"라며 금세 안색이 불안해지더라고요. 그가 다시 눈앞에 나타날 때까지는 거의 정신 나간 사람처럼 멍하게 있었어요. 데이지는 종종 해변 백사장에 앉아 한두 시간씩 보내곤 했어요. 자기 무릎을 베개 삼아 톰을 눕히고 손가락으로 그의 눈가를 매만지며, 형언할 수 없는 행복감으로 그를 바라보았죠. 두 사람이 함께 있는 모습은 감동적이기까지 했어요. 보는 사람들로 하여금 숨을 죽이고 기분 좋게 웃도록 만들었죠. 그때가 8월이었어요. 내가 샌타바버라를 떠난 지 일주일이 지난 어느 날 밤, 벤투라에서 톰이 트럭 한 대를 들이받는 사고를 냈어요. 톰의 차 앞바퀴가 떨어져 나갔죠. 톰과 동행했던 여자도 신문에 났어요. 그 사고로 그 여자 팔이 부러졌거든요. 샌타바버라 호텔에서 일하던 객실 종업원이었대요.

다음 해 4월에 데이지는 딸을 낳았고, 두 사람은 프랑스에서 일 년을 살았어요. 봄에는 칸에서, 그리고 좀 더 후에는 도빌에서 두 사람을 만난 적이 있어요. 그 후 그들은 시카고로 돌아와서 정착했죠. 아시겠지만 데이지는 시카고에서 꽤 유명했어요. 두 사람은 파티광이라 할 수 있는 사람들과 어울렸어요. 모두들 젊고 돈 많고 놀기 좋아하는 사람들이었죠. 하지만 데이지에 대한 평판은 늘 좋았어요. 아마 술을 마시지 않아서일 거예요. 그런 술꾼들 속에 있으면서 술을 안 마시는 건 이로운 점이 많아요. 우선, 말을 조심해서 하게 되죠.

무엇보다도 약간 딴짓을 해도 다른 사람들이 눈치 못 채거든요. 데이지가 다른 남자와 비밀 연애 같은 걸 한 것 같지는 않아요. 하지만 그녀의 목소리엔 늘 뭔가가…….

그러다가 육 주 전에 개츠비라는 이름을 들은 거예요. 몇 해 만에 처음이었어요. 제가 당신에게 물었잖아요, 기억하세요? 웨스트에그에 사는 개츠비를 아느냐고요. 당신이 집으로 돌아간 후에 데이지가 제 방에 와서 나를 깨우더니 묻더라고요. "개츠비라니, 개츠비가 누구야?" 제가 그의 생김새를 말해주었죠. 그때 저는 비몽사몽인 상태였어요. 그녀가 예사롭지 않은 목소리로 말하더군요. 예전에 알고 지내던 남자임이 틀림없을 거라고요. 저는 그제야 깨달았어요. 그 옛날 그녀의 하얀 자동차 안에 있었던 그 장교가 바로 개츠비였다는 것을요.

조던 베이커가 이 모든 이야기를 끝마쳤을 땐, 이미 우리가 플라자 호텔을 나선 지 삼십 분가량이 흐른 뒤였다. 우리는 마차를 타고 센트럴파크를 달리고 있었다. 영화배우들이 사는 50번가 서쪽 아파트들 너머로 해가 기울고 있었다. 아이들의 해맑은 노랫소리가 마치 풀밭 속 귀뚜라미의 울음소리처럼 뜨거운 황혼을 배경으로 울려 퍼졌다.

나는 아라비아의 족장

그대의 사랑은 바로 나

　　그대 곤히 잠든 밤

　　그대의 텐트로 찾아가리다…….

"기막힌 우연이군요." 내가 말했다.

"결코 우연이 아니에요."

"아니라고요?"

"개츠비가 그 저택을 구입한 것은 만 건너편에 데이지가 살기 때문이었어요."

그랬다. 6월의 그날 밤, 그가 그토록 손을 뻗어 닿고자 했던 것은 단지 하늘의 별이 아니었다. 나는 이제야 그가 생생한 한 인간으로 느껴지기 시작했다. 의미를 알 수 없는, 화려하기만 한 미지의 자궁을 탈출하여, 이제 그는 진짜 인간의 모습으로 내게 성큼 다가왔다.

"그가 알고 싶어 하더군요." 조던이 말을 이었다. "당신이 데이지를 댁으로 한번 초대해줄 수 있는지. 그리고 그때 자기도 불러줄 수 있는지."

그 소박한 부탁이 나를 혼란스럽게 만들었다. 그는 꼬박 오 년을 기다린 후 저택을 하나 샀다. 그리고 그곳에 불빛을 밝혀놓아 이런저런 뜨내기 나방들을 끌어들였다. 그리하여 언젠가 낯선 이의 집에 '초대받기' 위해서.

"그 정도의 부탁을 받으려고 내가 이 모든 얘기를 들어야 한 건가요?"

"걱정이 되나 봐요. 오래 망설인 모양이에요. 당신이 기분 상해할까 봐서요. 겉보기보단 섬세한 사람이에요.”

그래도 뭔가가 마음에 걸렸다.

“왜 당신 집에서 만나자고 부탁하지 않은 거죠?”

“자기가 어떤 집에 사는지 데이지에게 보여주고 싶어 해요.” 그녀가 설명했다. “바로 당신 옆집이잖아요.”

“아!”

“한 번쯤은 데이지가 우연히 자기 파티에 올 수도 있지 않을까 기대했었나 봐요.” 조던이 말을 계속했다.

“하지만 오지 않았죠. 그러자 이 사람 저 사람한테 지나가는 투로 그녀에 대해 묻기 시작했어요. 그녀를 안다고 말한 최초의 사람이 저였죠. 그날 댄스파티에서 저를 따로 부른 건 그것 때문이었어요. 그가 얼마나 치밀하게 일을 계획했는지, 그저 놀랍기만 했어요. 제가 그 자리에서 제안했죠. 뉴욕에서 점심 식사를 빙자한 만남을 주선해보겠다고요. 그 말을 하자마자, 전 그가 미쳐버리는 줄 알았어요.

‘제가 계획한 것에서 어느 것 하나도 벗어나지 않았으면 합니다!’ 하더니 ‘그녀를 제 이웃집에서 만나고 싶습니다’라는 거예요.

당신이 톰과 각별한 친구라고 말하자, 그는 그 모든 계획을 포기해버릴까도 생각하더라고요. 그는 톰을 잘 몰라요. 혹시 데이지의 이름이라도 볼 수 있지 않을까 해서 시카고 신문 여러 해 치를 샅샅이 읽어봤지만요.”

날은 완전히 어두워졌다. 작은 다리 아래에 접어들자 나는 황금빛으로 그을린 그녀의 어깨를 내 팔로 감싸며 그녀를 내게 가까이 끌어당겼다. 저녁을 먹자고 그녀에게 말했다. 갑자기 데이지나 개츠비에 대한 생각이 내게서 사라져버렸다. 그 대신, 매끈하고 단단하고 편협한 이 여자, 세상 모든 것이 회의적이기만 한 이 여자, 나의 팔 안에 기분 좋게 몸을 맡긴 이 여자만을 생각하고 있었다. 어떤 경구하나가 내 귀를 숨 가쁘게 간지럽혔다. '세상에는 오직 쫓기는 자와 쫓는 자, 바쁜 자와 피곤한 자만이 있을 뿐이다.'

"데이지도 인생에서 뭔가 의미 있는 일이 있어야죠." 조던이 내게 나지막이 말했다.

"그녀도 개츠비를 만나고 싶어 하나요?"

"데이지는 아직 몰라요. 개츠비는 그녀가 아직은 아무것도 모르길 원해요. 당신은 그냥 그녀에게 차 한 잔 하러 오라고 초대하기만 하면 돼요."

우리는 시커먼 나무들이 늘어선 울타리를 지나 59번가 앞을 지나갔다. 은은하고 창백한 불빛이 공원을 내리쬐고 있었다. 나는 개츠비나 톰 뷰캐넌과는 달랐다. 그들에겐 육신 없는 얼굴로 어두운 건물 처마 끝이나 눈부신 간판 주변을 배회하는 여자가 있다. 난 그렇지 않다. 해서, 나는 내 옆에 선 여자를 바싹 끌어당겼다. 희미하게, 그리고 조금은 냉소적으로 그녀가 내게 미소 지었다. 그녀를 다시 한 번 힘껏 당겼다. 이번엔 나의 얼굴 쪽으로.

제5장

그날 밤에 웨스트에그의 내 집으로 다가갈 무렵, 순간적으로 나는 기겁하고 말았다. 집이 불타는 줄 알았기 때문이다. 새벽 두 시였다. 웨스트에그의 한쪽 끝이 모두 불빛으로 이글거렸다. 불빛을 받은 관목들은 활활 타들어 가는 듯했고, 길 쪽으로 향한 전깃줄들은 가늘고 길게 한없이 반짝였다. 모퉁이를 돌고 나서야 나는 그것이 개츠비의 저택 때문이라는 걸 알았다. 그의 저택은 꼭대기부터 지하실까지 불이 밝혀져 있었다.

처음엔 또 파티를 여는가 보다 생각했다. 저택 전체를 열어놓고 술래잡기나 '상자 속 정어리' 놀이*라도 하는, 유난히 요란한 파티인

---

* 일반 술래잡기와는 다르게, 한 명이 숨고 여러 사람이 찾는 놀이.(옮긴이)

가 보다 했다. 하지만 아무 소리도 들리지 않았다. 들리는 거라곤 바람 소리뿐이었다. 바람은 전깃줄을 흔들었고, 그럴 때마다 줄들은 무수히 빛을 명멸시켰다. 마치 어둠을 향해 윙크를 던지는 듯했다. 택시를 보냈다. 그때 개츠비가 자신의 잔디밭을 가로질러 내게로 걸어오는 것이 보였다.

"세계박람회라도 열린 것 같군요." 내가 말했다.

"그렇게 보입니까?" 그가 자신의 저택 쪽으로 무심히 고개를 돌렸다. "방들을 살펴보고 있었습니다. 코니아일랜드에 갑시다, 친구. 내 차로요."

"너무 늦은 시간입니다."

"그럼 풀장에 뛰어드는 건 어떻습니까? 올여름엔 풀장을 이용한 적이 한 번도 없군요."

"저는 눈을 좀 붙여야겠습니다만."

"알겠습니다."

그는 나를 바라보며 그대로 서 있었다. 터져 나오려는 어떤 갈망을 꾹 누르고 있는 빛이 역력했다.

"미스 베이커와 얘기 나눴습니다." 잠시 후 내가 말했다. "내일 데이지에게 전화해서 차 마시러 한 번 오도록 초대하겠습니다."

"아, 좋습니다." 그가 아무렇지도 않다는 듯 말했다. "당신에게 폐가 되진 않아야 할 텐데요."

"언제가 좋습니까?"

"당신은 언제가 좋죠?" 그가 재빨리 되물었다. "당신에게 폐가 되는 건 정말 원치 않습니다.”

“모레쯤이 어떻겠습니까?”

그가 잠시 뭔가를 생각하더니 주저하듯 말했다.

“잔디를 깎도록 시켜야겠군요.”

우리 두 사람은 발밑 잔디를 내려다보았다. 들쭉날쭉한 내 잔디밭이 끝나는 곳과 잘 관리된 그의 짙고 넓은 잔디밭이 시작되는 경계선이 너무나 선명했다. 그는 내 잔디밭을 말했던 것이다.

“말씀드릴 일이 하나 더 있습니다. 별것 아닙니다만.” 그가 자신 없이, 망설이며 말했다.

“약속을 며칠 더 후로 잡을까요?” 내가 말했다.

“아, 그게 아닙니다. 그건 아니고…….” 그는 말을 꺼내려다 말기를 몇 번이나 거듭했다. “그러니까 말입니다, 제가 궁금해서 그렇습니다만……. 친구, 당신은 수입이 별로 없죠, 그렇지 않습니까?”

“네, 그리 많진 않습니다.”

내 대답이 그에게 용기를 준 모양이었다. 그가 조금 전보다는 자신 있게 말을 계속했다.

“그러리라 짐작했습니다. 실례가 안 된다면……. 그게 말입니다, 제가 부업으로 작은 사업을 하나 하고 있습니다. 곁다리 사업인 셈이죠. 그래서 생각했습니다. 당신 수입이 넉넉지 않다면……. 채권 파는 일을 하시는 걸로 알고 있습니다. 그렇죠, 친구?”

“애쓰고는 있습니다.”

“이건 당신도 흥미를 느끼실 겁니다. 시간도 빼앗지 않는 일이고,

돈도 제법 만질 수 있습니다. 조금 비밀스런 일이긴 합니다만."

지금의 생각이지만 다른 상황에서였다면, 어쩌면 그날 그 대화는 내 인생의 엄청난 전기가 되었을지도 모른다. 하지만 그 제안은 내 호의에 대한 지극히 뻔하고도 어수룩한 답례에 지나지 않았다. 나는 그의 말을 그쯤에서 끊을 수밖에 없었다.

"사실 제가 요즘 꽤 바쁩니다." 내가 말했다. "안타깝게도 더 이상 일을 벌일 수가 없는 상황입니다."

"울프심과는 아무 관계가 없는 일입니다." 내가 제안을 거절한 이유가 지난번에 점심을 함께했던 그 '여언줄' 때문이라고 생각한 게 분명했다. 나는 그렇지 않다며 그를 안심시켰다. 그는 여전히 돌아갈 생각을 하지 않았다. 내가 무슨 말을 더 꺼내길 바라는 눈치였지만, 나는 다른 생각에 골몰해 있었다. 그는 마지못해 집으로 돌아갔다.

그날 저녁 일로 머리가 띵했지만, 그래도 기분은 좋았다. 현관문에 들어서자마자 잠에 곯아떨어졌던 것 같다. 개츠비가 그날 코니아일랜드에 갔는지 안 갔는지, 온 저택을 휘영청 불 밝힌 채 얼마나 많은 '방을 살펴봤는지' 나는 모른다. 다음 날 아침, 나는 사무실에서 데이지에게 전화를 걸어 차 마시러 오라고 초대했다.

"톰은 데려오지 말고." 내가 그녀에게 말했다.

"뭐라고요?"

"톰은 데려오지 말라고."

"'톰'이 누구죠?" 그녀가 순진한 체하며 물었다.

우리가 약속한 날에는 비가 쏟아졌다. 오전 열한 시에, 비옷을 입은 한 남자가 현관문을 두드렸다. 그의 옆엔 잔디 깎는 기계가 있었다. 그는 개츠비가 내 집 잔디를 깎으라고 보내서 왔다고 말했다. 그 말을 들으니 핀란드인 가정부에게 다시 와달라고 말하는 걸 까맣게 잊은 게 생각났다. 나는 급히 차를 몰고 웨스트에그 빌리지의 축축하고 빛바랜 골목을 누벼서 그녀를 찾아냈다. 찻잔과 레몬 몇 개, 꽃도 몇 송이 샀다.

꽃은 괜히 산 꼴이었다. 오후 두 시가 되자 개츠비에게서 거의 꽃집 하나가 통째로 배달되다시피 했다. 꽃을 놓을 갖가지 탁자도 함께 왔다. 한 시간 후, 긴장 속에 내 현관문이 열렸다. 흰색 플란넬 양복과 은빛 셔츠를 차려입고 금빛 넥타이를 맨 개츠비가 급히 발을 들였다. 안색이 창백했다. 거뭇거뭇한 눈 밑을 보니 잠 한숨 못 잔 것이 분명했다.

"다 잘되어갑니까?" 나를 보자마자 그가 물었다.

"풀이 아주 보기 좋군요. 그걸 물으시는 거라면……."

"풀이요?" 그가 의아한 듯 물었다. "아, 잔디 말씀이군요." 그가 창밖을 내다보았다. 하지만 그의 표정으로 판단컨대, 아무것도 그의 눈에 들어오는 것 같지 않았다.

"괜찮군요." 그가 들릴듯 말듯 말했다. "신문을 봤는데, 오후 네 시쯤 비가 그칠 거라고 하더군요. 《더 저널》이었을 겁니다. 필요한 건 다 제대로 준비된 겁니까? 그러니까……, 차 말이죠."

나는 그를 주방으로 안내했다. 그는 그곳에서 일하고 있는 핀란드인 가정부를 질책하듯 쳐다보았다. 우리 두 사람은 수제 요리 식품점에서 사 온 열두 개의 레몬케이크를 찬찬히 살펴보았다.

"이 정도면 되겠습니까?" 내가 물었다.

"물론이죠, 물론입니다! 아주 좋습니다!" 그러고는 공허하게 덧붙였다. "……친구."

세 시 반쯤 되자 비는 축축한 연무煙霧처럼 잦아들었다. 이따금 작은 물방울들이 이슬처럼 떠다닐 정도였다. 개츠비는 클레이의《경제학》을 손에 들고 있었지만, 그의 공허한 시선을 잡아두기엔 역부족이었다. 주방에서는 핀란드인 가정부의 쿵쿵대는 발자국 소리가 들렸다. 눈에 보이지는 않지만 아주 신기한 어떤 일이 밖에서 벌어지고 있기라도 한 듯, 개츠비는 수시로 뿌연 창문 너머를 응시했다. 그러더니 마침내 자리에서 일어나, 자신 없는 목소리로 집에 가겠노라 말했다.

"왜 그럽니까?"

"올 것 같지 않군요. 너무 늦었어요." 다른 곳에서 급히 볼일이라도 있는 것처럼 그가 자기 손목시계를 들여다보았다. "하루 종일 기다릴 수는 없습니다."

"말도 안 돼요. 겨우 이 분 전 네 시 아닙니까."

그가 마지못한 듯 다시 의자에 앉았다. 내가 억지로 밀어 앉히기라도 한 표정이었다. 바로 그때, 자동차 한 대가 내 집 앞으로 들어오는 소리가 들렸다. 우리 두 사람 모두 벌떡 일어났다. 두근대는 마음으로 나는 마당으로 나갔다.

맺힌 빗물을 뚝뚝 떨어뜨리는 앙상한 라일락 나무 아래를 지나,

커다란 오픈카 한 대가 들어오고 있었다. 그러곤 멈췄다. 삼각형의 라벤더 색 모자를 쓴 데이지가 차 밖으로 얼굴을 내밀며 나를 향해 반가움 가득 환하게 미소 지었다.

"정말 여기에서 살고 계세요, 오빠?"

그녀의 명랑한 목소리가 빗속에서 생기 있게 나풀거렸다. 잠깐 동안 나는 아무 말 없이 그 목소리에 귀를 맡겼다. 젖은 머리카락 한 가닥이 푸른 잉크로 그린 선처럼 그녀의 뺨에 드리워져 있었다. 차 밖으로 나오는 것을 돕기 위해 그녀의 젖은 손을 잡았다. 물방울이 그 손 위에서 반짝였다.

"저한테 연애 감정이라도 있는 거 아녜요?" 그녀가 내 귀에 대고 나지막이 말했다. "그렇지 않고서야, 저 혼자 오라고 하실 리 없잖아요?"

"그건 래크렌트 성*의 비밀이지. 운전기사더러 어디 멀리 가 있다가 한 시간쯤 후에 다시 오라고 하렴."

"한 시간 후에 다시 와요, 퍼디." 그런 후 그녀가 심각한 목소리로 속삭였다. "이름이 퍼디예요."

"휘발유 때문에 그의 코가 상한 건 아닌가?"

"그렇진 않을 거예요." 그녀가 순진하게 말했다. "왜요?"

우리는 안으로 들어갔다. 거실엔 아무도 없었다. 나는 깜짝 놀랐다.

"흠. 희한한 일이군." 나도 모르게 큰 소리로 외쳤다.

---

* Castle Rackrent. 마리아 에지워스Maria Edgeworth가 쓴 소설의 제목.(옮긴이)

"뭐가요?"

그녀가 고개를 돌리는 순간, 현관문에서 가볍고도 정중한 노크 소리가 들렸다. 내가 가서 문을 열었다. 개츠비가 문 앞에 고인 물웅덩이에 발을 딛고 서 있었다. 얼굴은 죽은 사람처럼 창백했고, 두 손은 아령처럼 코트 주머니에 찔러 넣어져 있었다. 처참하리만치 긴장한 표정으로 그가 나를 쳐다보았다.

손을 계속 주머니에 넣은 채 그가 내 옆을 지나 홀 안으로 걸음을 옮겼다. 그러고는 마치 철삿줄에 묶여 이끌리는 사람처럼 갑자기 방향을 틀더니 거실로 사라졌다. 그 모습이 조금도 우스워 보이지 않았다. 내 심장이 사정없이 쿵쾅대는 걸 느끼며 나는 문을 닫았다. 빗줄기가 다시 강해지고 있었다.

이삼십 초 동안 거실에선 아무 소리도 들리지 않았다. 그런 후 목이 멘 듯한 중얼거림과 헛웃음 소리 같은 것이 들렸다. 뒤이어 데이지의 목소리가 흘러나왔다. 맑지만 억지스러운 음색이었다.

"당신을 다시 만나서 정말로, 아주 아주 기뻐요."

다시 조용해졌다. 끔찍한 침묵이었다. 너 이상 홀에 서 있을 수만도 없어서 나는 거실로 들어갔다.

여전히 손을 주머니에 꽂은 채, 개츠비는 벽난로에 기대어 서 있었다. 짐짓 아주 편안한 듯 심지어 조금 따분하기조차 하다는 듯 위장한, 그러나 더없이 긴장한 모양새였다. 머리를 너무 뒤로 기울여 기대선 바람에 벽난로 위의 멈춰 선 시계에 뒤통수가 닿아 있었다. 그렇게 선 채, 그의 산란한 눈동자는 데이지를 내려다보고 있었다.

그녀는 딱딱한 의자 가장자리에서 두려운 표정으로, 하지만 여전히 우아한 모습으로 걸터앉아 있었다.

"우린 전에 만난 적이 있습니다." 개츠비가 작은 소리로 말했다. 그의 눈이 순간적으로 나를 향했고, 입술은 짧은 웃음을 토해내려다 실패했다. 다행히도 개츠비의 머리 무게를 못 이긴 벽난로 위 시계가 거의 떨어져 버릴 듯 크게 옆으로 기울었다. 그가 몸을 돌려서 후들거리는 손으로 그것을 잡아 제자리로 돌려놓았다. 그가 자리에 앉았다. 소파 팔걸이에 팔꿈치를 올려놓고 손으로는 턱을 괸, 아주 경직된 자세였다.

"시계에 대해선, 죄송하게 됐습니다." 그가 말했다.

이젠 내 얼굴이 적도처럼 타올랐다. 머릿속에 떠다니는 수많은 말들 중 어떤 진부한 말 한마디도 불러내올 수가 없었다.

"워낙 낡은 시계인걸요." 내가 두 사람을 보며 바보처럼 말했다.

우리 셋 모두 마치 시계가 바닥에 떨어져서 박살이라도 난 것처럼 여기는 듯했다.

"우린 여러 해 동안 못 만났어요." 사뭇 기계적인 어조로 데이지가 말했다.

"오는 11월이면 정확히 오 년입니다."

반사적으로 튀어나온 듯한 개츠비의 대답이 우리 모두를 또다시 침묵 속으로 몰아넣었다. 절박해진 나는, 주방에서 찻상 준비하는 것을 도와달라며 두 사람을 일으켜 세웠다. 그때 야속할 정도로 눈치 없는 핀란드인 가정부가 찻상을 들고 들어왔다.

찻잔과 레몬케이크가 오가는 가운데, 좀 더 자연스런 분위기가 적어도 물리적으로는 어느 정도 형성됐다. 데이지와 내가 대화를 나누는 동안, 개츠비는 그림자처럼 뒤로 물러나 앉아서 긴장과 불안이 가득한 시선으로 골똘히 우리 두 사람을 번갈아 바라보았다. 하지만 침묵이 그날의 목적이 아니었으므로 나는 이때다 싶을 때를 기다려 그들에게 양해를 구하며 자리에서 일어났다.

“어디 가시는 겁니까?” 개츠비가 화들짝 놀라며 물었다.

“곧 돌아오겠습니다.”

“그 전에 잠깐 드릴 말씀이 있습니다.”

그가 주방으로 급히 나를 따라와 문을 닫고는 처절한 목소리로 속삭였다. “아, 이럴 수가!”

“왜 그러십니까?”

“이건 정말 끔찍한 실수입니다.” 머리를 좌우로 세차게 흔들며 그가 말했다. “끔찍한, 너무나 끔찍한 실수예요.”

“당황해서 그런 것뿐입니다.” 그리고 다행히도 내가 덧붙였다. “데이지도 당황하고 있어요.”

“그녀도 당황하고 있다고요?” 그가 믿을 수 없다는 듯 되물었다.

“당신만큼이나요.”

“그렇게 큰 소리로 말하지 마세요.”

“당신, 꼭 어린아이처럼 구는군요.” 참다못해 내가 말을 쏟았다. “게다가 예의 없기까지 하고요. 데이지는 지금 혼자 앉아 있습니다.”

그가 손을 들어 내 말을 막더니, 깊은 원망의 눈으로 나를 쳐다보았다. 그리고 조심스레 문을 열어 거실로 돌아갔다.

나는 뒷문을 통해 밖으로 나갔다. 반 시간 전에 개츠비도 그 문으로 나가 긴장과 초조에 떨며 집을 한 바퀴 돌았었다. 나는 거무튀튀한 혹이 울퉁불퉁 나 있는 커다란 나무로 뛰어갔다. 나무의 무성한 이파리들이 천막처럼 비를 가려주었다. 비는 다시 세차게 쏟아졌다. 누추하지만 이젠 개츠비의 정원사에 의해 제법 다듬어진 내 잔디밭엔 작고 질척한 늪과 선사시대 습지가 여기저기 생겨났다. 나무 아래서 볼 수 있는 것이라곤 개츠비의 거대한 저택뿐이었다. 임마누엘 칸트가 교회 첨탑을 응시하던 모습처럼, 나는 반 시간 남짓 그 저택을 바라보았다. 그 저택은 십여 년 전에 한 양조업자가 당시 유행하던 고전풍으로 지은 집으로서, 한 가지 일화가 있었다. 그 양조업자는 근처 오두막 주인들에게 집의 지붕을 초가로 바꾸면 오 년 치의 세금을 대신 내주겠노라고 제안했다. 그들이 제안을 거절한 탓에, 거창하게 일가를 세워보려던 그의 계획은 수포로 돌아갔다. 낙담한 양조업자는 곧 병들어 죽었고, 그의 자식들은 문 앞의 검은 조화가 채 치워지기도 전에 그 집을 팔아버렸다. 차라리 농노로 살지언정 가난한 소작농은 절대로 되지 않겠다는 게 미국인들이다.

삼십 분이 지나자 다시 해가 비쳤다. 하인들의 저녁거리를 실은 식품점 배달차가 개츠비의 집 앞에 섰다. 물론 개츠비는 오늘 저녁에 밥 한술 뜨지 않으리라는 것을 나는 알고 있었다. 하녀 한 명이 위층 창들을 열기 시작했다. 하나를 열고 잠시 사라졌다가 다음 창을 열기 위해 다시 나타나기를 반복했다. 중앙의 커다란 베란다 창에 이르자 그곳에 기대어 서더니 발아래 정원을 향해 침을 뱉었요.
나는 내 집 안으로 발길을 옮겼다. 비가 오는 동안에는 마치 그들의
목소리가 나지막이나마 들리는 듯했다. 때로는 감정이 격해져 톤이
올라가기도 하고 울컥하는 것 같기도 했다. 하지만 비가 그쳐 사방
이 조용해지자 집 안에도 다시 침묵이 지배하는 것만 같았다.

나는 먼저 주방으로 가서 될 수 있는 한 큰 소음을 냈다. 스토브가
거의 쓰러질 뻔할 정도였다. 그러곤 거실로 들어갔다. 두 사람은 아
무 소리도 못 들은 듯했다. 그들은 소파의 양 끝에 앉아 서로를 바라
보고 있었다. 방금 무슨 질문이라도 오간 듯, 혹은 오가는 도중인 듯
했다. 당황스런 표정은 더 이상 찾을 수 없었다. 데이지의 얼굴은 눈
물로 범벅이 되어 있었다. 내가 들어가자 데이지가 벌떡 일어나더니
거울 앞에서 손수건으로 눈물을 닦기 시작했다. 나를 어리둥절하게
만든 건 개츠비의 변화였다. 그는 말 그대로 반짝반짝 빛이 났다. 말
한마디 하지 않아도 그가 얼마나 기분 좋은 상태인지 한눈에 알 수
있었다. 그에게서 뿜어져 나온 행복감이 방 안을 가득 채웠다.

"아, 안녕하세요, 친구." 몇 년 만에 처음 만나기라도 한 듯 그가
말했다. 악수라도 할 기세였다.

"비가 그쳤군요."

"그래요?" 그는 처음엔 내가 무슨 말을 하는지 영문을 모르는 듯
했다. 반짝이는 종처럼 방 안을 가득 메운 햇살을 보자 그는 일기예
보 아나운서처럼, 다시 만난 햇살에 기뻐 어쩔 줄 모르는 태양 숭배
자처럼 밝게 웃으며 데이지에게 내 말을 반복했다. "비가 그쳤군요.

어떻습니까?"

"기뻐요, 제이." 아프고도 비통한 그녀의 아름다운 목소리가 대답했다.

"당신과 데이지를 데리고 내 집으로 건너갔으면 합니다." 그가 말했다. "데이지에게 집을 보여주고 싶군요."

"정말로 내가 함께 가길 바랍니까?"

"물론이죠, 친구."

데이지는 세수하기 위해 위층으로 올라갔고, 개츠비와 나는 잔디밭에서 기다렸다. 이럴 줄 알았다면 쓸 만한 수건을 걸어둘 걸 하는 후회가 들었다.

"제 집, 썩 괜찮지 않습니까?" 그가 다그치듯 물었다. "집 앞면 전체에 볕이 드리우는 걸 보십시오."

진짜 멋진 집이라고 내가 대답했다.

"그렇죠." 한결같이 아치 모양으로 디자인된 문에서부터 사각형의 탑에 이르기까지, 그의 눈이 자신의 저택을 찬찬히 훑었다. "저 집을 살 돈을 마련하는 데 삼 년밖에 걸리지 않았습니다."

"재산을 물려받은 줄로 알았습니다만."

"그랬죠, 친구." 그가 재빨리 대답했다. "하지만 공황 때문에 대부분을 잃었습니다. 전쟁 말입니다."

그가 무슨 말을 하고 싶어 하는지 이해하기 힘들었다. 무슨 사업을 했느냐고 물으니 이렇게 대답했기 때문이다.

"그건 당신이 알 필요 없습니다." 그는 곧 자기의 반응이 적절치 못했음을 깨달았다.

"아, 몇 가지 사업을 했었죠." 그가 다시 말했다. "의약품업이라든 가 석유업 따위였어요. 헌데 지금은 아닙니다." 그가 나를 살피듯 바라보며 말했다. "혹시 지난번에 내가 제안했던 일과 관련해서 물어보시는 겁니까?"

내가 대답하려는 순간, 데이지가 밖으로 나왔다. 그녀의 드레스에 박힌 황동색 단추가 햇빛을 받아 반짝였다.

"저 큰 집이 당신 집이에요?" 그녀가 손가락으로 가리키며 외쳤다.

"마음에 듭니까?"

"물론이죠. 그런데 저런 큰 저택에서 어떻게 혼자 사시는지 모르겠네요."

"늘 재미있는 사람들로 북적이게 하고 있습니다. 밤낮으로 말이죠. 아주 흥미로운 사람들, 유명 인사들로요."

바다 쪽으로 난 지름길 대신, 우리는 도로로 내려가 뒷문을 통해 안으로 들어갔다. 데이지는 감탄사를 연발했다. 하늘을 등진 중세풍의 실루엣이며 각종 정원, 노란 수선화의 상큼한 향내, 산사나무와 자두 꽃의 은은한 내음, 팬지의 파리한 금빛 향에 그녀는 연신 감탄했다. 대리석 계단을 걸어 올라갔다. 눈부신 드레스 하나 휘날리지 않고, 나무 위 새들이 지저귀는 소리 외에는 아무것도 들리지 않는 그곳이 내겐 낯설게만 느껴졌다.

저택 내부로 들어간 우리는 먼저 마리 앙투아네트 음악실을 본뜬 화려한 방들과 왕정복고시대풍의 살롱을 지났다. 그 많은 소파와 테이블 뒤에 손님들이 숨어 있을 것만 같은 느낌이 들었다. 아마도 그 손님들은 우리가 지나갈 때까지 숨죽이고 몸을 감추라는 명령을 받았을지도 모른다. 개츠비가 '머튼 대학 도서관'이라고 이름 붙여진 방의 문을 닫을 땐, 맹세컨대 올빼미 안경을 쓴 그 남자가 괴괴한 웃음을 터뜨리는 소리가 들리는 듯했다.

우리는 위층으로 올라갔다. 고풍 완연한 침실들은 의상실과 당구실에 이르기까지 장미색과 라벤더 색 실크, 싱싱한 꽃들로 뒤덮여 있었고, 욕실의 욕조들은 바닥보다 낮게 설치되어 있었다. 어떤 방 안으로 들어가자 파자마 차림의 머리가 부스스한 남자가 바닥에 앉아 술을 퍼마시고 있었다. '하숙생'인 미스터 클립스프링거였다. 그날 아침, 나는 그가 굶주린 듯 해변을 배회하는 걸 목격했었다. 마지막으로 우리는 침실 하나와 욕실 하나, 그리고 애덤 스타일의 서재로 이루어진 개츠비의 방으로 갔다. 우리는 서재에 앉아 그가 벽장에서 직접 꺼내온 샤르트뢰즈*를 한 잔씩 마셨다.

그는 단 한 순간도 데이지에게서 눈을 떼지 않았다. 그녀의 사랑스런 눈이 어떻게 반응하는지에 따라 자신의 저택을 송두리째 재평가할 자세가 되어 있는 것 같았다. 이따금 그는 꿈꾸는 듯한 눈으로 자신의 소유물들을 응시하기도 했다. 마치 그녀가 실제로 이곳에 있다는 사실 때문에, 이토록 놀랍기만 한 그녀의 존재로 인해 그 어떤

---

* chartreuse. 증류주에 여러 가지 약초를 첨가한 것. 프랑스의 샤르트뢰즈 수도원에서 처음 만든 것으로, 리큐어의 여왕이라고도 하며 초록·노랑·하양의 세 종류가 있다.(옮긴이)

소유물도 더 이상 실재가 아닌 것처럼 보이는 듯했다. 계단에서 거의 굴러떨어질 뻔하기도 했다.

그의 침실은 저택의 어떤 침실보다 소박했다. 하지만 순금으로 장식된 화장대는 예외였다. 행복에 젖은 데이지는 화장대에 앉아 브러시를 들어 머리를 빗었다. 개츠비가 그 옆에 앉아 눈을 가리면서 웃음을 터뜨렸다.

"정말 이상한 건 말이죠, 친구." 그가 들떠서 말했다. "믿기지가 않아요……. 애쓰고는 있지만……."

확실히 그는 두 개의 단계를 지나 세 번째 단계로 접어들고 있었다. 극도의 당황과 형언할 수 없는 기쁨이 지나간 후, 이제 그는 그녀가 자신의 눈앞에 있다는 사실에 대한 경이로움에 완전히 소진된 모습이었다. 너무도 오랫동안 생각했었다. 처음부터 끝까지 철저하게 꿈꾸고 계획했었다. 그야말로 이를 악물고 기다렸었다. 상상을 불허할 정도로 열심히 그랬었다. 그것에 대한 반작용이리라. 지금 그는 마치 태엽이 너무 많이 감긴 시계처럼 걷잡을 수 없이 풀려가고 있었다.

잠시 후, 마음을 가다듬은 그는 우리에게 두 개의 커다란 고급 옷장을 열어 보여주었다. 그 안에는 수많은 양복과 실내복과 넥타이와 셔츠 들이 벽돌처럼 차곡차곡 쌓여 있었다.

"내게 정기적으로 옷을 구입해주는 사람이 영국에 있습니다. 매년 봄가을로 접어들 때마다 옷을 골라 보내주죠."

그는 셔츠 더미 하나를 집어 들더니 그것들을 한 장씩 한 장씩 집어 우리 앞에 던지기 시작했다. 가지런하게 접혀 있던 얇은 리넨 셔츠들과 두툼한 최고급 플란넬 셔츠들이 마구 흐트러지면서 가지각색의 색깔로 테이블을 덮었다. 우리가 휘둥그레 놀라는 사이에 그는 옷을 더 가져왔다. 부드럽고 화려한 옷가지들이 점점 더 높은 산을 이루었다. 줄무늬 셔츠, 소용돌이 패턴의 셔츠, 산호색과 연둣빛 사과색과 라벤더 색과 희미한 오렌지색의 격자무늬 셔츠도 있었다. 셔츠마다 청록색으로 개츠비 이름의 이니셜이 새겨져 있었다. 갑자기 목이 멘 소리가 들렸다. 데이지가 셔츠 더미에 얼굴을 묻고는 펑펑 눈물을 쏟기 시작했다.

"정말 아름다운 셔츠들이에요." 그녀가 흐느꼈다. 옷에 싸인 목소리가 탁하게 들렸다. "슬퍼요. 이토록……. 이토록 아름다운 셔츠들을 본 적이 없거든요."

저택 내부를 돌아본 후, 우리는 밖으로 나가서 뜰과 풀장 및 수상 비행기와 한여름 꽃들을 구경하려 했다. 그런데 창밖을 보니 다시 비가 내리기 시작했다. 우리는 나란히 앉아 롱아일랜드 해협의 주름진 바다를 바라보았다.

"저 연무만 아니면, 만 건너편 당신의 집도 볼 수 있습니다." 개츠비가 말했다. "당신의 선창가 끝에는 늘 초록 불빛이 밝혀 있더군요."

데이지는 불현듯 자신의 팔을 개츠비의 팔에 둘렀다. 하지만 개츠비는 방금 자신이 한 말에 완전히 빠져 있는 듯 보였다. 어쩌면 초록 불빛의 그 엄청난 의미가 이제 영원히 사라졌다는 사실을 깨달았을지도 모른다. 그와 데이지를 갈라놓았던 그 긴 거리와 비교할 때, 이제 그 불빛은 그녀 옆에 아주 가까이 다가온 것처럼 보였다. 달 가까이에서 빛나는 별처럼, 거의 그녀와 닿을 듯해 보였다. 이제 그 불빛은 여느 선창가에 있는 일개 초록 불빛과 다름없었다. 그를 사로잡았던 사물들의 목록에서 하나가 사라져버렸다.

나는 어둑어둑한 방을 걸으며 이런저런 물건들을 둘러보았다. 그의 책상 위 벽에 걸린, 요트복 차림을 한 어느 나이 든 남자의 사진이 눈에 띄었다.

"이 사람은 누굽니까?"

"그 사람이요? 미스터 댄 코디입니다, 친구."

어렴풋이 그 이름을 들어본 기억이 났다.

"지금은 죽었습니다. 한때 내 절친한 친구였죠."

책상 위에 개츠비의 작은 사진도 한 장 있었다. 역시 요트복 차림으로, 머리를 한껏 뒤로 젖힌 의연한 자세였다. 열여덟 살쯤에 찍은 것 같았다.

"정말 멋져요." 데이지가 외쳤다. "퐁파두르 헤어스타일*이네요! 저런 머리를 했었다는 걸 말한 적이 없잖아요. 요트를 탔다는 것도요."

"이걸 보시죠." 개츠비가 재빨리 말했다. "여기에 기사들을 모아

---

* 앞머리와 옆머리를 모두 올린 올백 스타일.(옮긴이)

놓은 게 있습니다. 당신에 관한 기사들이에요.”

두 사람은 나란히 서서 기사들을 들춰보았다. 내가 루비 컬렉션을 보여달라고 말하려는 순간 전화벨이 울렸다. 개츠비가 수화기를 들었다.

“네……. 글쎄요, 지금은 얘기하기가 곤란하군요……. 지금은 곤란하다고요, 친구……. 작은 도시라고 말씀드렸는데요. 작은 도시라고 하면 그가 알아들어야 하는 거 아닙니까……. 디트로이트를 작은 도시라고 생각하는 사람이라면, 글쎄요, 우리와 일할 만한 사람이 아니군요.”

그가 전화를 끊었다.

“이리 와보세요, 빨리요!” 창가에 있던 데이지가 소리쳤다.

여전히 비가 내리고 있었다. 하지만 서쪽 하늘에선 갈라진 어둠 사이로 핑크빛과 황금빛의 뭉게구름이 파도처럼 바다 위에 드리워졌다.

“저것 좀 보세요.” 그녀가 속삭였다. 그리고 잠시 후 말했다. “저 핑크빛 구름에 당신을 담아 이리저리 돌려보고 싶어요.”

내가 집에 돌아가겠다고 하자 두 사람이 완강히 말렸다. 아마도 내가 그곳에 있음으로써 그들은 자기들 두 사람만 있다는 느낌을 더욱 강렬하게 갖는 모양이었다.

“우리가 뭘 하면 좋을지 아이디어가 떠올랐습니다.” 개츠비가 말했다. “클립스프링거에게 피아노 연주를 시킵시다.”

그가 “유잉!” 하고 부르며 방을 나가더니, 몇 분 후 당황하고 지친 기색이 역력한 젊은이를 데리고 돌아왔다. 조개 모양의 뿔테 안경을 쓴, 머리숱이 적은 금발의 남자였다. 어느새 목이 파인 깔끔한 스포츠 셔츠를 입고 운동화를 신었으며 통이 넓은 연회색 바지를 입고 있었다.

"운동하시는 걸 방해해서 어쩌죠?" 데이지가 공손히 말했다.

"자고 있었습니다." 미스터 클립스프링거는 당황해서 어쩔 줄 몰라 하며 큰 소리로 대답했다. "예, 그렇죠, 잠을 좀 잤습니다. 그리고 일어……."

"클립스프링거는 피아노를 좀 칩니다." 개츠비가 그의 말을 끊으며 말했다. "안 그런가, 유잉, 친구?"

"잘은 못 칩니다. 그러니까……. 거의 못 칩니다. 연습을 전혀 하지 않……."

"자, 다 같이 아래층으로 갑시다." 개츠비가 다시 말을 끊었다. 그가 스위치를 켰다. 회색 창들이 사라지고 저택은 빛으로 가득 찼다.

음악실에 들어간 후 그는 피아노 옆에 놓인 램프 하나에만 불을 켰다. 그리고 가늘게 떨리는 성냥으로 데이지의 담배에 불을 붙여준 뒤, 방 반대편 소파에 그녀와 나란히 앉았다. 그곳엔 홀에서 흘러들어와 바닥에 반사된 빛 외에는 아무 불빛도 없었다.

〈사랑의 둥지〉를 연주하던 클립스프링거는 피아노 의자에 앉은 채 몸을 돌려, 난감한 시선으로 어둠 속에서 개츠비를 찾았다.

"연습을 통 안 해서 말이죠. 연주 못 한다고 말씀드렸는데……. 연습을 안 해서……."

"말이 너무 많군, 친구." 개츠비가 명령조로 말했다. "연주하게!"

아침에도

저녁에도

우리는 즐겁지 아니한가……

밖에선 바람이 세차게 불어댔다. 바다 쪽에서 희미한 천둥소리도 이어졌다. 어느덧 웨스트에그엔 불이 환히 밝혀졌다. 뉴욕을 출발한 전차들이 빗속을 뚫고 사람들을 집으로 실어 나르고 있었다. 인간의 삶에 크나큰 변화가 시작되는 시간이었다. 흥분이 대기를 누비는 시간이었다.

확실한 건 오직 한 가지

그 어떤 것도 이보다 더 분명하진 않아

부자는 더 많은 부를 얻고

가난한 자는 더 많은 아이들을 얻는다는 것

그동안에

그사이에……

나는 작별 인사를 하기 위해 개츠비 앞에 다가갔다. 어느새 개츠비의 얼굴엔 또다시 당혹스러운 표정이 드리워져 있었다. 이것이 자신이 그토록 얻고자 했던 행복의 전부인가 하는, 희미한 의구심이

이는 듯했다. 꼬박 오 년이 아니었던가! 분명, 그날 오후 데이지가 그의 기대에 미치지 못했던 순간들이 있었을 것이다. 하지만 그건 데이지 탓이 아니라, 너무도 거대하고 정열적인 그의 환상 때문이었다. 그 환상은 그녀의 능력을 훨씬 뛰어넘는 것이었다. 세상 모든 것을 뛰어넘는 것이었다. 그는 그 환상에 자신을 온통 내던졌다. 형언하기 어려운 엄청난 열정으로 환상에 또 다른 환상을 보태며, 가능한 한 모든 빛나는 깃털로 그것을 장식했다. 어떤 불꽃도 어떤 새로움도, 한 사내가 자신의 유령 같은 영혼 속에 쌓아올린 그 탑에 감히 도전할 수는 없는 법이다.

내가 그를 바라보는 사이, 그도 조금은 자신을 추스른 것처럼 보였다. 그의 손이 데이지의 손을 잡았다. 데이지가 그의 귀에 대고 무언가를 속삭이자 그가 격렬하게 그녀에게로 몸을 돌렸다. 그를 가장 사로잡은 것은 바로 그 목소리, 출렁이는 듯 열에 달뜬 듯 따사로운, 바로 그 목소리였을 거라고 나는 생각한다. 그것은 그 어떤 꿈이나 환상으로도 결코 그려볼 수 없는 목소리였다. 영원히 사멸하지 않을, 한 소절의 노래였다.

두 사람은 이미 나를 잊고 있었다. 데이지가 잠시 나를 보며 손을 내밀었지만, 개츠비에게 나는 안중에도 없었다. 내가 다시 한 번 그들을 바라보자 그들도 나를 바라보았다. 하지만 격정에 사로잡힌 두 사람에게 나는 너무도 먼 존재였다. 나는 방을 나선 후 대리석 계단을 내려가 빗속으로 걸어갔다. 두 사람을 그곳에 남겨둔 채.

제6장

　그 무렵, 뉴욕에서 온 어떤 야심 찬 젊은 기자 하나가 어느 날 아침 개츠비 저택을 찾아와 이야기 좀 해달라고 청했다.

　"이야기라니요, 무엇에 대해서 말입니까?" 개츠비가 정중하게 물었다.

　"글쎄요……. 아무거라도."

　영문을 모른 채 오 분 남짓이 흐르고 나서야 상황이 이해됐다. 그 기자는 사무실에서 개츠비의 이름을 듣게 되었다. 이름을 밝힐 수 없는, 혹은 자기도 잘 모르는 어떤 정보원으로부터였다. 그날은 쉬는 날이어서 '혹시나' 괜찮은 기삿거리 하나 건질 수 있지 않을까 하여 서둘러 개츠비에게 온 것이다.

큰 기대 없이 한 번 내쳐본 일이었지만 기자의 본능은 정확했다. 그해 여름 개츠비의 파티에 참석했던 수백 명의 사람들은 그의 과거에 대해 이런저런 소문을 퍼뜨렸다. 시간이 갈수록 소문은 눈덩이처럼 커졌고, 이제는 거의 뉴스감이 될 정도에 이르렀다. 미국과 캐나다를 잇는 지하 수송관을 만들어 밀주 사업을 한다는, 당대를 휩쓸던 기담奇談의 주인공이라는 얘기도 돌았고, 그가 실제 집이 아니라 집처럼 보이는 선박에 살면서 롱아일랜드 해안을 따라 몰래 오르내린다는 소리도 들렸다. 노스다코타 출신의 제임스 개츠는 자신을 향한 이 모든 소문들에 개의치 않았다. 그 이유를 알아내는 것은 쉬운 일이 아니었다.

그의 실제 이름은 제임스 개츠였다. 적어도 법적으로는 그랬다. 그는 열일곱 살에 이름을 바꿨다. 좀 더 정확히 말하자면, 그의 운명이 바뀔 것임을 직감한 순간에 이름을 바꾸었다. 댄 코디의 요트가 슈피리어 호수의 험한 바닥에 닻을 내리는 것을 목격한 바로 그 순간이었다. 그날 오후, 낡은 초록색 셔츠와 작업복 바지를 입고 해변을 어슬렁거리고 있었던 것은 제임스 개츠였다. 하지만 보트를 빌려 투올로미 호수까지 노를 저어가서 댄 코디에게 곧 폭풍이 다가와 삼십 분 안에 배가 파선될지 모른다고 알려준 그 순간, 이미 그는 제이 개츠비가 되어 있었다.

나는 그가 훨씬 오래전부터 그 이름을 준비해놓았으리라 생각한다. 그의 부모는 평생토록 고향을 떠나본 적 없는 가난한 농부였다. 그는 자신의 환상 세계 안에서 진심으로 그들을 부모로 받아들인 적이 없었다. 사실, 롱아일랜드 웨스트에그의 제이 개츠비는 자기 자신에 대한 플라토닉한 관념 안에서 탄생했다. 그 관념 안에서 그는 신의 아들이었다. 그것이 무엇을 의미하는가는 중요하지 않았다. 중요한 것은 하느님 아버지의 사업을 이행하는 일이었다. 그것은 거대하고 통속적이며 천박한 아름다움에 봉사하는 일이었다. 그리하여 그는 열일곱 살 소년이 만들어내고 싶어 한 그런 종류의 제이 개츠비를 만들어냈고, 자신이 창조해낸 그 관념에, 그 관념의 목적에 충실했다.

일 년 넘게 그는 슈피리어 호수의 남쪽 가장자리를 따라 조개잡이나 연어잡이를 하며, 또는 입에 풀칠할 수만 있다면 무엇이든 마다치 않으며 생계를 유지하고 살았었다. 갈색으로 그을린 단단한 그의 육체는 힘들고도 단순한 노동으로 점철된 그 시절을 잘 버텨내주었다. 그는 일찍부터 많은 여자들을 알았지만 그들을 경멸했다. 연상의 여자들은 그를 너무 어린아이처럼 취급해서, 젊은 아가씨들은 너무 뭘 몰라서, 또 어떤 여자들은 그의 숨 조일 듯한 자기도취에 신경질적으로 반응한다는 이유로 경멸했다.

그의 마음은 늘 거칠기 짝이 없는 소요 사태와 다름없었다. 그로테스크하고 기상천외한 공상이 밤이면 밤마다 그의 머릿속을 휘젓고 다녔다. 세면대 위의 시계가 째깍거리는 소리를 들을 때면, 방바닥에 벗어놓은 그의 헝클어진 작업복으로 달빛이 축축이 스며들 때면, 이루 말할 수 없이 현란한 우주가 그의 두뇌 안에서 끝없이 회전했다. 매일 밤 그는 자신의 환상에 또 다른 환상을 덧입혔다. 졸음이 그 생생한 환상의 마지막 장면을 살며시 망각의 품으로 인도할 때까지 그의 환상은 계속됐다. 얼마 동안 이러한 몽상은 그의 상상력의 출구가 되어주었다. 그 몽상들은 현실의 비현실성에 대한 기분 좋은 암시였고, 세상의 기초가 요정의 날개 위에서 안전하게 자리 잡고 있다는 약속이었다.

댄 코디를 만나기 몇 달 전, 화려한 미래를 향한 모종의 직관에 이끌려 그는 미네소타 주 남부 세인트올라프의 작은 루터교 대학에 입학했다. 하지만 겨우 두 주 만에 그곳을 떠났다. 그의 장엄한 운명의 북소리에 대한, 아니 운명 그 자체에 대한, 그곳 사람들의 잔인한 무관심에 낙담해서였다. 관리인 일을 하며 버는, 치졸할 정도로 적은 돈으로는 앞날을 개척하는 것도 불가능해 보였다. 그리하여 그는 또다시 슈피리어 호수로 흘러들어왔다. 댄 코디의 요트가 해안 모래톱에 닻을 내린 그날에도 개츠비는 일거리를 찾아 주변을 배회하던 중이었다.

당시 코디는 오십 세였다. 네바다의 은광과 유콘 강 유역의 광산을 소유했고, 1875년 이후 광물에 대한 수요가 급증하면서 인생이 뒤바뀐 사람이었다. 몬태나 주에서 생산된 구리를 팔아 엄청난 거부가 된 그는 육체적으로는 건강했지만 마음이 무른 편이었다. 이를 아는 수없이 많은 여자들이 그에게 접근하여 돈을 긁어내려 했다. 그중 한 여자가 바로 신문기자 출신인 엘라 케이였다. 마담 드 맹트농*이 되기로 작정한 그녀는 코디에게 접근해 그를 요트에 태워 바

---

* Madame de Maintenon(1635~1719). 프랑스의 왕 루이 14세의 애첩.(옮긴이)

다 한가운데로 보내버렸는데, 이 사건은 1902년 각종 언론에 대서특필되기도 했다. 오 년 동안 쾌적한 해안을 그렇게 떠다니던 그는 어느 날 리틀걸 연안에 당도했다. 그리고 제임스 개츠의 운명이 되었다.

자기 배의 노에 기대어 숨을 돌리면서 근사하게 난간을 두른 갑판을 올려다본 젊은 개츠에게, 그 요트는 세상의 모든 아름다움과 매력을 상징하는 것이었다. 그는 분명 코디를 향해 미소 지었을 것이다. 자신이 미소 짓는 모습을 사람들이 좋아한다는 것을, 그는 익히 잘 알고 있었을 것이다. 어쨌거나 코디는 그에게 몇 가지 질문을 던졌고(그의 새 이름이 이때 등장했다), 그가 아주 영리할 뿐만 아니라 놀라울 정도로 야심 찬 젊은이임을 간파했다. 며칠 후 코디는 개츠비를 슈피리어 호수 서쪽의 덜루스로 데려가 푸른색 코트와 흰색 면바지 여섯 벌과 요트 모자를 사주었다. 투올로미가 서인도제도와 바르바리 코스트로 떠날 때 개츠비도 함께 떠났다.

코디에게 고용된 그는 한두 마디로 꼬집어 말할 수 없는 여러 가지 일을 했다. 코디와 함께 있을 때면 그는 집사도 되었다가, 친구도 되었다가, 선장도 되었다가, 비서가 되기도 했다. 간수 역할을 맡을 때도 있었다. 정신이 멀쩡할 때의 댄 코디는 술에 취했을 때의 자신이 얼마나 방탕한지 잘 알았고, 개츠비에 대한 신뢰를 통해 그러한 상황에 대비하고자 했기 때문이다. 이러한 생활은 오 년 동안 지속됐고 그동안 배는 미 대륙을 세 번이나 돌았다. 보스턴에 정박해 있던 어느 날 밤 엘라 케이가 요트에 오르고, 그로부터 일주일 후 코디가 고통스런 죽음을 맞지만 않았어도, 그 생활은 끝없이 계속됐을지도 모른다.

나는 개츠비의 침실에 놓여 있던 코디의 사진을 기억한다. 머리가 희고 얼굴이 불그스레한, 단단하면서도 어딘지 공허한 표정의 남자였다. 미국 역사의 한 굵직한 시기에 서부 개척시대의 매춘굴과 살롱의 야만적인 폭력을 동부 연안 지역에 실어 나른 선구자적 탕아의 사진이기도 했다. 개츠비가 술을 거의 마시지 않은 것은 어느 정도는 코디 때문이기도 했다. 이따금 파티가 흥에 겨워지면 여자들이 그의 머리에 샴페인을 들이붓는 경우는 있었지만, 그가 먼저 술에 손을 대는 일은 결코 없었다.

그는 코디에게서 이만 오천 달러의 유산을 상속받을 예정이었다. 하지만 실제로 그 돈을 받지는 못했다. 법은 그에게 불리했고, 그는 상황을 돌릴 만큼의 법적 지식을 갖추고 있지 못했다. 댄 코디가 남긴 나머지 수백만 달러의 재산은 고스란히 엘라 케이에게 돌아갔다. 하지만 그에겐 소중한 배움이 있었다. 희미한 윤곽으로만 어른거리던 제이 개츠비가 드디어 실재하는 사나이로 거듭나고 있었다.

그는 한참이 지나서 이 모든 이야기를 내게 해주었다. 하지만 내가 지금 이 이야기를 한 것은 그의 과거에 대해 앞서 언급한 온갖 루머들이 조금도 사실이 아니라는 걸 말하기 위해서다. 그가 내게 이

이야기를 한 것은, 내가 그 악성 루머들을 하루는 완전히 믿었다가 그다음 날엔 조금도 믿지 못하던, 혼란스런 상태에 놓여 있을 때였다. 개츠비 이야기로 다시 돌아가기까지 잠시 숨을 돌리며 그에 대한 오해들을 풀고 싶었다.

사실, 나와 개츠비의 관계도 잠시 숨을 돌리고 있었다. 몇 주 동안 나는 그를 보지 못했고, 그가 내게 전화하는 일도 없었다. 나는 주로 뉴욕에서 조던과 산책을 하거나 그녀의 늙은 숙모의 환심을 사려 애쓰며 지냈다. 그러던 어느 일요일 오후, 마침내 나는 그의 집으로 건너갔다. 그런데 이 분도 채 되지 않아 누군가가 술 한잔 하자며 톰 뷰캐넌을 데려왔다. 나는 놀라 자빠질 뻔했다. 하지만 더더욱 놀라웠던 것은, 전에는 좀처럼 없던 일이 벌어졌다는 사실이었다.

그곳엔 말을 타고 온 세 사람이 있었다. 톰과, 슬로언이라는 남자와, 갈색 승마복을 입은 예쁜 여자였다. 그녀는 전에 그 저택에 와본 적이 있었다.

"만나서 반갑습니다." 개츠비가 포치에 선 채 말했다. "이렇게 들러주시다니 기쁘군요."

그렇게 얘기하면 마치 그들이 손톱만큼의 관심이라도 보여줄 듯이 말이다!

"앉으시죠. 담배나 시가를 피우셔도 좋습니다." 그는 분주히 거실을 오가며 벨을 울렸다. "곧 마실 것을 내오도록 하겠습니다."

그는 톰이 그곳에 있다는 사실에 크게 고무되었다. 하지만 톰이 있건 없건, 집을 찾아온 손님에게 뭔가를 대접하기 전까지는 그는 늘 마음이 편치 않았다. 그는 사람들이 왜 자신의 집을 찾아오는지 어렴풋이 짐작하고 있었다. 미스터 슬로언은 아무것도 마시지 않겠다고 했다. 그럼, 레모네이드라도 하시겠습니까? 아뇨, 됐습니다. 샴페인은? 감사합니다만 됐습니다……. 미안합니다…….

"말을 타고 여기까지 오시는 데 문제는 없었습니까?"

"주변 도로가 아주 좋군요."

"제 생각에 자동차는……."

"그렇습니다."

감정을 도저히 억누르지 못한 개츠비는 톰을 바라보았다. 초면이라며 인사를 나눈 그였다.

"전에 어디선가 뵌 적이 있는 것 같은데요, 뷰캐넌 씨."

"아, 그렇군요." 톰이 정중하면서도 다소 퉁명스러운 투로 말했다. 하지만 개츠비를 만난 기억이 전혀 나지 않았다. "그랬어요. 기억이 납니다."

"두 주 전쯤이었습니다."

"아, 이제 알겠습니다. 닉과 함께 계셨죠."

"당신 부인을 압니다." 개츠비가 말을 계속했다. 거의 공격적으로 느껴질 정도였다.

"그렇습니까?"

톰이 나를 바라보았다.

"이 근처에 살지 않나, 닉?"

"바로 옆집이지."

"그래?"

미스터 슬로언은 대화에 끼어들지 않은 채 의자 깊숙이 몸을 기대어 앉아 있었다. 여자 또한 아무 말도 하지 않다가, 하이볼 두 잔을 마신 후 갑자기 명랑해졌다.

"다음 파티에 우리 모두 참석할게요, 개츠비 씨." 그녀가 말했다. "그래도 되겠죠?"

"물론입니다. 여러분이 오신다면 대단히 기쁠 겁니다."

"좋습니다." 고맙다는 말 한마디 없이 미스터 슬로언이 말했다. "이제 슬슬 집으로 돌아가야겠군요."

"서두르지 마시죠." 개츠비가 정중히 말했다. 이제야 평정심을 되찾은 그는 톰을 조금 더 알아내고 싶었다. "괜찮으시다면 저녁 식사라도 하고 가시죠. 뉴욕에서 사람들이 더 올지도 모릅니다."

"저희 집으로 저녁 식사 하러 가시죠." 여자가 적극적으로 말했다. "두 분 다요."

두 분이란 나와 개츠비를 의미했다. 미스터 슬로언이 자리에서 일어났다.

"자, 가자고." 그가 여자에게 말했다.

"진심이에요." 그녀가 고집했다. "저희 집에 같이 가요. 방도 많답니다."

개츠비가 어떻게 하겠느냐는 표정으로 나를 보았다. 그는 갈 생각이었다. 하지만 미스터 슬로언이 그것을 원치 않는다는 걸 눈치채지는 못했다.

"죄송하지만 전 어려울 것 같군요." 내가 말했다.

"그렇다면, 혼자라도 오세요." 그녀가 끈질기게 개츠비에게 매달렸다.

미스터 슬로언이 그녀의 귀에 대고 뭐라고 말했다.

"지금 떠나면 괜찮아요. 늦지 않을 거예요." 그녀가 큰 소리로 고집을 피웠다.

"저는 타고 갈 말이 없습니다." 개츠비가 말했다. "군대에선 말을 탔었지만, 말을 구입한 적은 없군요. 차로 여러분을 따라가겠습니다. 잠시만 기다려주십시오."

나머지 우리들은 포치로 걸어 나왔다. 슬로언과 여자는 한쪽 구석에서 뭔가 심각하고도 거친 대화를 나누고 있었다.

"기가 막히는군. 우리와 함께 간다고 하다니." 톰이 말했다. "그자는 그녀가 진심으로 한 말이 아니라는 걸 모르는 모양이지?"

"진심으로 초대하고 싶다고 말했잖은가."

"오늘 저녁에 그녀가 큰 파티를 열거든. 하지만 그자가 알 만한 사람은 하나도 없을 텐데 말이야." 그가 미간을 찌푸렸다. "도대체 그자가 어디에서 데이지를 만났다는 건지 궁금하구만. 구식으로 들릴지 모르겠지만, 요즘 여자들은 너무 많이 나돌아 다녀서 통 마음에 안 들어. 그런 여자들을 노리는 미친 물고기들이 지천으로 깔렸다고."

갑자기 슬로언과 여자가 계단을 내려가더니 말 위에 올랐다.

"자, 갑시다." 미스터 슬로언이 톰에게 말했다. "늦었어. 빨리 가야

해." 그리고 내게 말했다. "바빠서 기다릴 수 없었다고 그에게 전해 주시겠습니까?"

나는 톰과는 악수를, 나머지 두 사람과는 가벼운 목례를 나누었다. 그들이 서둘러 저택을 빠져나가 8월의 울창한 나뭇잎 사이로 사라진 직후, 모자와 가벼운 코트를 손에 든 개츠비가 문밖으로 나왔다.

톰은 데이지가 혼자 밖을 나돌아 다니는 것이 마음에 걸린 게 분명했다. 그다음 토요일에 그는 데이지와 함께 개츠비의 파티에 나타났다. 그의 등장으로 인해 그날 저녁의 파티는 어딘지 답답한 기운이 감돌았다. 그해 여름 내가 참석한 개츠비의 여느 파티보다도 내 기억에 남는 파티였다. 똑같은 사람들 혹은 똑같은 부류의 사람들이 왔다. 똑같은 샴페인이 부어졌고, 똑같이 다채로운 색깔과 똑같이 왁자지껄한 소란이 휘젓던 파티였다. 하지만 전에는 느낄 수 없었던 어떤 불쾌감과 긴장감이 연회장 구석구석을 스멀스멀 감돌았다. 파티가 다르다고 느낀 건, 어쩌면 내 문제였을지도 모른다. 어느덧 나도 그의 파티에 적응이 되어서 이전에 느끼지 못한 것을 느꼈을 수도 있다. 웨스트에그를 그 자체로서 하나의 완전한 세계로, 다른 어느 곳에서도 존재하지 않는, 자기 고유의 기준과 자기 고유의 유명 인사들이 있는, 하나의 독립적인 세계로 받아들이게 되었다는 증거일 수 있다. 그리고 그 순간, 나는 데이지의 눈을 통해 그 세계를 다시 바라보고 있었다. 이제 막 적응하게 된 사물을 새로운 눈으로 다시 보아야 하는 것은 늘 슬픈 법이다.

두 사람은 해 질 녘에 도착했다. 우리는 활기 넘치는 수백 명의 사람들 틈을 함께 걸었다. 그때 데이지가 아주 나지막한 소리로 장난스레 말했다.

"이런 분위기 속에 있으면 정말 흥분돼요." 그녀가 속삭였다. "오늘 저녁, 제게 키스하고 싶으면 언제든 말씀하세요, 닉. 기꺼이 응해 드릴게요. 그냥 제 이름만 부르시면 돼요. 아니면 초록색 카드를 내밀어도 되고요. 초록색 카드 한 장 드릴……."

"자, 둘러보시죠." 개츠비가 말했다.

"보고 있어요. 너무나 멋진 시간을 보내고 있……."

"이름을 들어본 적이 있는 사람들이 많이 있을 겁니다. 그들을 직접 만나보시죠."

톰의 거만한 눈동자가 사람들을 바쁘게 훑었다.

"우린 그다지 사람들과 어울려 다니는 편이 아닙니다." 톰이 말했다. "사실, 지금 이곳에 아는 사람이 하나도 없다고 생각하던 중이었습니다."

"아마 저 여자 분은 아실 텐데요." 개츠비가 흰 자두나무 아래에 우아하게 앉아 있는 한 여자를 가리켰다. 인간의 모습을 띤 난초와도 같은, 대단히 아름다운 여자였다. 톰과 데이지가 그녀를 바라보았다. 현실에서 도저히 마주할 수 없을 것 같았던 영화배우를 눈앞에서 목도한 그들의 표정은 마치 꿈을 꾸는 듯했다.

"아름다운 여자네요." 데이지가 말했다.

"그녀에게 몸을 숙인 남자가 바로 그녀의 영화감독입니다."

개츠비는 톰과 데이지를 데리고 다니며 형식을 차려 이 사람 저 사람에게 소개했다.

"이분은 뷰캐넌 부인이고, 이분은 뷰캐넌 씨……." 그가 잠시 주저하더니 덧붙였다. "폴로 선수입니다."

"아, 아닙니다." 톰이 재빨리 부인했다. "그렇지 않습니다."

하지만 개츠비는 자기가 한 말에 몹시 흡족해했다. 그날 밤 내내 톰이 '폴로 선수'로 통했기 때문이다.

"태어나서 이렇게 많은 유명인들을 만난 건 처음이에요." 데이지가 감격에 겨워 외쳤다. "저 남자가 마음에 들어요. 이름이 뭐였죠? 코가 조금 푸르스름한 남자요."

개츠비가 그 남자의 이름을 말했다. 그다지 대단찮은 영화 제작자라고 했다.

"그렇군요. 그래도 괜찮은걸요."

"난 폴로 선수로 여겨지지만 않으면 좋겠는데." 톰이 유쾌한 듯 말했다. "모든 걸 잊고, 그저 이 명망가들 구경이나 해야겠어."

데이지와 개츠비는 춤을 추었다. 나는 그의 우아하면서도 절제된 폭스트롯*에 적잖이 놀랐다. 그가 춤추는 모습을 본 건 그때가 처음이었다. 춤이 끝난 후 두 사람은 내 집까지 걸어가 반 시간 정도 계단참에 앉았다. 나는 그들을 지켜보며 마당에 서 있었다. 데이지의 부탁 때문이었다. "불이 나거나 홍수가 날 경우를 대비해야죠." 그녀가 말했다. "어떤 일이든지요."

---

* fox-trot. 1910년대 초 미국에서 시작한 2분의 2 박자 또는 4분의 4 박자의 비교적 빠른 템포의 곡.(옮긴이)

톰은 우리가 저녁 식사를 하기 위해 테이블에 앉고 나서야 나타났다. 모든 걸 잊지는 않은 모양이었다. "나는 저쪽에 있는 사람들과 식사를 할까 하는데, 괜찮겠지?" 그가 말했다. "한 친구가 아주 재미난 얘기를 하기 시작했거든."

"그러세요." 데이지가 다정하게 말했다. "주소를 받아 적고 싶을지도 모르니까, 저의 이 금색 펜을 가져가세요." 그녀가 잠시 주위를 둘러보더니 어떤 여자를 가리키며 "평범하지만 예쁘다"라고 내게 말했다. 개츠비와 단 둘이 있던 반 시간을 제외하곤, 그녀가 이 파티를 즐기고 있지 않다는 것을 난 눈치채고 있었다.

우리가 앉은 테이블엔 고주망태가 되도록 취한 사람들이 유난히 많았다. 내 잘못이었다. 개츠비가 전화를 받으러 간 사이에 내가 테이블을 골랐었다. 두 주 전에 한 번 만난 적이 있는 사람들이 있던 테이블이었다. 그때는 썩 흥겹고 괜찮은 사람들이었는데, 오늘은 영 아니었다.

"괜찮으세요, 미스 베데커?"

호명 당한 여자는 내 어깨에 몸을 기대려 했지만 마음대로 되지 않았다. 그녀가 다시 똑바로 앉으며 눈을 부릅떴다.

"뭐가 어떻다고요?"

데이지에게 지역 클럽에서 다음 날 함께 골프를 치자고 졸라대던, 몸집이 거대하고 둔하기 짝이 없는 한 여자가 미스 베데커 대신에 말했다.

"아, 이 친구는 괜찮아요. 칵테일 대여섯 잔이 들어가면 원래 이렇게 소리를 질러대요. 그만 마시라고 빌어도 소용없어요.”

“그만 마시고 있잖아.” 욕을 먹은 미스 베데커가 힘없이 말했다.

“네가 고래고래 소리 지르는 걸 우리 모두 들었잖아. 그래서 내가 여기 계신 닥터 시벳에게 말했어. ‘의사인 당신의 도움이 필요한 사람이 있어요’라고.”

“저 애도 감사하게 생각할 거야.” 미스 베데커의 또 다른 친구가 진정성 없이 말했다. “그나저나 의사 선생님이 풀장에 저 애의 머리를 처박는 바람에 드레스가 몽땅 젖어버렸지 뭐야.”

“난 누가 내 머리를 풀장에 처박는 게 제일 싫어.” 미스 베데커가 중얼거렸다. “뉴저지에서도 그러다가 거의 죽을 뻔했다고.”

“그러면 정말 그만 마셔야죠.” 닥터 시벳이 공격적으로 말했다.

“당신도 마찬가지야!” 미스 베데커가 격하게 소리 질렀다. “당신이 손을 떠는 걸 모를 줄 알아? 내가 수술을 받는다면, 당신에겐 절대로 안 맡길 거야!”

대충 그런 상황이었다. 그날의 파티에 관해 내가 마지막으로 기억하는 것은, 데이지와 나란히 서서 영화감독과 그의 여배우를 바라본 일이었다. 그들은 여전히 흰 자두나무 아래에 있었다. 두 사람의 얼굴은 거의 닿을락 말락 했다. 어스레한 달빛만이 그들의 얼굴 사이를 뚫고 지나갈 수 있을 뿐이었다. 문득 나는 그 영화감독이 그날 밤 내내 그녀와 좀 더 가까워지고자, 그녀 쪽으로 몸을 굽히고 있었다는 걸 알아챘다. 내가 쳐다보고 있는데도, 그는 마지막으로 좀 더 몸을 숙여 그녀의 뺨에 입술을 댔다.

"저 여자가 마음에 들어요." 데이지가 말했다. "정말 아름다운 여자 같아요."

그러나 나머지 사람들은 데이지를 심란하게 했다. 어떤 동작이나 행위 때문이 아니라 마음 상태 때문이었다. 그녀는 웨스트에그에 경악했다. 브로드웨이가 롱아일랜드의 한 어촌에 세워진 듯한, 전에는 듣도 보도 못한 이 새로운 '공간'에, 낡은 미사여구 아래로 삐죽삐죽 드러난 날내 나는 활력에, 그 안의 사람들을 무無에서 무로 다그쳐 몰아가는 그 지극히 위압적인 파멸감에, 그녀는 경악했다. 자신이 도저히 이해할 수 없던 바로 그 단순함 속에서 그녀는 무시무시한 뭔가를 보았다.

톰과 데이지가 자동차를 기다리는 동안, 나는 그들과 함께 현관 앞 멀찍이 놓인 계단에 앉았다. 그곳은 꽤 어두웠다. 현관문 위에 매달린 전등은 새벽녘의 부드러운 어둠 속으로 겨우 일 제곱미터 정도만 빛을 쏘아줄 뿐이었다. 이따금 드레스 룸의 블라인드에 그림자들이 어른거렸다. 내겐 보이지 않는 거울 앞에 서서 립스틱을 칠하고 분을 바르는 사람들의 그림자 행렬이 끊임없이 이어졌다.

"그건 그렇고, 개츠비는 도대체 어떤 작자지?" 갑작스레 톰이 질문을 던졌다. "손이 어지간히 큰 밀주업자쯤 되는 건가?"

"그런 말은 어디서 들었나?" 내가 물었다.

"들은 게 아니라 추측해본 거야. 자네도 알다시피, 요즘 신흥부자들은 거의 다 대형 밀주업자들이잖은가."

"개츠비는 아니야." 내가 짧게 대답했다.

톰은 잠시 아무 말도 하지 않았다. 그의 발밑에서 자갈들이 부딪쳤다.

"어쨌든 이 짐승 같은 무리들을 끌어모으느라 힘깨나 들었겠군."

바람 한 자락이 불어와 데이지의 회색빛 모피 목도리를 살랑였다.

"그래도 우리가 만나는 사람들보다 훨씬 더 재미있는 사람들이에요." 그녀가 애쓰듯 말했다.

"당신도 그다지 즐거워 보이지 않던걸."

"아니에요. 즐거웠어요."

톰이 갑자기 껄껄 웃으며 나를 돌아보았다.

"자네 아까 데이지 표정 봤나? 어떤 여자가 찬물로 샤워를 시켜 달라고 애걸할 때 말이야."

흘러나오는 음악에 맞춰, 데이지가 허스키한 목소리로 노래를 부르기 시작했다. 한 단어 한 단어마다 의미가 가득 실려 있었다. 전에는 결코 느껴보지 못한, 그리고 앞으로 두 번 다시 느껴보지 못할 의미였다. 멜로디가 높아지자 그녀의 목소리도 그것을 따라 콘트랄토 가수의 목소리처럼 부드럽게 넘실댔다. 한 음 한 음 달라질 때마다 그녀의 따스하고도 인간적인 마법의 주문이 조금씩 허공 속으로 빨려 들어가는 듯했다.

"초대받지 않은 사람들도 굉장히 많이 왔어요." 불현듯 그녀가 말했다. "그 여자도 초대받은 게 아니래요. 무작정 여기에 온 거예요. 그는 너무 정중한 사람이어서 그들을 내치지 못하는 거고요."

"그가 어떤 작자이고 어떤 일을 하는지 알아봐야겠군." 톰이 고집했다. "알아내고야 말겠어."

"그냥 제가 말해드리죠." 그녀가 대답했다. "그는 잡화점을 소유했었어요. 아주 많은 잡화점을요. 혼자서 일으켜 세운 거예요."

꾸물대던 리무진이 드디어 진입로로 들어왔다.

"잘 있어요, 닉." 데이지가 말했다.

그녀가 나를 한 번 바라본 뒤 계단 너머 환한 저택으로 눈길을 돌렸다. 저택 안에서 그 해 유행하던 아름답고도 슬픈 왈츠곡인 〈새벽 세 시〉가 흘러나왔다. 어찌 됐건, 격식에 연연하지 않는 개츠비의 파티에는 데이지의 세계에선 찾아볼 수 없는 낭만적인 가능성이 넘쳐났다. 그녀에게 다시 안으로 돌아오라고 호소하는 듯한, 노래 속 그것의 정체는 무엇일까? 몇 시인지 가늠할 수 없는 이 어두운 시간에 무슨 일이 또 일어나게 될까? 어떤 굉장한 손님이 도착할지도 모른다. 일생에 한 번 볼까 말까 한, 그저 입이 떡 벌어지게 놀랍기만 한 손님일지도 모른다. 온몸에서 그 누구도 흉내 낼 수 없는 휘황찬란한 빛을 발하는 젊은 여자일지도 모른다. 그녀가 개츠비에게 눈짓을 보내는 순간, 두 사람의 마법 같은 만남이 이루어질 것이고, 그리하여 오 년 동안 강고하게 지켜오던 그의 집념이 그 자리에서 산산조각 나버릴지도 모른다.

그날 나는 밤늦게까지 파티에 남았다. 그에게 시간이 날 때까지 머물러달라고 개츠비가 부탁해서였다. 어두운 해변에서 한기가 몰려오고 나서야 풀장 안에서 벌어진 광란의 파티가 끝났다. 어느덧 게스트 룸의 전등도 모두 꺼졌다. 그때까지 난 정원을 어슬렁거렸다.

마침내 그가 계단 아래로 내려왔다. 햇볕에 그을린 그의 얼굴이 그 어느 때보다 굳어 보였다. 눈은 빛났지만 피곤이 가득했다.

"그녀가 내 파티를 좋아하지 않더군요." 나를 보자마자 그가 말했다.

"무슨 말입니까. 아주 좋아했어요."

"좋아하지 않았어요." 그가 고집했다. "즐거워하지 않더란 말입니다."

그리고 그는 침묵했다. 대단히 낙담한 듯했다.

"그녀와 아주 멀어져 버린 기분이에요." 그가 말했다. "그녀를 이해시키기가 너무나 어렵습니다."

"함께 추신 춤 말씀입니까?"

"춤이요?" 그가 말도 안 된다는 듯 손가락을 내저었다. 이 세상 모든 춤이 부질없다는 듯했다. "친구, 춤은 중요하지 않아요."

그가 원한 건 오직 한 가지, 데이지가 톰에게 '난 당신을 사랑한 적이 없어요'라고 말하는 것이었다. 그녀가 사 년간의 결혼 생활을 그 한마디로 깨끗하게 정리해야만, 그녀와 개츠비는 이후의 좀 더 실제적인 일들을 결정할 수 있을 터였다. 그 실제적인 일들 중 하나는, 물론 그녀가 자유로운 몸이 된 후에 루이빌로 돌아가 그녀의 집에서 결혼식을 올리는 것이었다. 오 년 전으로 돌아간 것처럼 말이다.

"그런데 그녀가 통 알아듣질 못하는군요." 그가 말했다. "예전엔 잘 알아들었어요. 우린 몇 시간씩 함께 앉아서……."

그가 갑자기 말을 멈추고는 과일 껍질이며 버려진 드레스 리본,

짓밟힌 꽃들이 너저분하게 널린 계단 옆 샛길을 오락가락하며 걷기 시작했다.

"나라면 그녀에게 너무 많은 것을 요구하지 않을 겁니다." 내가 용기를 내어 말했다. "과거를 반복하는 건 불가능합니다."

"과거를 반복하는 게 불가능하다고요?" 그가 믿을 수 없다는 듯 소리 질렀다. "그렇지 않아요. 가능합니다!"

그가 거칠게 주변을 둘러보았다. 저택 그림자 속 어딘가에, 그가 손만 조금 더 뻗으면 닿을 아주 가까운 어딘가에, 과거가 몸을 도사리고 숨어 있기라도 한 듯했다.

"난 모든 걸 그때처럼 돌려놓고야 말 겁니다." 그가 단호하게 머리를 끄덕이며 말했다. "그녀도 알게 될 겁니다."

그는 과거에 대해 많은 이야기를 했다. 내가 보기에 그는 뭔가를 되찾고 싶어 했다. 어쩌면 그게 자기 자신일지도, 데이지와 사랑에 빠졌던 그때의 자기 자신일지도 몰랐다. 그때 이후 그의 삶은 혼란스럽고 무질서했다. 하지만 만일 출발점으로 되돌아갈 수 있다면, 그리하여 처음부터 차근차근 다시 시작할 수 있다면, 그것이 무엇인지 확실히 알아낼 수 있을지도 모른다…….

……오 년 전 어느 가을밤, 두 사람은 낙엽이 떨어지는 거리를 걷고 있었다. 얼마쯤 지나서 나무 한 그루 없는 어느 지점에 이르렀다. 하얀 달빛만이 길가를 비추었다. 그들은 걸음을 멈추고 마주 섰다. 일 년에 두 번, 계절이 바뀔 때면 느낄 수 있는 신비로운 흥분이 깃든 서늘한 밤이었다. 길가에 늘어선 주택들에서 고즈넉한 빛이 어둠

속으로 새어나오고 있었고, 별들은 부산스럽게 하늘을 휘저었다. 개 츠비는 힐긋 옆을 보았다. 길을 덮은 보도블록들이 마치 사다리처럼 저 끝까지, 나무들 너머에 있는 어떤 비밀의 장소까지 이어져 있는 듯했다. 혼자라면 그곳으로 오를 수 있을 텐데. 올라가서 생명의 젖 꼭지를 빨아댈 수 있을 텐데. 그리하여 그 어느 곳에서도 맛볼 수 없 는 신비의 젖을 마음껏 들이켤 수 있을 텐데.

그의 심장이 점점 더 빠르게 요동쳤다. 그때 데이지의 하얀 얼굴 이 그의 얼굴로 바싹 다가왔다. 그는 알고 있었다. 이 여자에게 키스 를 하게 되면, 말로 다 표현할 수 없는 그의 꿈과 그의 비전을 이 여 자의 언젠가 사그라질 허망한 숨결에 묶어버리게 되면, 그의 영혼은 이제 두 번 다시 신의 영혼처럼 자유롭게 뛰어놀 수 없으리라는 것 을 그는 알고 있었다. 그는 기다렸다. 소리굽쇠가 별에 부딪치는 소 리를 들으며, 그렇게 기다렸다. 그리고 그녀에게 키스했다. 그의 입 술이 그녀의 입술에 닿는 순간, 그녀는 그를 위한 한 송이 꽃으로 피 어났고, 신의 아들은 인간으로 현현했다.

그의 이야기를 들으며, 그의 지독하리만치 감상적인 속내를 들으 며, 나는 아주 오래전에 어딘가에서 들은 듯한 어떤 말이 생각났다. 자세히는 아니지만 기억날 듯 말 듯 조각난 단어들만 몇 개 떠올랐 다. 그 말을 하려 했지만 내 입술은 벙어리처럼 뻥긋대기만 했다. 숨 을 들이켜기가 힘들었다. 말을 하는 것은 그것보다 더 힘들었다. 내 입술은 끝내 아무 소리도 내지 않았다. 기억나려던 그 말은 영원히 입 밖으로 나오지 못했다.

제7장

개츠비에 대한 나의 궁금증이 절정에 달할 그 무렵 어느 토요일 밤, 그의 저택에선 불빛 한 점 보이지 않았다. 시작이 그러했듯 트리말키오* 같은 그 나날은 그렇게 어둡게 막을 내렸다. 그의 저택 진입로로 들어오던 자동차들이 잠시 머뭇거리더니 심통스럽게 되돌아가는 모습이 이어졌다. 혹시나 그가 병이라도 난 건 아닌지 걱정이 되어, 나는 그의 저택으로 건너갔다. 험악하게 생긴 낯선 집사가 문 안에서 나를 의심스런 표정으로 흘금 내다보았다.

"개츠비 씨가 어디 편찮으십니까?"

---

* Trimalchio. 고대 로마 소설의 등장인물로서 역경을 뚫고 부와 권력을 손에 넣은 뒤 향락에 빠진 생활을 한다.(옮긴이)

"아뇨." 집사는 잠시 멈추더니 마지못한 투로 "선생님"이라고 덧붙였다.

"요즘 개츠비 씨를 통 못 봬서, 걱정이 되어 와보았습니다. 캐러웨이가 다녀갔다고 전해주십시오."

"누구라고요?" 그가 거칠게 되물었다.

"캐러웨이요."

"캐러웨이. 알았습니다. 전해드리죠."

말이 끝나기가 무섭게 그가 문을 쾅 닫았다.

내 핀란드인 가정부에 따르면, 일주일 전쯤 개츠비는 전에 일하던 하인들을 모두 해고하고 여섯 명을 새로 고용했다. 새로 온 하인들은 필요한 물품이 있을 때 웨스트에그 빌리지로 직접 가지 않고 오직 전화로만 적당량을 주문하도록 지시를 받았다. 직접 상점에서 구입할 경우에는 상인들의 꼬임에 넘어가 지나치게 많은 물품을 사게 된다는 이유에서였다. 식료품 배달 직원은 개츠비의 주방이 돼지우리처럼 변했다고 말하고 다녔고, 새로 온 하인들은 아예 하인이랄 수도 없는 사람들이라는 소문이 돌았다.

다음 날 개츠비가 내게 전화를 걸었다.

"어디 멀리 떠나기라도 합니까?" 내가 물었다.

"아닙니다, 친구."

"하인들을 모두 내보냈다면서요."

"입이 무거운 사람들이 필요해서 그랬습니다. 요즘 데이지가 자주 들르거든요. 오후에."

그랬다. 화려하고 시끌벅적한 그 모든 환락의 나날은 데이지의 눈빛에 어리던 그 불편한 기색 하나로 마치 카드로 만든 집처럼 한순간에 무너져 내린 것이다.

"새로 온 하인들은 울프심이 전에 신세를 좀 졌던 사람들입니다. 모두 형제자매지간이에요. 예전에 작은 호텔을 운영했다더군요."

"그렇군요."

그는 데이지의 청으로 내게 전화를 한다고 했다. 다음 날 그녀의 집에서 점심 식사를 할 예정인데, 나도 와줄 수 있느냐는 것이었다. 미스 베이커도 올 예정이라고 했다. 삼십 분쯤 후엔 데이지가 직접 전화를 해왔는데, 내가 갈 수 있다고 하자 꽤 마음을 놓는 것 같았다. 무슨 일이 벌어질 것이 틀림없었다. 하지만 나는 두 사람이 그날 그 일을 벌일 것이라고는 생각하지 않았다. 얼마 전 정원에서 개츠비가 내게 들려준, 그가 꿈꿔온 그 극적인 순간이 그날 그 자리에서 벌어지리라고는 상상조차 할 수 없었다.

다음 날은 끓는 듯 더웠다. 그해 여름의 거의 마지막 더위이자 가장 더운 날이었다. 내가 탄 열차가 터널을 빠져나와 태양 속을 파고들었다. 지글지글 익어가는 정오의 정적을 깨는 것은 내셔널비스킷 공장의 뜨거운 굴뚝 소리뿐이었다. 열차의 밀짚 의자조차 활활 타오르기 직전이었다. 내 옆자리에 앉은 여자는 한동안 하얀 블라우스 속으로 얌전히 땀을 흘리더니, 손에 든 신문지가 땀으로 흥건히 젖어버릴 무렵이 되자 고통스런 신음을 냈다. 그녀의 핸드백이 열차 바닥으로 떨어졌다.

"어머나, 이런!" 그녀가 헐떡였다.

내가 간신히 허리를 굽혀 핸드백을 줍고는, 그것의 맨 끝을 간신히 잡아 팔을 길게 뻗어 그녀에게 건넸다. 행여나 핸드백에 흑심을 품고 있다는 의심을 받지 않기 위해서였지만 소용없었다. 주위의 모든 사람이, 심지어 그 여자까지 나를 의심의 눈초리로 쏘아보았다.

"덥군요!" 열차 검표원이 낯익은 손님들을 향해 일일이 말했다. "대단한 더위죠! 뜨거워요!…… 뜨겁습니다!……. 뜨끈뜨끈합니다!……. 손님한텐 딱 좋습니까? 덥죠? 덥……?"

그의 손에 묻은 잉크 때문에 내 정기 승차권이 검게 얼룩진 채 돌아왔다. 그렇다 한들 무슨 대수겠는가. 이 더위에 혹여 그 검표원이 누군가의 화끈한 입술에 입을 맞춘다 한들, 누군가의 머리가 그의 품에서 셔츠 호주머니를 흠뻑 적신다 한들 무슨 상관이겠는가.

……뷰캐넌 부부의 저택 홀 안에서 바람이 희미하게 불어 나왔다. 바람을 타고, 현관 문 앞에 선 개츠비와 내게 전화벨 소리가 들려왔다.

"주인님의 주검을 대령하라고요?"* 집사가 수화기에 대고 소리쳤다. "죄송합니다만 부인, 그건 곤란합니다. 주검에 손을 대기엔 날이 너무 덥습니다."

하지만 집사의 실제 말뜻은 '네, 네……. 알겠습니다'였다.

수화기를 내려놓은 뒤 그는 빙긋이 웃음을 지으며 다가오더니 우

---

* 여기에서 '주검'은 원문의 'body'를 번역한 것이다. 'body'는 맥락에 따라 '몸'이나 '주검'을 의미하는데, 여기에서는 당장 톰(의 몸)을 바꿔달라는 머틀의 저급한 표현에 집사가 능청맞은 유머로 응수하는 모습을 보여준다.(옮긴이)

리가 쓰고 있던 밀짚모자를 받아주었다.

"살롱에서 부인이 두 분을 기다리고 계십니다!" 그가 살롱 쪽을 가리키며 큰 소리로 말했다. 불필요한 동작이었다. 이런 유난한 더위에는 어떤 종류의 동작도 몸의 기력을 빼앗는 원흉일 뿐이다.

차양이 잘 쳐진 살롱은 어스름하고 시원했다. 데이지와 조던은 거대한 소파에 누워 있었다. 윙윙대며 불어오는 선풍기 바람에 날려 올라가는 하얀 드레스를 연신 잡아 내리는 두 사람의 모습이 마치 은빛 여신과도 같았다.

"꼼짝할 수가 없어요." 두 여자가 동시에 말했다.

검게 그을린 피부에 하얀 분을 바른 조던의 손이 잠시 동안 내 손 안에 머물렀다.

"우리의 폴로 선수, 미스터 토마스 뷰캐넌은?" 내가 물었다.

그때 홀에서 전화에 대고 퉁명스럽게 어물대며 대꾸하는 톰의 목소리가 들렸다.

개츠비는 진홍색 카펫 한가운데 서서 황홀한 눈빛으로 주위를 둘러보았다. 그를 바라보며 데이시가 환하게 웃었다. 그녀 특유의 달콤하면서도 흥분된 웃음이었다. 가슴에 바른 분가루가 살짝 공기 속으로 날렸다.

"들자하니." 조던이 속삭였다. "지금 톰과 통화하고 있는 사람이 바로 그의 정부情婦라는군요."

우리는 모두 침묵했다. 홀에서 들려오는 목소리가 짜증으로 점점 커졌다. "그렇다면 좋아. 당신네에게 그 차를 팔지 않겠어…… 그래야 할 의무도 없고……. 점심 시간에 이렇게 사람을 성가시게 하다니, 도저히 참을 수 없군!"

"수화기를 가린 채, 우리 들으라고 꾸며대는 말일 거예요." 데이지가 비꼬며 말했다.

"아니야, 그렇지 않아." 내가 자신 있게 말했다. "진짜로 거래에 관한 얘기를 하고 있는 것 같은데? 딱 들으면 알 수 있거든."

톰이 살롱 문을 활짝 열어젖히더니 잠시 동안 그 큰 몸집으로 문을 가리고 섰다. 그러곤 서둘러 안으로 들어왔다.

"개츠비 씨!" 싫은 티를 애써 감추며, 그가 자신의 크고 넓적한 손을 내밀었다. "만나 봬서 반갑군요, 선생……. 자네도 왔군, 닉."

"시원한 음료나 만들어줘요." 데이지가 소리쳤다.

그가 다시 방을 나가자 데이지는 소파에서 일어나 개츠비에게 다가갔다. 그리고 그의 머리를 감싸 내리며 입술에 키스했다.

"당신을 사랑하는 거 아시죠?" 그녀가 속삭였다.

"여기 숙녀 한 사람 있다는 것, 잊지 마세요." 조던이 말했다.

미처 몰랐다는 척, 데이지가 방 안을 둘러보았다.

"너도 닉한테 키스하렴."

"너무 저속해요, 선배!"

"상관없어!" 데이지가 소리 지르더니 벽난로 속으로 장작을 넣어대기 시작했다. 그러곤 날씨가 무덥다는 사실을 깨닫고는 겸연쩍은 듯 소파로 돌아가 앉았다. 그 순간, 갓 다림질한 듯 말쑥한 옷을 입은 유모가 작은 여자아이를 데리고 방으로 들어왔다.

“오, 내 어여쁜 아기.” 데이지가 나지막이 소리 내며 팔을 뻗었다. “자, 세상에서 너를 제일 사랑하는 이 엄마에게 오렴.”

유모의 품에서 벗어난 아이가 방을 가로지르더니 부끄러운 듯 엄마의 드레스 안으로 몸을 숨겼다.

“내 귀염둥이! 엄마가 노르스름한 네 예쁜 머리에 분을 묻혔네. 자, 일어서서 ‘안녕하세요’라고 말해보렴.”

개츠비와 나는 몸을 굽혀 아이의 쭈뼛대는 작은 손과 악수했다. 개츠비는 놀란 표정으로 아이를 계속 쳐다보았다. 그 전까지 그는 데이지의 아이가 실제로 존재한다는 사실을 믿지 않았던 것 같았다.

“점심 먹기 전에 유모가 내게 옷을 갈아입혔어요.” 기다렸다는 듯 데이지에게로 몸을 틀며 아이가 말했다.

“엄마가 너를 자랑하고 싶어서 그랬단다.” 그녀는 주름 하나가 가로지른 아이의 작고 하얀 목에 얼굴을 묻었다. “넌 내 꿈이야. 작고 예쁜 내 꿈.”

“맞아요.” 아이가 조용히 맞장구쳤다. “조던 아줌마도 하얀 드레스를 입었네요.”

“엄마 친구들 보니까 어때?” 데이지가 개츠비를 향해 아이를 돌려 세웠다. “멋진 사람들인 것 같니?”

“아빠는 어디 있어요?”

“이 앤 아빠를 닮지 않았어요.” 데이지가 말했다. “저를 닮았죠. 머리카락도, 얼굴형도.”

데이지가 다시 소파에 기대앉았다. 유모가 다가와 아이에게 손을 내밀었다.

"가자, 패미."

"잘 가, 아가야."

싫은 표정이었지만, 아이는 고분고분 유모의 손을 잡고 밖으로 나갔다. 그때 톰이 들어와 얼음이 가득 담긴 넉 잔의 진 리키*를 돌렸다.

개츠비가 잔을 받아 들었다.

"아주 시원해 보이는군요." 눈에 띌 만큼 긴장된 표정으로 그가 말했다.

우리 모두 벌컥벌컥 잔을 비웠다.

"어디선가 읽은 바로는, 태양이 매년 더 뜨거워진다더군요." 톰이 친근하게 말을 꺼냈다. "조만간 지구가 태양 속으로 빨려 들어갈 모양입니다. 아니 잠깐, 그 반대였나? 아마 태양이 점점 더 차가워진다죠."

"밖으로 나갑시다." 그가 개츠비에게 제안했다. "제 집 주위를 둘러보시죠."

나도 그들과 함께 베란다로 나갔다. 열기 때문에 흐름도 멈춰버린 녹색 바다에 작은 범선 하나가 좀 더 신선한 바다를 찾아 천천히 미끄러지고 있었다. 잠시 그 배를 바라보던 개츠비가 손을 들어 만 건너편을 가리켰다.

"저는 바로 저 건너편에 삽니다."

---

* gin rikey. 드라이진dry gin에 라임 주스를 섞고 소다수를 첨가해 만든 칵테일.(옮긴이)

"그러시군요."

우리 모두의 눈이 장미 밭과 뜨거운 풀밭을 지나, 한여름 해변에 쌓인 해초 더미 너머로 향했다. 범선의 하얀 돛들이 푸른 수평선을 배경으로 느리게 움직였다. 그 앞쪽으로 조개껍데기처럼 잔잔히 물결치는 바다와 수많은 작은 섬들이 놓여 있었다.

"친구 삼으면 괜찮을 사람이 저기 하나 있군요." 톰이 고개를 끄덕이며 말했다. "저 친구와 바다에서 저렇게 한두 시간 같이 보내는 것도 좋을 것 같은데요."

점심은 실내에서 먹었다. 열기를 막으려고 창을 가린 탓인지 식당은 아주 어두웠다. 차가운 맥주와 함께, 긴장이 가득 묻은 쾌활함도 함께 들이켰다.

"우리, 오늘 오후를 뭐하며 보내죠?" 데이지가 큰 소리로 말했다. "다음 날, 또 다음 날은요? 앞으로 삼십 년 동안 말예요."

"그렇게 축 처질 것 없어요." 조던이 말했다. "곧 가을이 와서 선선해지면 다시 삶이 시작되잖아요."

"하지만 너무 더워." 데이지는 거의 울어버릴 기세였다. "모든 게 뒤죽박죽인 것 같아. 우리 다 같이 시내로 나가요!"

더위에 안간힘을 쓰는 그녀의 목소리는 마치 어떤 형상으로 둔갑한 열기와 맞붙어 씨름이라도 하는 것 같았다.

"마구간을 개조해서 차고를 만든다는 얘기를 들었습니다만." 톰이 개츠비에게 말을 걸었다. "하지만 차고를 개조해서 마구간을 만든 사람은 제가 처음일 겁니다."

"시내로 가고 싶은 사람?" 데이지가 끈질기게 물었다. 개츠비의 눈이 부드럽게 데이지를 향했다. "아!" 데이지가 탄성을 질렀다. "당신, 정말 근사해요."

눈이 마주치더니, 두 사람은 마치 우주에 단둘만 있는 것처럼 서로를 응시했다. 데이지가 눈길을 어렵사리 테이블로 돌렸다.

"당신은 늘 그렇게 근사해요." 그녀가 또다시 말했다.

그 말은 누가 들어도 사랑의 고백이었다. 톰도 그것을 눈치챘다. 그리고 소스라치게 놀랐다. 벌어진 입을 다물지 못한 채, 그는 개츠비를 보았다가 다시 데이지를 보았다. 마치 오래전에 알던 사람을 방금 다시 알아본 듯한 눈길로 그녀를 쳐다보았다.

"당신은 광고에 나오는 그 남자를 닮았어요." 그녀가 아무것도 모르는 듯 말을 계속했다. "왜, 그 남자가 나오는 광고 있잖아요……."

"좋아." 톰이 급히 끼어들었다. "시내로 가지 뭐. 자, 우리 다 함께 가자고."

그가 자리에서 일어났다. 그의 눈은 여전히 개츠비와 자신의 아내 사이를 오갔다. 아무도 움직이지 않았다.

"자, 가자니까!" 그의 목소리에 짜증이 묻어났다. "뭐가 문제야? 시내로 갈 거면 지금 당장 출발하자고."

그는 잔을 들어 남은 맥주를 마저 들이켰다. 자제심을 잃지 않으려 너무 애를 쓴 탓에 그의 손이 마구 떨렸다. 우리는 자리에서 일어나 자갈밭이 이글대는 자동차 진입로로 향했다.

"우리 그냥 이렇게 가는 거예요?" 데이지가 불만스럽게 말했다. "가기 전에 담배 한 대 피울 시간이라도 가져야 하지 않을까요?”

“다들 점심 먹는 내내 담배를 피웠잖아.”

“자, 우리 재미나고 느긋하게 놀자고요.” 그녀가 간청하듯 톰에게 말했다. “안달복달하기엔 너무 더운 날씨예요.”

톰은 아무 대답도 하지 않았다.

“마음대로 하든지요.” 그녀가 말했다. “자, 조던. 가자.”

데이지와 조던이 집 안으로 들어가 외출 준비를 하는 동안, 우리 세 남자는 뜨거운 자갈을 발로 비벼대며 그곳에 서 있었다. 은빛 초승달이 벌써 서쪽 하늘에서 서성였다. 개츠비가 무슨 말을 꺼낼 듯 말 듯 망설이자, 그것을 눈치챈 톰이 몸을 돌려 그를 바라보았다.

“여기에 마구간을 가지고 계십니까?” 마지못한 듯 개츠비가 질문했다.

“길 아래로 사오백 미터 정도 내려가면 있습니다.”

“아, 그렇군요.”

침묵이 흘렀다.

“시내엔 왜 가자는 건지 도통 알 수가 없군.” 톰이 목소리를 높이며 차갑게 말했다. “여자들 머릿속엔 이상한 생각들만 들어차 있다니깐…….”

“마실 것 좀 챙겨야 할까요?” 데이지가 위층 창문에서 물었다.

“내가 위스키를 가져오지.” 톰이 대답하고는 안으로 들어갔다.

개츠비가 굳은 표정으로 몸을 돌려 내게 말했다.

“아까는 아무 말도 할 수가 없었습니다, 친구.”

"데이지는 조금 분별없이 말하는 편입니다." 내가 말했다. "목소리에 뭔가가 가득 찬 듯한……." 내가 머뭇거렸다.

"돈으로 가득 찬 목소립니다." 느닷없이 그가 말했다.

그것이었다. 전에는 그렇게 생각하지 못했다. 하지만 분명 그것은 돈으로 가득 찬 목소리였다. 그 목소리 속에 오르내리는 무궁한 매력은 바로 돈이었다. 돈이 짤랑이는 소리였고, 돈을 노래하는 심벌즈의 울림이었다……. 하얀 궁전 안에서 저 높이 자리 잡은 왕의 딸, 온몸에 황금을 걸친 여인…….

톰이 수건에 싼 일 리터짜리 위스키 병을 들고 집 밖으로 나왔다. 금속성 천으로 된 작고 꼭 끼는 모자를 쓴 데이지와 조던이 팔에 가벼운 케이프를 걸친 채 뒤따라 나왔다.

"제 차로 갈까요?" 개츠비가 제안했다. 차의 초록색 시트가 뜨끈뜨끈했다. "그늘에 세워놓을걸 그랬군요."

"스탠더드 기어인가요?" 톰이 물었다.

"그렇습니다."

"그렇다면 당신이 제 쿠페를 운전하고, 제가 당신 차를 운전해서 시내로 갑시다."

그 제안이 개츠비에겐 못마땅했다.

"제 차엔 휘발유가 좀 부족합니다." 그가 거절의 뜻으로 말했다.

"충분한데요." 톰이 계기판을 들여다보며 쏘아붙이듯 말했다. "가다가 휘발유가 떨어지면 잡화점에 들르면 됩니다. 요즘은 잡화점에서 안 파는 게 없으니까요."

의미를 알 수 없는 그 말에 잠시 침묵이 흘렀다. 데이지가 얼굴을 찡그리며 톰을 보았다. 뭐라 딱 꼬집어 말할 수 없는 어떤 표정이 개츠비의 얼굴을 스쳐 지나갔다. 직접 본 적은 없지만, 마치 누군가에게 들어본 적이 있는 듯한 표정이었다.

"자, 가지. 데이지." 톰이 데이지를 개츠비의 차로 밀어붙이며 말했다. "이 서커스 마차로 당신을 모시리다."

그가 차 문을 열자, 그녀가 서둘러 그의 팔에서 몸을 빼냈다.

"당신은 닉이랑 조던과 가세요. 우리가 쿠페를 타고 갈게요."

그녀가 개츠비 곁으로 다가가 그의 코트에 손을 올려놓았다. 조던과 톰과 나는 개츠비 차의 앞좌석에 앉았다. 톰이 익숙지 않은 기어를 잡아당겼다. 두 사람을 뒤에 남긴 채, 우리는 숨 막히는 열기 속으로 총알처럼 튀어 나갔다.

"자네, 봤나?" 톰이 물었다.

"뭘?"

그가 날카롭게 나를 쳐다보았다. 조던과 내가 이미 모든 걸 알고 있었음을 그도 눈치챘다.

"자넨 내가 완전히 바보인 줄 아는 모양이군, 안 그래?" 그가 말했다. "바보일지도 모르지. 하지만 말이야, 난 천리안 비슷한 게 있어서 이따금 뭘 해야 할지 내게 계시를 내려준다고. 자넨 내 말을 믿지 않겠지만, 과학적으로……."

그가 잠시 말을 멈췄다. 그 짧은 침묵이 그를 궤변의 지옥 끝에서 구해냈다.

"그 친구에 대해 약간 알아봤어." 그가 말을 이었다. "더 깊이 조사해볼 걸 그랬다는 생각이 드는군. 상황이 이렇게 돌아가는지 알았더라면……."

"무당한테라도 갔었나요?" 조던이 농담조로 물었다.

"뭐라고?" 우리가 웃자 이해를 못 한 톰이 우리를 쳐다보았다. "무당?"

"개츠비에 대해 알아봤다면서요."

"개츠비에 대해서 알아봤지! 무당한테 간 게 아니라, 약간의 조사를 해봤다는 얘기야. 그의 과거에 대해서."

"그가 옥스퍼드 출신인 걸 알아냈겠군요." 장단을 맞춰주려고 조던이 말했다.

"옥스퍼드 출신 좋아하네!" 그는 믿지 않았다. "절대 그렇지 않아. 핑크색 양복을 입는 주제에."

"그래도 옥스퍼드 출신인 건 맞잖아요."

"뉴멕시코의 옥스퍼드겠지." 톰이 경멸하듯 코웃음 쳤다. "아니면, 뭐 그런 비슷한 곳이거나."

"톰, 그가 그렇게 별 볼 일 없는 사람이면 도대체 왜 그를 점심에 초대한 거예요?" 조던이 심술궂게 물었다.

"데이지가 초대한 거야. 우리가 결혼하기 전부터 그를 알았다더군. 어디에서 어떻게 안 건지는 당최 알 수가 없고!"

맥주 기운이 떨어져 가면서 우리의 신경도 곤두서갔다. 한참 동안을 말없이 달리기만 했다. 얼마쯤 지나니, 길 아래 세워진 닥터 T. J.

에클버그의 빛바랜 눈이 시야에 들어왔다. 휘발유가 얼마 없다고 주의를 주던 개츠비의 말이 생각났다.

"시내까진 충분해." 톰이 말했다.

"저기 주유소가 있잖아요." 조던이 고집했다. "이런 찜통 속에서 오도 가도 못 하게 되는 건 싫어요."

톰이 급히 브레이크를 밟았고, 차는 윌슨 정비소의 간판 바로 밑에서 흙먼지를 일으키며 멈춰 섰다. 잠시 후, 정비소 주인이 안에서 나타나 움푹 꺼진 눈으로 우리 차를 쳐다보았다.

"뭐하나? 어서 기름 좀 넣게!" 톰이 거칠게 소리쳤다. "우리가 경치나 감상하려고 여기 멈춘 줄 아나?"

"제가 몸이 좀 안 좋아서요." 윌슨이 그대로 선 채 말했다. "하루 종일 *끙끙* 앓는 중입니다요."

"어디가 어떻게 아프다는 건가?"

"그냥, 기운이 하나도 없구먼요."

"나더러 직접 넣으란 얘긴 아니겠지?" 톰이 말했다. "전화 통화할 때는 멀쩡하더니만."

마지못해 차양 밖으로 나간 윌슨은 숨을 간신히 헐떡거리며 휘발유 통의 뚜껑을 열었다. 햇볕을 받은 그의 얼굴은 창백하기 짝이 없었다.

"점심 식사를 방해하려던 건 아니었구먼요." 그가 말했다. "돈이 너무 급하게 필요해서, 선생님이 그 구형 차를 팔 의사가 있지 않을까 해서 그랬던 겁니다요."

"이 차는 어떤가?" 톰이 물었다. "지난주에 산 거라네."

"아주 근사한 노란 차구먼요." 핸들을 잡아보며 윌슨이 말했다.

"사고 싶나?"

"그건 너무 큰 모험이고요." 윌슨이 기운 없이 웃으며 말했다. "그건 어려울 테고, 먼저 그 차라면 돈 좀 만질 수 있을 것 같습니다요."

"그나저나 갑자기 돈은 왜 필요한가?"

"여기서 너무 오래 살았구먼요. 멀리 떠날랍니다. 집사람도 저도 서부로 가고 싶어 합니다요."

"자네 집사람도?" 톰이 깜짝 놀라 외쳤다.

"집사람은 벌써 십 년 넘게 그러고 싶어 했죠." 그가 손으로 햇볕을 막으며 주유기에 몸을 기대어 잠시 쉬었다. "집사람이 원하든 말든 이젠 가야겠구먼요. 집사람을 여기서 데리고 나가야 해요."

쿠페가 먼지를 일으키며 우리 옆을 지나갔다. 그 안에서 우리를 향해 흔드는 손이 보였다.

"얼만가?" 톰이 신경질적으로 물었다.

"이틀 전에 기가 막힌 사실을 알게 되었습죠." 윌슨이 말했다. "그래서 여길 떠나려는 겁니다요. 그래서 선생님께 차 얘기를 했던 거고요."

"얼마냐고 물었네."

"일 달러 이십 센트입니다요."

사정없이 퍼붓는 열기 때문에 머릿속이 온통 엉켜버리는 듯했다. 나는 잠시 바싹 긴장했지만, 윌슨이 톰을 의심하는 건 아니라는 생각이 들었다. 그는 머틀이 자기가 아닌 다른 남자와 놀아나고 있다는 걸 알게 됐고, 그 충격에 병까지 났다. 나는 윌슨과 톰을 번갈아 바라보았다. 불과 한 시간 남짓 전에 톰도 똑같은 상황을 겪은 터였다. 두 남자 사이엔 몸이 아프고 안 아프고 외에는 아무런 차이도 없는 것처럼 보였다. 학식이 있건 없건 출신이 무엇이건, 그들 사이에는 아무런 차이를 만들어내지 못했다. 윌슨은 어찌나 몸 상태가 안 좋은지 큰 죄라도 지은 사람처럼 의기소침해 보였다. 마치 순진한 여자를 꾀어 임신시킨, 결코 용서받지 못할 죄라도 지은 듯한 모습이었다.

"자네에게 그 차를 팔겠네." 톰이 말했다. "내일 오후에 차를 이리로 보내도록 하지."

대낮인데도 그 지역에는 늘 묘한 불안이 감돌았다. 등 뒤에 뭔가가 있는 것처럼 느껴져서 나는 고개를 돌아보았다. 잿더미들 너머로 닥터 T. J. 에클버그가 여전히 눈을 부릅뜬 채 우리를 응시하고 있었다. 하지만 그뿐만이 아니었다. 나는 오륙 미터 떨어진 곳에서 또 다른 눈이 예사롭지 않은 눈초리로 우리를 내려다보고 있다는 걸 깨달았다.

정비소 위층 창문 중 하나에 커튼이 살짝 옆으로 당겨져 있었고, 그 사이로 머틀 윌슨이 우리의 차를 뚫어지게 바라보고 있었다. 너무도 몰두한 채 내려다보던 터라, 내가 그녀를 보고 있다는 것도 알아채지 못했다. 현상을 거쳐 서서히 모습을 드러내는 사진 속 물체처럼, 격한 감정이 한 겹 한 겹 그녀 얼굴에 쌓여갔다. 왠지 그녀의 표정은 내게 그리 낯설지 않았다. 여자들에게서 종종 볼 수 있는 표정이었기 때문이다. 동시에 그 얼굴에는 도저히 이해하기 어려운 감정도 어려 있었다. 질투로 이글대는 그녀의 큰 눈이 톰이 아니라 조던을 향해 있음을 알아챈 후에야 나는 그 감정의 정체를 알게 되었다. 머틀은 조던을 톰의 아내로 착각하고 있었다.

단순한 사람이 겪는 혼란보다 더 무서운 혼란은 없다. 다시 차를 몰아 시내로 향하면서 톰은 자신이 무섭도록 빠르게 공황 상태에 빠져드는 것을 느꼈다. 한 시간 전까지만 해도, 누구도 침범하지 못할 것으로 믿었던 아내와 정부였다. 허나 지금 그 두 여자들이 급격히 그의 손아귀 밖으로 빠져나가고 있었다. 본능적으로 그는 조금이라도 빨리 월슨에게서 벗어나 데이지를 따라잡기 위해 가속페달을 밟았다. 우리는 아스토리아를 향해 시속 오십 마일의 속도로 달렸다. 고가철도의 거미줄 같은 교각 사이를 지날 때 푸른색 쿠페가 시야에 잡혔다.

"50번가에서 괜찮은 영화들이 상영 중이에요." 조던이 말했다. "저는 사람들이 다 빠져나간 뉴욕의 여름날 오후가 정말 좋아요. 지극히 관능적인 뭔가가 느껴지거든요. 짓무를 만큼 농익은 별의별 과일들이 제 손으로 떨어져 들어올 것만 같은 그런 느낌말이에요."

'관능적인'이라는 단어가 톰을 더욱더 불안하게 만들었다. 조던에게 반박할 말을 찾고 있는 사이에 쿠페가 저 앞에서 멈춰 섰다. 데이지가 우리에게 차를 옆에 세우라는 신호를 보냈다.

"어디로 가죠?" 그녀가 소리쳤다.

"영화 보는 거 어때요?"

"너무 더워서 싫어." 그녀가 반대했다. "여러분들 먼저 가요. 우리는 좀 돌아다니다가 나중에 합류할게요." 그녀가 억지스럽게 농담을 건넸다. "으슥한 길모퉁이에서 만납시다. 담배 두 개비를 물고 있는 사람이 바로 저일 겁니다."

"여기에서 옥신각신하지 말자고." 트럭 한 대가 우리 뒤에서 불만스럽게 경적을 울려대자 참다못한 톰이 말했다. "센트럴파크 남쪽에 있는 플라자 호텔로 갈 테니 내 차를 따라와."

운전하는 동안 톰은 수도 없이 고개를 뒤로 돌려 뒤차가 따라오는지를 확인했다. 신호에 걸려 간격이 벌어지면 그들의 차가 보일 때까지 속도를 늦췄다. 혹시라도 그들이 어느 순간 옆길로 빠져나가 그의 삶에서 영원히 벗어날지도 모른다는 두려움에 사로잡힌 듯 보였다.

그들은 옆길로 빠져나가지 않았다. 그리고 우리 모두는 예상치도 못한 플라자 호텔의 스위트룸에 발을 들여놓았다.

그 스위트룸에 들어가기까지 우리는 요란하고도 질질 끄는 말다툼을 벌였다. 다툼의 자세한 내용은 기억나지 않는다. 내가 기억하는 것은, 말다툼하는 동안 내 속바지가 다리 위로 자꾸만 뱀처럼 기어 올라갔다는 것, 구슬 같은 땀방울이 내 등에서 계속 흘러내렸다는 것뿐이다. 데이지는 처음엔 방을 다섯 개 잡아서 각자 냉수욕을 하자고 하더니, 나중엔 방 하나를 잡아 함께 민트 줄렙*을 마시자는, 조금 덜 황당한 제안을 했다. 우리 모두 입을 모아 그녀의 제안이 '말도 안 되는 아이디어'라고 조롱했다. 당황해서 어쩔 줄 모르는 호텔 직원에게 다섯 명이 한꺼번에 달려들어 말을 붙이면서 우리는 우리가 아주 재미있는 사람들이라고 생각했다. 아니, 우리가 아주 재미있는 사람이라고 생각하는 척했다…….

호텔 객실은 꽤 넓었지만 숨 막힐 듯 답답했다. 어느덧 오후 네 시가 되었는데도 열린 창문에선 센트럴파크 관목숲의 뜨거운 바람만 쏟아져 들어올 뿐이었다. 데이지가 거울 앞으로 가더니 우리에게 등을 돌린 채 머리를 매만졌다.

"근사한 객실이군요." 조던이 낮은 목소리로 멋들어지게 꾸며 말하자 우리 모두 웃음을 터뜨렸다.

"다른 창문도 열어봐." 등을 돌린 채로 데이지가 명령했다.

"더 열 창문도 없어."

"그렇다면 프런트에 전화해서 도끼라도 갖다달라고……."

"더위 따윈 이제 좀 잊어버리지." 진력났다는 듯 톰이 말했다. "당신이 자꾸 불평을 늘어놓으니 열 배는 더 더운 것 같잖아."

그가 수건에 싼 위스키 병을 꺼내어 테이블 위에 놓았다.

"데이지에게 뭐라 하지 마십시오, 친구." 개츠비가 말했다. "이곳

---

* mint julep. 버번위스키bourbon whiskey를 베이스로 한 칵테일.(옮긴이)

에 오자고 한 건 당신이지 않습니까.”

침묵이 흘렀다. 전화번호부 책이 못에서 빠져나가 바닥에 쿵 하고 떨어졌다. 조던이 “죄송합니다”라고 다시 한 번 낮고 멋지게 말했다. 이번에는 아무도 웃지 않았다.

“내가 치우죠.” 내가 말했다.

“내가 하겠습니다.” 개츠비가 전화번호부 책의 끊어진 줄을 살피며 이상하다는 듯 “흠” 하더니 그것을 의자 위로 던졌다.

“그것 참 독특한 표현이군요.” 톰이 쏘아붙이듯 말했다.

“뭐가 말입니까?”

“툭하면 던지는, 그 ‘친구’ 운운하는 것 말이오. 그건 어디서 배운 버릇이오?”

“톰, 저 좀 보세요.” 거울에서 몸을 돌리며 데이지가 말했다. “인신공격이나 할 생각이라면 난 여기서 당장 나가버리겠어요. 어서 프런트에 전화해서 민트 줄렙에 넣을 얼음이나 주문하세요.”

톰이 수화기를 집어 드는 순간, 아래층의 연회장에서 멘델스존의 〈결혼행진곡〉이 울리기 시작했다. 짓눌린 열기가 음악 소리로 폭발해버린 듯했다. 우리는 그 장엄한 멜로디에 귀를 맡겼다.

“이런 더위에 결혼한다고 생각해보세요!” 조던이 끔찍하다는 듯 외쳤다.

“알아……. 난 6월 중순에 결혼했거든.” 데이지가 기억을 떠올렸다. “6월의 루이빌에서 말이야! 기절한 사람도 한 명 있었어. 그게 누구였죠, 톰?”

"빌록시." 그가 짧게 대답했다.

"빌록시라는 남자였어. '블록스' 빌록시. 상자를 만드는 사람이었거든. 블록처럼 생긴 상자들 말이야. 테네시 주의 빌록시 출신이고."

"쓰러진 그를 사람들이 저희 집으로 옮겨왔어요." 조던이 덧붙였다. "교회에서 두 번째 집이 저희 집이었거든요. 그 남자, 저희 집에서 자그마치 삼 주나 머물다 갔어요. 아빠가 이제 그만 나가라고 했거든요. 그가 떠난 다음 날 아빠가 돌아가셨죠." 잠시 말을 끊더니 조던이 말했다. "아무 관련 없는 일이었지만요."

"멤피스 출신인 빌 빌록시라는 사람을 알고 지낸 적이 있는데요." 내가 말했다.

"그의 사촌이에요. 그 남자가 자기의 가족사를 전부 얘기해줬어요. 제가 요즘 사용하는 알루미늄 골프채는 그가 준 거예요."

음악 소리가 잦아들고 결혼식이 시작되었다. 긴 환호성이 창문을 통해 들려왔다. 이따금 "예이, 예이!" 하는 고함이 들리더니, 이어서 재즈 연주가 터져 나왔다. 댄스가 시작된 모양이었다.

"우리도 늙어가나 보군요." 데이지가 말했다. "젊었다면 벌써 일어나 춤을 췄겠죠."

"빌록시 사건을 잊지 마세요." 조던이 데이지에게 경고했다. "빌록시를 어떻게 알게 됐죠, 톰?"

"빌록시?" 그가 생각을 집중하려 애썼다. "난 그 사람을 몰라. 데이지가 아는 사람이었지."

"아니에요. 전 모르는 사람이었어요." 그녀가 부인했다. "한 번도 본 적이 없는 사람이었어요. 전세 열차를 타고 왔던데요.”

“이상하군. 당신을 안다고 했거든. 루이빌에서 자랐다던걸. 열차가 출발하기 직전에 에이저 버드가 그를 데려오더니 빈 좌석이 있느냐고 물었지.”

조던이 빙그레 웃었다.

“공짜로 고향에 가볼 생각이었나 보네요. 저한테는 자기가 예일 대학 학생회장이었다고 했어요. 톰과 같은 학번이고요.”

톰과 내가 의아해하며 서로를 바라보았다.

“빌록시?”

“우린 학생회장 같은 거 없었잖아.”

개츠비의 발이 쉴 새 없이 바닥을 짧게 두드렸다. 톰이 갑자기 개츠비를 보며 말했다.

“그건 그렇고, 개츠비 씨. 옥스퍼드 출신이라고 들었습니다만.”

“꼭 그렇다고 할 순 없습니다.”

“아, 옥스퍼드에 다닌 적이 있다고 들은 것 같군요.”

“네……. 다녔습니다.”

침묵이 흘렀다. 잠시 후, 믿지 못하겠다는 듯 톰이 모욕적인 투로 말했다.

“당신이 옥스퍼드에 다닐 때 빌록시는 예일에 다닌 모양이군요.”

또다시 침묵이 흘렀다. 웨이터가 노크를 한 뒤 거의 짓이겨지다시피 한 박하 잎과 얼음을 들고 들어왔다. 그가 감사하다는 말을 남기고 살며시 문을 닫고 나갈 때까지도 침묵은 계속됐다. 기막힐 정도로 하찮은 그 주제는 기필코 끝을 보아야 했다.

"그곳에 다녔다고 말씀드리지 않았습니까." 개츠비가 말했다.

"듣긴 들었습니다만, 그게 언제였는지가 궁금하다는 거죠."

"1919년이었습니다. 다섯 달 정도만 다녔기 때문에 옥스퍼드 출신이라고 말하기가 어려운 겁니다."

톰이 주위를 둘러보았다. 우리도 자기처럼 개츠비를 불신하고 있는지 확인하고 싶어서였지만, 우리는 그저 개츠비만 바라보고 있었다.

"전쟁이 끝나고 몇몇 장교들한테 준 특혜였습니다." 그가 계속했다. "영국이나 프랑스에 있는 대학이면 어디든 다닐 수 있었습니다."

나는 일어나 개츠비의 등이라도 한번 토닥여주고 싶었다. 전에 그랬던 것처럼 그에 대한 완벽한 신뢰가 다시 한 번 솟구쳤다.

데이지가 슬며시 미소를 머금으며 테이블로 왔다.

"위스키 병을 따세요, 톰." 그녀가 말했다. "제가 민트 줄렙을 만들어드리죠. 술이라도 마시면 당신 스스로 좀 덜 바보처럼 느껴질 거예요……. 세상에, 이 박하 좀 보세요!"

"잠깐!" 톰이 말을 가로챘다. "개츠비 씨에게 한 가지 더 묻고 싶은 게 있어."

"말씀하시죠." 개츠비가 정중하게 말했다.

"당신, 내 집안에 대체 어떤 분란을 일으키려는 속셈인가?"

마침내 올 것이 왔다. 개츠비는 흡족했다.

"지금 분란을 일으키고 있는 사람은 개츠비 씨가 아니에요." 데이지가 필사적으로 두 사람을 번갈아 보았다. "그건 당신이잖아요. 제발 진정하세요."

"진정하라니!" 톰이 믿을 수 없다는 듯 되뇌었다. "어디서 굴러왔는지 알 수도 없는 작자가 자기 아내를 건드리는데, 등이나 기대고 가만히 앉아 있으라고? 당신은 괜찮을지 모르지만, 난 아니야……. 요즘 사람들, 남의 결혼 생활을 조롱하고 결혼 제도에 대해서 이러쿵저러쿵 해대는 거 알아. 그러다가 조만간 모든 걸 다 바닷속에 쳐 던져버리겠지. 깜둥이들이 백인들이랑 결혼하는 사태도 곧 올 거라고."

앞뒤 안 맞는 말을 뱉어내느라 얼굴까지 벌겋게 달아오른 그는 자신이 문명을 지키는 마지막 방벽 위에 홀로 외로이 서 있는 기분이었다.

"우린 다들 백인이잖아요." 조던이 중얼거렸다.

"내가 그다지 인기 있는 사람이 아니라는 건 알아. 거창한 파티도 열지 않고. 내가 보기에 자네는 어떻게든 친구 좀 만들어볼까 해서 자기 집을 돼지우리로 만들어놓는 것뿐이라고. 세태에 편승해서 말이야."

그 자리에 있던 다른 사람들처럼 나 역시 화가 끓어올랐다. 톰이 입을 열 때마다 큰 소리로 웃어넘기고 싶은 생각이 간절했다. 자유분방한 난봉꾼에서 까칠한 도덕군자로의 완벽한 변신이었다.

"당신에게 말씀드릴 것이 있습니다, 친구……." 개츠비가 입을 열었다. 그가 무슨 말을 하려는지를 데이지가 눈치챘다.

"제발 그만두세요!" 그녀가 애처롭게 끼어들었다. "제발 집으로 돌아가요, 우리. 집으로 가자고요, 네?”

“그게 좋겠군.” 내가 자리에서 일어났다. “가세, 톰. 아무도 술 생각이 없는 것 같네.”

“개츠비 씨가 무슨 말을 하려는 건지 듣고 싶군.”

“당신 아내는 당신을 사랑하지 않습니다.” 개츠비가 말했다. “단 한 번도 당신을 사랑한 적이 없습니다. 데이지가 사랑하는 사람은 납니다.”

“이 사람, 제정신이 아니군!” 톰이 자기도 모르게 악을 썼다.

개츠비가 자리에서 벌떡 일어났다. 흥분이 그의 온몸을 휘감았다.

“데이지는 단 한 번도 당신을 사랑하지 않았습니다. 알아들었습니까?” 그가 소리쳤다. “그녀가 당신과 결혼한 이유는 내가 가난해서였습니다. 나를 기다리는 것에도 지쳤었죠. 그건 엄청난 실수였습니다. 하지만 그녀의 마음은 내가 아닌 그 누구도 사랑한 적이 없습니다!”

이쯤 되자, 조던과 나는 자리를 벗어나고자 했다. 하지만 톰과 개츠비가 서로 경쟁이라도 하듯 우리를 만류했다. 우리도 함께 있어야 한다는 것이다. 마치 두 사람 모두 더 이상 숨길 것이 아무것도 없으며, 그들의 감정에 동참하는 것이 대단한 특권이라도 되는 듯 우기는 것 같았다.

“자리에 앉아, 데이지.” 톰이 말했다. 자상한 척 목소리를 내려 했으나 뜻대로 되지 않았다. “이게 무슨 얘기지? 전부 다 얘기해. 들어야겠어.”

"내가 다 말씀드렸잖습니까." 개츠비가 말했다. "오 년 동안 계속된 일입니다……. 당신은 몰랐지만요."

톰이 데이지를 향해 고개를 홱 돌렸다.

"저 친구랑 오 년 동안 만나왔다고?"

"만난 건 아닙니다." 개츠비가 말했다. "만날 수는 없었죠. 하지만 우리는 내내 서로 사랑했습니다. 당신이 몰랐을 뿐입니다, 친구. 이따금 나 혼자 웃어대기도 했습니다." 그러나 개츠비의 눈에는 어떤 웃음기도 없었다. "당신이 아무것도 모른다는 걸 생각하면서요."

"아, 그렇구만." 톰이 자기의 두터운 손가락을 성직자처럼 흔들더니 의자에 몸을 기댔다.

"이 친구, 단단히 미쳤어!" 그가 폭발했다. "오 년 전에 무슨 일이 있었는지 내가 알 도리는 없지. 그땐 데이지를 몰랐으니까……. 하지만 자네 같은 작자가 어떻게 감히 데이지 근처에라도 갈 수 있었겠나? 데이지네 집 뒷문을 들락거리며 식료품이라도 배달한 게 아니라면 말이야. 나머지는 다 거짓말이야. 데이지는 나를 사랑해서 결혼했고, 지금도 나를 사랑한다고."

"그렇지 않습니다." 머리를 가로저으며 개츠비가 말했다.

"데이지는 나를 사랑하고 있어. 이따금 머릿속에 이상한 생각이 비집고 들어와서 자기가 뭐하는지 모를 때가 있을 뿐이야." 톰은 자기 말이 맞는다는 듯 고개를 끄덕였다. "게다가 나도 데이지를 사랑한다고. 어쩌다 한 번씩 술김에 바보 같은 짓을 저지르긴 했지만, 그래도 난 항상 데이지에게로 돌아왔어. 마음속으론 늘 데이지를 사랑하고 있다고.”

“당신은 역겹기 짝이 없는 사람이에요.” 데이지가 말했다. 그러곤 나를 돌아보았다. 한 옥타브쯤 낮아진 그녀의 목소리는 소름이 끼칠 정도의 냉소로 방 안을 가득 채웠다. “우리가 왜 시카고를 떠났는지 오빠는 아세요? 그 ‘술김에 저지른 바보 같은 짓’이 어떤 짓이었는지 아무도 오빠에게 말을 안 해줬다니 놀라워요.”

개츠비가 걸어가 그녀 옆에 섰다.

“데이지, 이제 다 끝났습니다.” 그가 열정적으로 말했다. “그건 이제 더 이상 중요하지 않아요. 저 사람에게 당신의 진심만 말하면 돼요. 그를 사랑한 적이 없다는, 그 말만 하면 됩니다. 그러면 모든 게 깨끗하게 정리되는 겁니다.”

개츠비를 바라보는 그녀의 눈동자가 흔들렸다. “어떻게…… 어떻게 제가 그를 사랑했겠어요, 행여라도요.”

“당신은 그를 사랑한 적이 없습니다.”

그녀는 머뭇거리며 애원하듯 조던과 나를 쳐다보았다. 자신이 지금 무슨 일을 하고 있는지 이제야 깨달은 듯, 그리고 결코 이런 사태를 의도한 게 아니었다는 듯한 표정이었다. 하지만 물은 엎질러졌다. 때는 너무 늦었다.

“저는 그를 사랑한 적이 없어요.” 머뭇머뭇하며 그녀가 간신히 말했다.

“카피올라니에서도 날 사랑하지 않았다는 거야?” 톰이 갑자기 다그쳐 물었다.

"네."

아래층 연회장에서 둔하고 답답한 음악 소리가 더운 공기를 타고 흘러들었다.

"펀치볼에서 당신 신발을 적시지 않으려고 당신을 안고 내려왔던 그날도?" 그의 목소리가 거칠면서도 부드러웠다. "데이지?"

"제발 그만하세요." 그녀의 목소리가 냉랭했다. 하지만 증오는 묻어 있지 않았다. 그녀가 개츠비를 바라보았다. "제이." 그녀가 말했다. 그러나 담배에 불을 붙이는 그녀의 손이 심하게 떨렸다. 갑작스레 그녀는 담배와 불붙은 성냥을 그대로 카펫에 내던졌다.

"아, 당신은 너무 많은 걸 원해요!" 그녀가 개츠비에게 소리쳤다. "지금은 당신을 사랑해요……. 그걸로 충분하지 않나요? 이미 지난 일은 어쩔 수가 없잖아요." 그녀가 어쩔 줄 모르며 소리 내어 울기 시작했다. "한때는 톰을 사랑했어요……. 당신도 사랑했고요."

개츠비의 눈이 크게 떠지더니 다시 감겼다.

"나도 사랑했다고요?" 그가 되물었다.

"그것 역시 거짓말이야." 톰이 보란 듯이 말했다. "데이지는 자네가 살아 있는지조차 몰랐거든. 그게 말이지……. 데이지와 나 사이엔 자네가 도저히 알 수 없는 뭔가가 있어. 우리 두 사람이 절대로 잊지 못할 기억들이 있다고."

톰의 말 한마디 한마디가 글자 그대로 개츠비를 물어뜯는 것처럼 보였다.

"데이지와 단 둘이서 얘기 좀 하고 싶군요." 개츠비가 말했다. "그녀는 지금 너무 흥분한 상태라서……."

"당신과 단 둘이 있다 하더라도, 톰을 한 번도 사랑한 적이 없다는 말은 할 수 없어요." 그녀의 목소리가 처량했다. "사실이 아니니까요."

"물론 사실이 아니지." 톰이 맞장구쳤다.

그녀가 남편을 향해 돌아섰다.

"마치 그것이 당신에게 중요하기라도 한 듯 말하는군요."

"당연히 중요하지. 이제부터 당신을 좀 더 잘 보살펴줄 작정이야."

"이해를 못 하시는군요." 거의 패닉에 빠진 개츠비가 말했다. "당신은 이제 데이지를 보살필 일이 없을 겁니다."

"그럴 일이 없다고?" 톰이 눈을 부릅뜨고 웃었다. 이제는 자신을 다스릴 여유가 생긴 것이다. "그건 왜지?"

"데이지는 당신을 떠날 겁니다."

"어처구니없군."

"사실이에요." 그녀가 마지못한 듯 말했다.

"데이지는 날 떠나지 않아!" 톰의 고함이 개츠비를 덮쳤다. "훔친 반지나 여자 손가락에 끼워줄 그런 저질의 사기꾼하고는!"

"더 이상 참을 수가 없어요!" 데이지가 울부짖었다. "아, 제발 우리 여기서 나가요."

"도대체 자넨 누군가?" 톰이 또다시 시비를 걸었다. "마이어 울프심 주변에서 얼쩡거리는 그 놈팡이들 중 하나지……. 나도 그 정도는 알아. 자네에 대해 조사 좀 했거든……. 내일 더 파헤쳐볼 생각이고."

"마음대로 하시죠, 친구." 개츠비가 침착하게 말했다.

"자네의 그 알량한 '잡화점'이 뭔지 알아냈어." 그가 우리 쪽으로 얼굴을 돌리더니 빠르게 말했다. "저 작자와 울프심은 도로변에 있는 수많은 잡화점들을 사들였어. 시카고와 여기에서. 그러곤 허가도 없이 에틸알코올을 팔았지. 하지만 그건 빙산의 일각이야. 처음 저 자를 봤을 때 밀주업자일 거라고 직감했는데, 틀리지 않았더군."

"그게 어떻다는 겁니까?" 개츠비가 정중히 물었다. "당신 친구 월터 체이스도 남들에게 내세울 만큼 자랑스러운 일을 하는 건 아닐 텐데요."

"그리고 그가 궁지에 빠졌을 때, 당신은 그를 차버렸죠? 그가 뉴저지의 감옥에서 한 달 동안 썩도록 한 게 당신입니다. 안타깝군요! 월터가 당신에 대해 어떻게 생각하는지 들어야 할 텐데요."

"그가 뼛속까지 파산한 채로 우리에게 왔습디다. 돈 좀 벌게 해주니 그렇게 좋아할 수 없더군요, 친구."

"그 빌어먹을 '친구' 소리 좀 집어치우지 않겠나!" 톰이 소리 질렀다. 개츠비는 아무 말도 하지 않았다. "월터가 자네를 도박꾼으로 경찰에 불어버릴 수도 있었지만, 울프심이 그를 협박해서 입을 다물었던 거라고."

익숙하지 않으나 알아볼 수 있는 그 특유의 표정이 다시 한 번 개츠비의 얼굴에 드리웠다.

"그 잡화점 사업은 푼돈에 불과했겠지." 톰이 천천히 말을 계속했다. "그리고 지금 자네는 월터가 내게 말하기조차 두려워하는 모종의 일을 벌이는 중이라고."

나는 데이지를 힐긋 보았다. 그녀는 겁에 질린 표정으로 개츠비와 남편을 번갈아 쳐다보고 있었다. 조던을 보니, 그녀는 정체불명의 보이지 않는 물체를 턱 위에 세워놓고 균형을 잡는 데 열중하는 중이었다. 다시 개츠비에게 눈길을 돌린 나는 그의 표정을 보고 흠칫했다. 아마도 살인마의 표정이 바로 저런 것이리라. 그의 정원에 모여든 사람들이 일삼던, 경멸에 찬 중상과 모략의 언사들이 나의 뇌리를 스쳤다. 잠시 동안이었지만 그의 얼굴은 그렇게밖에는 도저히 표현할 수 없는 모습이었다.

그 표정은 이내 사라졌다. 흥분한 개츠비는 데이지를 설득하기 시작했다. 톰의 말 중 어느 것도 사실이 아니며, 자신의 이름을 더럽힐 어떤 일도 하지 않았다고 항변했다. 그러나 그가 말을 하면 할수록 데이지는 점점 더 움츠러들었다. 그 모습을 본 개츠비는 그만 말을 멈추어버렸다. 오후의 햇살은 슬며시 꽁무니를 빼기 시작했고, 이제는 오로지 그의 죽어버린 꿈만이 더 이상 닿을 수 없는 어떤 것에 닿으려고 필사적인 사투를 벌이고 있었다. 방 저편의 잃어버린 목소리를 향해 처절하게 매달리며 투쟁했다.

그 목소리가 다시 한 번 애걸했다.

“제발요, 톰! 더 이상 못 견디겠어요. 돌아가요.”

공포에 질린 그녀의 눈은 말하고 있었다. 자신이 무슨 생각을 했건, 무슨 짓을 하려 했건, 이제는 다 지나간 일이라는 것을.

“당신들 둘이 먼저 돌아가도록 해.” 톰이 말했다. “개츠비 씨의 차로.”

하얗게 질린 데이지가 자신을 바라보자, 톰이 냉소하며 말했다.

"어서 가라고. 저자가 당신을 괴롭힐 일은 없을 거야. 자기의 뻔뻔스런 불장난이 막을 내렸다는 걸 이제 잘 깨달았을 테니."

한마디 말도 없이 두 사람은 유령처럼 방을 나갔다. 삽시간에, 마치 그곳에 있지도 않았던 것처럼, 우리의 연민 어린 눈길 한 번 받을 사이도 없이, 그렇게 사라졌다.

잠시 후 톰이 자리에서 일어나서 따지도 않은 위스키 병을 수건에 다시 싸기 시작했다.

"한잔하려나? 조던?…… 닉?"

나는 대답하지 않았다.

"닉?" 그가 다시 물었다.

"뭐라고?"

"한잔하겠나?"

"됐네……. 방금 생각이 났네. 오늘이 내 생일이라는 게."

내가 서른 살이 되는 날이었다. 불길하고도 위협적인 새로운 십 년이 내 앞에 펼쳐지고 있었다.

톰과 함께 쿠페에 올라 롱아일랜드로 향했다. 저녁 일곱 시였다. 톰은 끊임없이 말을 해대며 껄껄 웃고 환호성을 질렀다. 하지만 조던과 나에게 그의 목소리는 길가의 아우성이나 고가 철교의 소음만큼이나 멀게 느껴졌다. 연민을 느끼는 데에도 한계가 있는 법이다. 조던과 나는, 우리의 등 뒤로 멀어져 가는 맨해튼의 불빛처럼 세 사람의 비극적 다툼도 그렇게 사그라진 것에 만족했다. 서른 살. 또 다른 고독을 약속하는 십 년이다. 알고 지낼 독신 남자의 수가 줄어들 것이고, 열정이라는 이름의 서류 가방도 점점 얇아질 것이며, 머리 숱도 줄어들 것을 약속하는 십 년이다. 하지만 내 옆에는 조던이 있었다. 데이지와는 달리 그녀는 이미 잊힌 해묵은 꿈을 세월이 가도 버리지 못할 정도로 어리석지 않다. 우리의 차가 어두컴컴한 다리를 건널 무렵, 그녀의 지친 얼굴이 내 코트 어깨에 편안히 내려앉았다. 내 손을 꼭 잡은 그녀의 손을 느끼자 무섭게 엄습하던 서른 살의 충격도 이내 사라져버렸다.

선선한 석양 속을 누비며, 우리는 그렇게 죽음을 향해 달렸다.

재의 골짜기 부근에서 커피숍을 운영하던 미카엘리스라는 그리스인 청년이 사고의 주요 목격자였다. 더운 한낮에 내내 잠을 자다가 다섯 시가 넘어 일어나 정비소로 걸어간 그는 아파서 끙끙대는 윌슨을 보았다. 윌슨의 얼굴은 자신의 머리색만큼이나 창백했고 온몸은 부들부들 떨리고 있었다. 미카엘리스는 윌슨에게 침대에 가서 누우라고 권했지만 윌슨은 할 일이 많다며 말을 듣지 않았다. 청년이 윌슨을 좀 더 설득하려던 순간, 위층에서 큰 소음이 들렸다.

“집사람을 방에 가둬놨거든.” 윌슨이 조용히 말했다. “모레까지 저렇게 둘 거라네. 그리고 같이 떠나야지.”

미카엘리스는 이만저만 놀란 게 아니었다. 사 년 동안 윌슨과 이

웃하며 지냈지만, 그가 그런 식으로 말하는 것을 본 적이 한 번도 없었다. 윌슨은 몹시 무기력하고 소극적인 사람이었다. 딱히 할 일이 없을 때면 정비소 출입구 의자에 앉아서 길을 오가는 사람들이나 차량을 멍하니 바라보는 게 일이었다. 누가 말이라도 걸면 무조건 친절히, 하지만 생기 없게 웃었다. 그의 인생은 그 자신의 것이 아니라 그의 아내의 것이었다.

미카엘리스는 무슨 일인지 물었지만 윌슨은 대답하지 않았다. 오히려 청년을 힐끗힐끗 쳐다보며, 모월 모일 모시에 뭘 하고 있었는지 꼬치꼬치 캐묻기 시작했다. 청년이 슬슬 불쾌감을 느끼기 시작할 무렵, 마침 소각장 일꾼 몇 명이 정비소 건물 안에 있는 식당에 들어가기 위해 문 앞으로 왔다. 청년은 그 틈을 이용해 그 자리를 빠져나왔다. 잠시 후에 다시 들를 생각이었지만 깜박 잊고 그러질 못했다. 청년이 다시 밖으로 나온 건 일곱 시가 조금 넘어서였다. 정비소 아래층에서 윌슨 부인이 소리를 지르며 욕하는 소리가 들렸고, 그제야 좀 전에 윌슨과 나누던 대화가 생각났다.

"때릴 테면 때려!" 윌슨 부인의 고함이 들렸다. "닐 내디 꽂든지 때려보란 말이야, 이 더럽고 쥐새끼만 한 겁쟁이야!"

잠시 후, 그녀가 땅거미 속으로 달려가더니 손을 흔들며 고함을 질렀다……. 청년이 채 문을 나서기도 전에 이미 일은 벌어지고 말았다.

언론은 그 차를 '죽음의 자동차'라고 불렀다. 그 차는 멈추지 않았다. 점차 내리깔리던 어둠 속에서 갑자기 나타나 충격으로 잠시 비틀대더니, 다음 커브에서 사라져버렸다. 마브로미카엘리스는 그 차의 정확한 색조차 기억하지 못했다. 경찰에게 그냥 옅은 녹색이라고 말했다. 반대편에서 오던, 즉 뉴욕을 향해 가던 자동차 한 대가 백 미터쯤 달리다가 급히 멈췄고, 그 차의 운전자가 허겁지겁 머틀 윌슨에게 달려왔다. 아주 처참한 죽음이었다. 도로 위에 무릎이 접힌 채 짙고 검붉은 피가 흙먼지와 범벅이 된 모습이었다.

뉴욕 행 차량 운전자와 미카엘리스가 제일 먼저 그녀에게 왔다. 땀으로 흥건한 머틀의 블라우스를 찢어내자, 떨어져 나간 왼쪽 젖가슴이 간신히 몸에 붙어 대롱거렸다. 심장이 뛰고 있는지는 알아볼 필요조차 없었다. 크게 벌어진 입은 양쪽 끝이 조금씩 찢겨 있었다. 오랫동안 쌓아둔 엄청난 생명력을 한꺼번에 토해내느라 목이 막힌 듯한 모습이었다.

한참 앞에 차량 서너 대와 사람들이 모여 있는 게 보였다.

"사고가 났나 보군!" 톰이 말했다. "다행이야. 덕분에 윌슨한테 약간의 수입이 생길 테니."

그가 속도를 줄였다. 차를 멈출 생각은 없었다. 하지만 현장에 가까워질수록 정비소 근처에 모인 사람들의 예사롭지 않은 표정이 눈에 띄자 톰은 자기도 모르게 브레이크를 밟았다.

"무슨 일인지 잠깐 봐야겠어." 톰이 석연찮은 표정으로 말했다.

"잠깐 보기만 하자고."

그제야 나는 정비소 쪽에서 공허한 통곡 소리가 연이어 터져 나오고 있는 것을 깨달았다. 우리는 쿠페에서 나와 정비소 쪽으로 향했다. "어이구, 하느님 맙소사!" 하는 그 소리는 숨이 끊어질 듯한 울부짖음으로 끝없이 이어졌다.

"뭔가 심상찮은 일이 생긴 모양인걸." 다소 상기된 얼굴로 톰이 말했다.

그는 발끝으로 서서, 둥그렇게 에워싼 사람들 틈으로 간신히 정비소 안을 들여다보았다. 천정에 매달려 흔들리는 누런 전등 하나만이 정비소 내부를 흐릿하게 비추고 있었다. 그 순간 톰의 목구멍에서 헉, 하는 소리가 터져 나왔다. 그는 힘센 두 팔로 사람들을 밀치며 안으로 들어갔다.

사람들은 투덜거리며 다시 정비소 앞을 둘러쌌다. 나는 일 분 남짓 사람들 뒤에 서 있었지만 아무것도 볼 수 없었다. 그때 갑자기 새로운 구경꾼들이 들이닥치면서 줄이 흐트러졌고, 그 사이에 조던과 내가 안으로 떠밀려 들어갔다.

머틀 윌슨의 시신이 벽 옆의 작업대 위에 놓여 있었다. 담요로 한 겹 싸이고, 다른 담요로 또 한 겹 싸인 그 모습이 마치 한여름 밤에 추위로 고통받고 있는 듯했다. 톰은 시신 위로 몸을 굽힌 채 꼼짝도 하지 않았다. 톰 옆에서는 모터사이클을 타고 온 경찰관이 땀을 뻘뻘 흘리며 작은 수첩에 사람들의 이름을 받아 적기도 하고, 때론 고쳐서 다시 쓰며 서 있었다. 처음에 나는 그 휑댕그렁한 정비소를 쩌

렁쩌렁 울려대는 고음의 절규가 어디서 들려오는지 알 수 없었다. 그러다가 곧, 윌슨이 자신의 사무실 문턱에 서서 두 손으로 문설주를 잡은 채 몸을 앞뒤로 흔들고 있는 것을 보았다. 어떤 남자가 조용한 목소리로 그에게 말을 건네며, 이따금 그의 어깨를 다독여주려 했다. 하지만 윌슨은 듣지도 보지도 않았다. 천정에 달린 전등을 바라보던 그의 눈길이 벽 옆의 작업대로 천천히 내려갔다. 그러곤 발작을 일으키듯 다시 전등 쪽으로 눈길을 돌렸다. 그의 입에선 높고 끔찍한 부르짖음이 계속 터져 나왔다.

"오오오, 하느님 맙소사! 오오오, 하느님 맙소사! 오오오, 하느님 맙소사! 오오오, 하느님 맙소사!"

톰이 갑자기 머리를 치켜들더니 흐릿한 눈으로 정비소 안을 둘러보았다. 그러곤 옆에 선 경찰관에게 뭔가를 횡설수설 말했다.

"마브……." 경찰이 말했다. "마보……."

"아, 아니군. R자가 하나 빠져……." 경찰관이 정정했다. "마브로……."

"내 말 좀 들어보시오!" 톰이 말했다. 낮으면서도 험악한 목소리였다.

"R……." 경찰관은 계속 중얼거렸다. "O……."

"G……."

"G……." 이름을 적다 말고 그가 눈을 치켜떴다. 톰의 큼직한 손이 그의 어깨를 움켜쥐고 있었다. "이 양반, 지금 뭐하는 거요?"

"대체 어떻게 된 거요? 좀 알아야겠소."

"자동차가 여자를 들이받았고, 여자는 즉사했소."

"즉사했다고……." 톰이 경찰관을 노려보며 되뇌었다.

"여자가 도로 한가운데로 뛰어나왔는데, 그 개자식은 차를 멈출 시늉도 안 한 모양이오."

"차가 두 대 있었습니다." 미카엘리스가 말했다. "한 대는 오고 있었고, 다른 하나는 가고 있었어요. 아시겠죠?"

"어느 쪽으로 가던가?" 경찰관이 날카롭게 물었다.

"그냥 각자 길을 따라서요. 그러니까 윌슨 부인이……." 미카엘리스가 담요를 가리키며 손을 뻗더니 곧 다시 내렸다. "부인이 저리로 달려 나갔고, 뉴욕에서 오던 차가 그대로 부인을 들이받은 거예요. 시속 삼사십 마일 정도 됐을 겁니다."

"이 동네 이름이 뭔가?" 경찰관이 물었다.

"이 동네는 이름 같은 거 없어요."

피부색이 비교적 옅은, 말쑥한 옷차림의 흑인 남자 하나가 다가왔다.

"노란색 차였습니다." 그가 말했다. "커다란 노란색 차였어요. 신형입디다."

"사고를 목격한 거요?" 경찰관이 물었다.

"아닙니다. 하지만 그 차가 아주 고속으로 내 차를 지나갔어요. 사십 마일보다 훨씬 빨랐습니다. 오륙십 마일은 족히 됐을 겁니다."

"자, 이쪽으로 오시오. 당신 이름이 필요하오. 그럼, 자넨 가보게. 난 저 사람 이름을 적어야겠네."

사무실 문턱에서 몸을 흔들던 윌슨이 이 대화의 일부분을 들은 게 분명했다. 그의 입에서 터져 나오던 절규의 내용이 갑자기 달라졌다.

"그게 어떤 차였는지는 물어볼 필요 없어! 내가 안다고! 어떤 차였는지 내가 안다고!"

나는 톰을 쳐다보았다. 그의 어깨 뒤쪽의 근육 뭉치들이 셔츠 안에서 팽팽하게 긴장하는 것이 보였다. 그는 재빨리 윌슨에게 다가가 그의 양쪽 팔뚝 윗부분을 세게 움켜쥐었다.

"정신 차리게." 그의 목소리가 거칠면서도 차분했다.

윌슨이 톰을 쳐다보며 발끝으로 몸을 세우려 하다가 그만 중심을 잃었다. 톰이 잡지 않았더라면 무릎 꿇은 채 주저앉을 뻔했다.

"내 말 잘 듣게나." 윌슨을 몇 차례 흔들며 톰이 말했다. "난 뉴욕을 떠나 방금 이곳에 도착했네. 우리가 얘기했던 그 쿠페를 자네에게 갖다 주려고 말이야. 내가 오늘 낮에 운전했던 그 노란색 차는 내 차가 아니었네……. 내 말 듣고 있나? 난 오후 내내 그 차를 보지도 못했단 말일세."

톰의 말을 들을 수 있을 만큼 가까이 있던 사람은 그 흑인 남자와 나뿐이었다. 하지만 수상한 낌새를 눈치챈 듯 경찰관이 예리한 눈으로 우리 쪽을 노려보았다.

"뭐가 어떻다고요?" 그가 물었다.

"저는 이 사람 친구입니다." 톰은 머리를 돌려 경찰관을 보았지만 그의 손은 여전히 윌슨의 몸을 굳게 붙들고 있었다. "사고를 낸 차를 안다는군요……. 노란색 차였답니다.”

모종의 본능적 직감에 이끌려, 경찰관은 톰을 의심스런 눈초리로 쳐다보았다.

“그런데 당신 차는 무슨 색이죠?”

“푸른색 쿠페입니다.”

“우리는 지금 막 뉴욕에서 오는 길입니다.” 내가 말했다.

우리 차 뒤에서 운전하던 누군가가 이 사실을 재차 확인해주자 경찰관은 다른 사람에게로 관심을 돌렸다.

“자, 이름을 다시 한 번 정확히 말씀하시죠…….”

톰은 윌슨을 인형 다루듯 부축하여 사무실 안으로 데려가 의자에 앉힌 후 다시 돌아왔다.

“누가 여기 와서 저사람 옆에 함께 좀 앉아 있어주면 좋겠군요.” 그가 명령조로 말했다. 톰과 가장 가까이에 서 있던 두 남자가 서로 얼굴을 쳐다보더니 마지못한 듯 사무실로 들어갔다. 톰이 사무실 문을 닫고 앞으로 한 걸음 내디뎠다. 작업대 쪽을 의식적으로 피하며 그가 내게 와서 속삭였다. “자, 나가지.”

남의 시선을 의식하며 고압적으로 팔을 휘둘러 그가 인파를 뚫었고, 우리는 그렇게 그곳을 빠져나왔다. 반 시간 전에 호출받은 의사가 진료 가방을 들고 서둘러 들어오는 것이 보였다. 혹시나 하는 한 가닥 희망으로 누군가가 그를 불렀을 터였다.

톰은 아주 천천히 차를 몰았다. 그러나 커브 길을 돌아 어느 정도 달린 후, 그의 발이 있는 힘껏 가속기를 밟았다. 쿠페는 어둠 속을 사정없이 질주했다. 잠시 후, 거친 울음소리가 들렸다. 눈물이 그의 얼굴을 타고 하염없이 흘러내리는 것이 보였다.

"망할 놈의 자식!" 그가 흐느꼈다. "멈추지도 않고 그대로 내빼다니!"

부스럭대는 검은 나무들 사이를 지나자마자 뷰캐넌의 저택이 눈앞에 나타났다. 톰은 포치에서 조금 떨어진 곳에 차를 세우고 이층을 올려보았다. 불이 켜진 두 개의 창문을 나무덩굴 사이로 볼 수 있었다.

"데이지가 집에 있군." 그가 말했다. 차에서 내리자 그가 나를 보며 인상을 조금 찌푸렸다.

"자네를 웨스트에그의 집까지 데려다주는 게 낫겠네, 닉. 오늘 밤 우리가 더 할 일도 없을 테니."

하지만 그는 곧 생각을 바꾸었다. 달빛을 받아 반짝이는 자갈길을 밟으며 포치로 걸어가면서, 그는 몇 마디 말로 할 일을 정리했다. 그의 목소리는 엄숙하고도 단호했다.

"택시를 부를 테니 자네는 그걸 타고 가도록 해. 택시를 기다리는 동안 조던과 함께 주방에서 좀 쉬게. 저녁 식사를 차리라고 얘기해놓겠네…… 자네들이 원한다면." 그가 현관문을 열었다. "들어들 오지."

"아니야, 난 괜찮네. 하지만 택시는 불러주게. 난 밖에서 기다리겠네."

조던이 내게 팔짱을 꼈다.

"같이 들어가지 그래요, 닉?"

"아뇨, 됐습니다."

두통이 찾아왔다. 혼자 있고 싶었다. 하지만 조던은 계속 머뭇거리며 서 있었다.

"이제 겨우 아홉 시 반인걸요." 그녀가 말했다.

나는 추호도 그 집 안으로 들어가고 싶지 않았다. 그날 하루 동안 그들과 너무 오래 함께했다. 조던에게조차 진저리가 났다. 내 표정에서 그걸 느낀 모양이었는지, 조던이 돌연히 몸을 홱 돌리더니 포치 계단을 뛰어올라 집 안으로 들어갔다. 나는 손으로 머리를 감싼 채 잠시 그 자리에 앉았다. 안에서 집사가 전화로 택시를 부르는 소리가 들렸다. 그 집에서 조금이라도 멀어지고자, 나는 일어나서 진입로 아래로 걸어 내려갔다. 저택 입구에서 택시를 기다릴 생각이었다.

이십여 미터 걸어갔을 때였다. 누군가가 내 이름을 불렀다. 오솔길 옆의 관목들 틈에서 개츠비가 걸어 나왔다. 그 순간, 내 기분은 참으로 이상야릇했다. 그의 핑크색 양복이 달빛을 받아 야광처럼 빛난다는 것 외에는 아무 생각도 할 수 없었기 때문이다.

"여기서 뭐하고 있는 겁니까?" 내가 물었다.

"그냥 서 있는 겁니다, 친구."

웬일인지 그 모습은 모종의 비열한 범죄 행위를 연상시켰다. 곧 뷰캐넌의 저택으로 잠입해 들어가 강도 행각이라도 벌일 듯한, 그런 느낌이었다. 울프심의 사악한 패거리들이 개츠비를 앞세운 채 어두운 관목들 뒤에 도열해 있는 걸 본다 해도 나는 놀라지 않을 것 같았다.

"오는 길에 혹시 사고 난 걸 보지 않았습니까?" 잠시 후 그가 물었다.

"봤습니다."

그가 머뭇머뭇했다.

"그 여자, 죽었습니까?"

"네."

"그런 줄 알았습니다. 죽었을 거라고 데이지에게도 말했습니다. 충격은 차라리 한꺼번에 겪는 게 더 낫겠죠. 데이지는 잘 버텨내더군요."

그는 마치 데이지의 상태 외에는 아무것도 중요하지 않은 것처럼 말했다.

"샛길로 웨스트에그까지 가서 내 차를 차고에 넣어두었습니다." 그는 계속했다. "우리를 본 사람이 없는 것 같은데, 확실히는 모르겠군요."

그 순간 나는 그가 너무도 혐오스럽게 느껴져서 그의 잘못을 일깨워주고 싶지 않았다.

"죽은 그 여자는 누굽니까?" 그가 물었다.

"윌슨이라는 여잡니다. 남편이 그 정비소를 운영하고요. 도대체 어쩌다 그렇게 된 겁니까?"

"내가 핸들을 대신 잡아 꺾으려 했지만……." 그가 말을 멈췄다. 그제야 나는 사태를 짐작했다.

“데이지가 운전했던 겁니까?”

“그렇습니다.” 잠시 주저한 후 그가 말했다. “물론 내가 운전했다고 말할 겁니다. 아시겠지만 우리가 뉴욕을 출발할 때 데이지는 극도로 예민한 상태였습니다. 운전을 하면 마음이 좀 가라앉을 거라고 생각했던 모양입니다……. 반대편 차선에서 차가 하나 오고 있었습니다. 그런데 갑자기 그 여자가 우리 차를 향해 달려 나오더군요. 순식간에 일어난 일입니다. 그런데 내가 보기엔 그 여자가 우리에게 무슨 말을 하려고 했던 것 같았습니다. 우리를 자기가 아는 사람이라고 생각하는 것 같더라고요. 순간적으로 데이지는 마주 오는 차 쪽으로 방향을 꺾으려 했습니다. 그런데 겁을 먹고는 그만 핸들을 다시 돌려버렸습니다. 내가 핸들을 잡으려는 찰나, 그 충격이 느껴졌습니다……. 그 여자는 아마 그 자리에서 죽었을 겁니다.”

“몸이 찢겨 나갔습니다…….”

“그 얘긴 듣고 싶지 않군요, 친구.” 그가 얼굴을 찡그렸다. “어쨌든…… 데이지는 계속 차를 몰았습니다. 멈추라고 했지만 못하더군요. 그래서 내가 비상 브레이크를 잡아당겼죠. 데이지는 내 무릎 위로 쓰러졌고, 그때부터 내가 운전했습니다.”

“데이지는 내일이면 괜찮아질 겁니다.” 그가 곧 말을 이었다. “나는 그냥 여기서 기다리면서, 톰이 오늘 일로 데이지를 괴롭히는 건 아닌지 지켜볼 생각입니다. 데이지는 지금 방문을 잠근 채 들어가 있습니다. 그가 주먹이라도 휘두르면 전등을 껐다 켰다 하기로 약속했습니다.”

"데이지에게 손을 대지는 않을 겁니다." 내가 말했다. "톰은 지금 데이지 생각을 할 정신이 아닙니다."

"그를 믿을 수가 없습니다, 친구."

"여기에서 얼마나 더 오래 기다릴 생각입니까?"

"필요하다면 밤을 새울 생각입니다. 최소한 그들이 잠자리에 들 때까지만이라도요."

갑자기 내 생각도 바뀌었다. 데이지가 그 차를 운전했다는 사실을 톰이 알게 된다면, 아마도 그는 그 사고가 우연이 아니었다고 생각할지도 모른다……. 그렇다면, 그가 무슨 짓을 할지 모를 일이다. 나는 톰의 저택을 쳐다보았다. 아래층에선 두세 개의 창에 불이 밝혀져 있었고, 이층 데이지의 방에선 핑크색 불빛이 새어나왔다.

"당신은 이곳에 계십시오." 내가 말했다. "가서 무슨 소란이라도 일어나고 있는 건 아닌지 보고 오겠습니다."

나는 잔디밭 가장자리를 따라 되돌아 걸어갔다. 조심스럽게 자갈길을 건너 발끝으로 베란다 층계를 올랐다. 커튼이 열린 응접실 안을 들여다보니 그곳엔 아무도 없었다. 석 달 전 6월의 그날 밤 우리가 함께 저녁을 먹던 포치를 가로질러, 작은 사각형 전등이 있는 곳까지 갔다. 식료품 저장실 창문이었을 것이다. 블라인드가 내려져 있었지만 틈새로 안을 들여다볼 수 있었다.

데이지와 톰이 테이블을 가운데 두고 마주 앉아 있었다. 그들 사이엔 차갑게 식은 닭튀김이 담긴 접시와 두 병의 맥주가 놓여 있었다. 테이블 건너편에 앉은 데이지를 향해 톰이 진지한 표정으로 열심히 뭔가를 얘기하고 있었다. 그의 손은 데이지의 손을 감싸고 있었다. 이따금 그녀는 톰을 올려다보며 알았다는 듯 고개를 끄덕였다.

그들은 행복해 보이지 않았다. 둘 중 누구도 닭튀김이나 맥주엔 손도 대지 않았다. 하지만 그들은 불행해 보이지도 않았다. 두 사람 사이엔 너무도 분명하고 너무도 자연스런 친밀감이 감돌았다. 누군가 이 장면을 봤다면 두 사람이 어떤 음모를 꾸미는 게 틀림없다고 생각했을 것이다.

다시 발끝으로 살살 걸어 포치를 내려오자 멀리서 택시 다가오는 소리가 들렸다. 개츠비는 여전히 아까 그 자리에 서 있었다.

"조용합니까?" 그가 불안해하며 물었다.

"네, 아주 조용하군요." 내가 우물쭈물하며 대답했다. "집에 가서 잠 좀 청하시는 게 나을 텐데요."

그가 고개를 가로저었다.

"데이지가 잠자리에 들 때까지 여기에 있겠습니다. 먼저 가세요, 친구."

그가 손을 코트 호주머니에 넣더니 등을 돌려 또다시 저택을 감시하기 시작했다. 내가 그 자리에 있는 것이 그의 신성한 불침번을 오히려 욕되게 할 것만 같았다. 하여, 나는 걸어 나왔다. 달빛 속에서 개츠비는 존재하지도 않는 그 무언가를 지키느라, 그렇게 혼자 서 있었다.

제8장

밤새 잠을 한숨도 자지 못했다. 바다에선 안개 경보를 알리는 사이렌 소리가 끊임없이 들렸고, 나는 기괴하기 짝이 없는 현실과 잔인하고도 소름끼치는 악몽의 틈바구니에서 반쯤 몸살을 앓으며 온밤을 뒤척였다. 새벽이 다가올 무렵, 택시 한 대가 개츠비 저택으로 들어가는 소리를 들은 나는 벌떡 일어나 옷을 챙겨 입었다. 그에게 뭔가 말해야 한다고, 뭔가에 대해 경고해야 한다고 생각했다. 아침이 밝으면 이미 때가 너무 늦을 것 같았다.

그의 잔디밭을 가로질러 갔다. 현관문을 열어둔 채 그가 홀 안의 테이블에 기대어 서 있었다. 낙담해서였는지 아니면 잠이 밀려들어서였는지, 그의 몸은 축 처져 있었다.

"아무 일도 없었습니다." 그가 기운 없이 말했다. "계속 기다렸습니다. 네 시쯤 되자 그녀가 창가로 와서 잠시 서 있더니 불을 끄더군요."

우리는 담배를 찾아 이 방 저 방을 헤맸다. 그때처럼 그의 저택이 넓게 느껴진 적이 없을 정도였다. 장막처럼 늘어진 커튼을 일일이 제쳐보았고, 전등 스위치를 찾아 끝없이 긴 벽을 더듬기도 했다. 유령처럼 버티고 있는 피아노에 걸려 내가 넘어지는 바람에 건반이 투당탕 소리를 내기도 했다. 언제 그렇게 쌓였는지 사방에 먼지가 가득했고, 여러 날 동안 환기 한번 시키지 않은 듯 방들은 퀴퀴한 냄새를 풍겼다. 처음 보는 테이블 위에서 내가 담배 상자를 발견했다. 그 안에는 말라비틀어진 담배 두 개비가 있었다. 거실의 프랑스식 창문을 활짝 열고 우리는 어둠 속에 앉아 담배를 피웠다.

"멀리 떠나시는 게 좋겠습니다." 내가 말했다. "당신 차를 추적해 낼 게 분명합니다."

"지금 떠나라는 말씀입니까, 친구?"

"애틀랜틱시티에 가서 일주일쯤 계셔보세요. 몬트리올도 괜찮을 겁니다."

그는 그럴 생각이 없었다. 데이지가 어떤 결정을 내릴지 알지도 못한 채 어딘가로 떠난다는 건 있을 수도 없는 일이었다. 그는 여전히 마지막 희망을 놓지 않고 있었고, 그 희망을 털어내게 하는 건 불가능했다.

젊은 시절에 맺은 댄 코디와의 별난 인연에 대해 내게 말해준 것도 그때였다. 그가 내게 그 이야기를 한 이유는, '제이 개츠비'가 톰의 잔인한 복수심에 부딪쳐 유리처럼 산산조각 났고, 그리하여 그가 오랫동안 비밀스레 연주해온 화려한 광상곡에 마침표가 찍혔기 때문이었다. 나는 이제 그가 모든 걸, 어떤 것이든 숨김없이 말하겠구나 싶었다. 무엇보다도 그는 데이지에 대해 얘기하고 싶어 했다.

데이지는 그가 만난 최초의 '근사한' 아가씨였다. 나도 자세한 내막은 모르지만 당시 그는 그런 부류의 사람들과 접촉할 기회가 있었다. 하지만 그들과 개츠비 사이에는 늘 보이지 않는 철조망이 가로놓여 있었다. 그녀에게 깊은 매력을 느낀 그는 그녀의 집을 종종 방문했다. 처음엔 테일러 기지의 동료 장교들과 함께 갔지만 나중엔 혼자 갔다. 그렇게 아름다운 집을 본 적이 없어, 그저 놀랍기만 했다. 하지만 그 집이 그를 그토록 숨 막힐 듯 강렬하게 사로잡은 것은 데이지가 그곳에 산다는 사실 때문이었다. 그녀가 그 집에 사는 것은, 그가 기지 내 막사에 사는 것만큼이나 자연스러웠다. 개츠비에게 데이지의 집은 미스터리로 가득 찬 곳이었다. 위층의 침실들이 아래층의 침실보다 더 아름답고 멋질 것 같았다. 복도마다 늘 흥겹고 짜릿한 일들만 일어날 것 같았고, 낡고 곰팡내 풍기며 푸르죽죽 색 바랜 로맨스가 아니라 갓 출고되어 반짝반짝 빛나는 최신형 자동차처럼 신선하고 향기로운 로맨스가 싹틀 것 같았다. 싱싱한 꽃들에 둘러싸여 무도회가 끝없이 계속될 것 같았다. 수많은 남자들이 데이지를 연모해왔다는 사실도 그를 흥분시켰다. 그녀가 더 값져 보였기 때문이다. 그 집에선 늘 그 남자들의 존재가 느껴졌다. 그들의 두근두근

설레는 감정의 그림자와 메아리가 집 안 구석구석까지 스며들어 있었다.

하지만 그가 데이지의 집에 발을 들여놓은 건 순전히 우연이었다는 것을 그도 알았다. 제이 개츠비의 미래가 아무리 휘황찬란할 것이라 해도, 당시의 그는 내세울 만한 과거 하나 없는 무일푼 청년에 불과했다. 멋진 제복 망토의 모습을 한 가면이 언제 그의 어깨에서 흘러내릴지 모를 일이었다. 때문에 그는 자신에게 부여된 시간을 최대한 이용했다. 게걸스럽게, 파렴치하게, 가질 수 있는 건 다 가졌다. 그러다가 마침내 10월의 어느 고즈넉한 밤, 그는 데이지를 가졌다. 그에겐 감히 데이지의 손을 잡을 권리가 없었다. 그래서 그렇게 그녀를 가져버렸다.

그는 자기 스스로를 경멸할 수도 있었다. 속임수로 그녀를 가졌기 때문이다. 백만장자인 양 허세를 부린 것은 아니었지만, 분명 그녀에게 물질적인 신뢰감을 주고자 의식적으로 노력했다. 그녀로 하여금 자신이 그녀와 동일한 계층 출신이라고 믿도록, 따라서 앞으로 그녀를 전적으로 책임질 수 있을 것이라 믿도록 만들었다. 사실 그에겐 그런 능력이 전혀 없었다. 그에겐 뒤를 받쳐줄 부유한 가족도 없었을 뿐더러, 비정한 정부의 변덕스런 결정에 따라 언제 어느 전쟁터로 파병될지 모르는 상황이었다.

하지만 그는 스스로를 경멸하지 않았다. 그가 생각했던 대로 일이 전개된 것도 아니었다. 짐작컨대 애초에 그는 일단 데이지의 몸을 취하고 나면 그대로 떠나버릴 생각이었다. 하지만 그는 어느새 자신이 그 성배를 손에 넣는 데 온몸과 온 마음을 바쳤다는 걸 깨닫게 되었다. 데이지를 특별하게 생각하고는 있었지만 '예쁜 아가씨' 하나가 과연 얼마큼이나 자신에게 특별한 존재가 될 수 있을지는 미처 짐작하지 못했다. 그렇게 서로의 몸을 취한 후, 그녀는 그녀의 부유한 저택으로 들어갔다. 그녀의 호화롭고 생기 가득한 집으로 들어가 사라졌다. 개츠비에겐 아무것도 남지 않았다. 마치 그녀와 혼인을 한 듯한 느낌만 남았을 뿐이다. 그게 전부였다.

이틀 후 두 사람이 다시 만났을 때, 숨이 막힐 듯 가슴이 두근거린 사람은, 그리하여 야릇한 배신감까지 느낀 사람은 개츠비였다. 데이지 저택의 포치는 돈으로 발라진 호화로움으로 별처럼 빛났다. 두 사람은 그 포치에 앉았다. 그녀가 그를 바라보려 몸을 돌리자 포치에 놓인 고리버들 의자가 화려하게 삐걱댔다. 그는 그녀의 사랑스럽고 호기심 가득한 입에 키스했다. 감기에 걸린 그녀의 목소리는 그 어느 때보다 허스키했고 매력적이었다. 개츠비는 돈이 가져다주고 돈이 보살펴주는 그 젊음의 신비함에, 그 많고 많은 새 옷가지들에 압도당했다. 가난한 이들의 처절한 투쟁 저 너머에서 은빛으로 반짝이는, 마냥 안락하고 자신감 넘치는 데이지에 압도당했다.

"내가 그녀를 사랑한다는 사실을 깨닫고 스스로 얼마나 놀랐는지 말로 다 설명할 수가 없을 정도입니다, 친구. 한동안은 그녀가 나를

차버리기라도 했으면, 하고 바라기까지 했죠. 허나 그녀는 나를 차버리지 않았습니다. 그녀도 나를 사랑했기 때문입니다. 그녀는 내가 아는 게 아주 많다고 생각하더군요. 그녀와는 사뭇 다른 세계의 일들을 내가 알기 때문이었죠……. 그렇게 된 겁니다. 나는 내가 품어온 야망에서 멀어지며, 매 순간순간 점점 더 깊이 그녀와의 사랑에 빠져들어 갔습니다. 야망 따위에 더 이상 연연하지 않았습니다. 그녀와 함께 앞날을 얘기하며 행복한 시간을 보낼 수 있다면, 거창한 일을 하든 안 하든 무슨 대수겠습니까?"

그가 해외로 파병되기 전 마지막 날 오후, 그는 데이지를 품에 안은 채 오랫동안 말없이 앉아 있었다. 쌀쌀한 가을날이었다. 방 안의 난로에 불이 지펴지자 그녀의 볼이 발갛게 달아올랐다. 이따금 그녀가 몸을 뒤척일 때마다 그도 그에 맞춰 팔을 약간씩 움직여주었다. 한 번은 그녀의 짙고 반짝이는 머리에 키스도 했다. 그날 오후에 그들은 그렇듯 평온하게 긴 시간을 보냈다. 이튿날이면 찾아올 긴 이별을 위해 깊은 추억을 새기려는 듯했다. 그의 코트의 어깨에 그녀가 조용히 입술을 비볐다. 그는 마치 그녀가 잠들기라도 한 것처럼 그녀의 손가락 끝을 살며시 매만졌다. 그들이 사랑에 빠진 한 달 동안, 그때만큼 두 사람이 가까웠던 적은 없었다. 그때만큼 깊이 대화를 나눈 적도 없었다.

그는 전쟁에서 출중하게 활약했다. 전선으로 나갈 당시 대위였던 그는 아르곤 전투 이후 소령으로 진급하여 기관총 부대를 지휘했다. 휴전이 성립된 후 본토로 돌아오기 위해 무진 애를 썼지만, 일이 꼬이는 바람에 그만 옥스퍼드로 보내졌다. 걱정이 밀려왔다. 데이지가 보낸 편지마다 불안과 절망이 엿보였다. 그녀는 왜 그가 돌아올 수 없는지 이해하지 못했다. 주변의 압력이 점점 커질수록 그녀는 더욱 그를 보고 싶어 했고, 그가 자기 옆에 있어주기를 원했으며, 그를 기다리는 자신이 옳은 판단을 하고 있다고 다짐받고 싶어 했다.

데이지는 어렸고, 그녀가 살고 있는 가식의 세계는 난초 향기와 즐겁고 유쾌한 속물의 향으로 가득 차 있었다. 인생의 슬픔과 알쏭달쏭한 의미를 새로운 가락으로 엮어 최신 리듬으로 만들어내는 오케스트라로 가득 찬 세계였다. 색소폰들이 구슬픈 〈빌 스트리트 블루스〉를 밤새도록 통곡하듯 연주하고, 백여 켤레의 금빛과 은빛 구두가 빛 먼지를 일으키며 춤을 추어대는 세계였다. 어둑어둑해질 무렵의 차 마시는 시간이면, 방마다 나지막하고 달콤한 열기로 두근거렸다. 새로 온 얼굴들은, 우울한 트럼펫 바람에 날려 바닥을 뒹구는 장미꽃잎들처럼 여기저기 기웃거리며 표류했다.

이 황혼 빛 우주 안을 거닐며 데이지는 다시 그 세계의 흐름에 발맞추기 시작했다. 돌연히 그녀는 하루에 대여섯 명의 남자들과 대여섯 번씩 데이트를 했다. 새벽녘에 들어와, 침대 옆에서 죽어가는 난초 위에 구슬과 시폰으로 장식된 이브닝드레스를 벗어 던진 채 쓰러져 잠들곤 했다. 그녀 안에는 빨리 결정을 내리라며 늘 소리치는 무언가가 있었다. 그녀는 지금 당장 자신의 삶이 형태를 갖추기를 바랐다. 마음의 결정을 해야 했다. 어떤 강력한 힘에 의해. 그것이 사랑이건 돈이건 혹은 너무도 뻔한 실용성이건 상관없었다. 무엇이든 간에, 그녀 가까이에 있는 것이어야 했다.

톰 뷰캐넌의 등장과 함께 그 강력한 힘이 모양을 드러냈다. 봄이 한창 무르익을 무렵이었다. 그는 건장하고 듬직했다. 데이지는 톰의 접근이 싫지 않았다. 물론 그녀에겐 갈등과 안도감이 교차했다. 개츠비가 그녀의 마지막 편지를 받은 것은 그가 아직도 옥스퍼드에 있을 때였다.

어느덧 롱아일랜드 해협에 동이 트고 있었다. 우리는 함께 아래층의 나머지 창들을 열었다. 저택 내부는 회색과 황금색이 얼버무려진 미명으로 가득 찼다. 나무 그림자가 갑작스레 아침 이슬을 덮쳤고, 희끄무레한 새들이 푸른 이파리들 사이에서 노래하기 시작했다. 대기 안에는 느리면서도 경쾌한 기운이 감돌았다. 바람은 거의 없었다. 시원하고 쾌적한 하루를 약속했다.

"나는 데이지가 단 한 번도 그를 사랑한 적이 없다고 생각합니다." 창가에 서 있던 개츠비가 몸을 돌려 나를 도전적으로 바라보았다. "잊지 마십시오, 친구. 어제 오후 그녀는 감정적으로 아주 격한 상태였다는 것을요. 톰은 그녀에게 겁을 주려고 의도적으로 그 말들을 해댄 겁니다. 내가 싸구려 사기꾼으로 보이도록 말입니다. 그래서 그녀는 자기가 무슨 말을 하는지도 모르게 되어버린 겁니다."

그는 우울한 모습으로 자리에 앉았다.

"물론, 아주 잠깐 동안 그를 사랑했을 수는 있겠죠. 막 결혼했을 때 같은……. 하지만 그때도 나를 더 사랑했을 겁니다. 아시겠습니까?"

그러고는 갑자기 뜻밖의 말을 던졌다.

"어쨌거나." 그가 말했다. "그건 데이지만이 아는 일이겠죠."

여러분이라면 이 말을 어떻게 이해하겠는가? 그가 데이지와 자신의 사랑에 대해, 그 가늠조차 할 수 없는 강렬한 사랑에 대해, 일말의 의심을 품기 시작했다는 뜻이 아니면 무엇이겠는가?

그가 프랑스에서 돌아왔을 때 톰과 데이지는 아직 신혼여행 중이었다. 군에서 마지막 월급을 받은 개츠비는 루이빌로 비극적인, 그러나 불가항력적인 여행을 감행했다. 그곳에서 일주일가량을 머물며 거리를 헤맸다. 그와 데이지의 발자국이 서로 엉겨 붙곤 했던 11월 밤의 그 거리를 다시 걸어보았고, 그녀의 하얀 차를 몰고 찾아가곤 했던 그 외딴 장소들도 다시 가보았다. 예전엔 데이지의 집이 그 어느 집보다 신비롭고 화려하게 보였다면, 이제는 그 도시 자체가 애수 어린 아름다움에 한없이 녹아든 것처럼 보였다.

그리고 그는 떠났다. 좀 더 그녀를 찾아 헤매면 그녀를 찾을 수 있을지도 모른다는 생각도 했지만, 그냥 그렇게 그녀를 남겨두고 떠나기로 했다. 무일푼인 그는 기차역으로 갔다. 뜨거운 열차 안을 피해 그는 객차의 연결 통로로 가서 접이식 의자를 펴고 앉았다. 루이빌의 기차역은 미끄러지듯 멀어져 갔고, 낯선 빌딩들의 뒷모습이 스쳐 지나갔다. 봄의 들판으로 접어들자 사람들을 실은 노란 전차 한 대가 앞서거니 뒤서거니 하며 잠시 동안 열차와 나란히 달렸다. 어쩌면 오다가다 데이지의 마법처럼 하얀 얼굴을 마주쳤을지도 모르는 사람들이리라.

선로가 휘어지면서 기차는 태양을 뒤로하고 달리기 시작했다. 지평선을 향해 점점 기울어가는 태양은 멀어져 가는 도시 위로, 어디선가 데이지가 숨 쉬고 있을 바로 그 도시 위로, 축복의 빛을 뿌리는 듯했다. 그는 필사적으로 손을 뻗었다. 그녀가 있어 아름답기만 했던 그 도시의 공기를 한 줌만이라도 움켜쥐고 싶었다. 그 도시의 파편을 단 한 조각만이라도 간직하고 싶었다. 하지만 기차는 너무도 빨리 달렸고, 축축이 젖은 그의 시야는 너무도 흐릿했다. 그리고 그는 깨달았다. 그 도시의 가장 풋풋하고 가장 아름다운 부분이 영원히 자신을 떠났다는 것을.

아침 식사를 끝내니 벌써 아홉 시였다. 우리는 포치로 나갔다. 밤새 탈바꿈한 날씨에서 가을 냄새가 완연했다. 개츠비의 예전 일꾼 중 유일하게 남은 정원사가 계단 아래로 다가왔다.

"오늘 풀장의 물을 뺄까 합니다, 주인어른. 조만간 낙엽이 떨어지기 시작할 텐데 자칫하면 파이프가 다 막혀버릴 수가 있거든요."

"오늘은 하지 말아주게." 개츠비가 대답했다. 그가 나를 보며 멋쩍다는 듯 말했다. "내가 말이죠, 친구. 여름 내내 단 한 번도 풀장에 들어간 적이 없답니다."

나는 내 손목시계를 바라보곤 자리에서 일어났다.

"기차 시간까지 십이 분밖에 안 남았군요."

나는 회사에 출근하고 싶지 않았다. 일할 기분이 전혀 아니었다. 더더욱 발길이 떨어지지 않은 이유는……. 개츠비를 홀로 두고 싶지 않아서였다. 나는 그 기차를 타지 않았다. 그다음 기차도 타지 않았다. 그다음엔 어쩔 수 없이 자리를 털고 일어나야 했다.

"전화 드리겠습니다." 걸음을 떼며 내가 말했습니다.

"그렇게 하십시오, 친구."

"정오쯤에 전화하겠습니다."

우리는 천천히 계단을 내려갔다.

"데이지도 전화할 겁니다." 그가 불안한 표정으로 나를 보며 말했다. 나도 그 생각에 전적으로 동의해주기를 바라는 듯했다.

"그럴 겁니다."

"자, 안녕히 가십시오."

악수를 나눈 뒤 나는 걸음을 옮겼다. 울타리에 거의 다다를 무렵, 나는 어떤 생각이 떠올라서 뒤돌아섰다.

"그들은 썩어빠진 인간들입니다." 잔디밭 너머로 내가 소리쳤다. "당신은 그들 모두를 합한 것보다 더 나은 사람입니다."

그때 그 말을 한 것을 나는 지금까지도 무척 다행으로 생각하고 있다. 그것은 내가 그에게 했던 유일한 칭송의 말이었다. 시작부터 끝까지, 나는 그를 지지한 적이 한 번도 없었기 때문이다. 그는 처음엔 정중히 고개를 끄덕이더니, 곧 무슨 의미인지 이해한다는 듯 환하게 미소 지었다. 마치, 적어도 우리 두 사람만은 줄곧 그 사실을 짜릿한 비밀처럼 공유해오지 않았느냐는 듯한 표정이었다. 그의 화사한 핑크색 양복이 하얀 계단을 배경으로 화사한 점처럼 빛나는 모습을 보며, 나는 석 달 전 그의 고풍스런 저택에 첫발을 들어놓았던 밤을 떠올렸다. 저택 안팎은 그의 부패와 타락에 대해 추측하고 떠벌리는 수많은 사람들로 붐볐었다. 그리고 그는 저 계단 위에 홀로 서서, 자신의 결코 타락할 수 없는 꿈을 감춘 채 그들을 향해 잘 가라며 손짓했다.

나는 그의 후한 접대에 감사했다. 우리는 늘 그것에 감사하고 있었다. 나와, 다른 모든 사람들이.

"안녕히 계십시오." 내가 외쳤다. "즐거운 아침 식사였습니다, 개츠비."

직장에 출근한 나는 끝없이 이어지는 주식 거래 견적서를 작성하느라 한동안 씨름했다. 그러곤 내 회전의자에 앉은 채 곯아떨어졌다. 정오가 되기 조금 전에 전화벨이 나를 깨웠다. 이마에 땀이 흥건히 맺힌 채, 나는 벌떡 일어났다. 조던 베이커였다. 그녀는 종종 이 시간쯤에 내게 전화했다. 호텔과 클럽과 여러 저택들을 누비며 다니느라 늘 일정이 불규칙한 그녀였던 터라, 나와 통화하기엔 이 시간이 제일 적당했다. 전화기를 통해 들려오는 그녀의 목소리엔 대체로

상큼하고 시원한 뭔가가 있었다. 푸른 골프장을 떠나 방금 내 사무실 창문 안으로 날아온 잔디 조각과도 같았다. 하지만 오늘 아침 그녀의 목소리는 딱딱하고 건조했다.

"데이지의 집에서 막 나왔어요." 그녀가 말했다. "지금 헴스테드에 있는데, 오후에 사우샘프턴으로 내려갈 거예요."

데이지의 집에서 빠져나온 건 잘한 일이리라. 하지만 그녀의 그 약삭빠른 행동은 내 비위를 상하게 했다. 뿐만 아니라, 이어진 그녀의 말은 나를 더더욱 경직하게 만들었다.

"당신, 어젯밤에 제게 냉랭하시더군요."

"그런 상황에서 그게 그렇게 중요했습니까?"

잠시 침묵이 흐른 뒤, 그녀가 말했다.

"어쨌든…… 당신을 만났으면 해요."

"저도 그렇습니다."

"사우샘프턴엔 안 가도 돼요. 오후에 시내로 갈까요?"

"그건 곤란하군요……. 오늘 오후는 어렵겠습니다."

"알겠어요."

"오늘 오후는 불가능합니다. 여러 가지로……."

우리의 대화는 그런 식으로 잠시 더 이어지다가 어느 순간 완전히 멈춰버렸다. 우리 둘 중 누가 먼저 싸늘하게 찰칵 전화를 끊었는지는 기억나지 않는다. 하지만 내겐 상관없었다. 살아생전 두 번 다시 그녀를 못 만나는 한이 있을지라도, 그날 그녀와 만나서 차나 마시며 담소를 나누고픈 생각은 추호도 없었다.

몇 분 후, 개츠비에게 전화를 했으나 통화 중이었다. 네 번을 더 했지만 허사였다. 마침내 화가 머리끝까지 난 교환원이 그 번호는 디트로이트에서 온 장거리 전화와 계속 통화 중이라고 말했다. 나는 열차 시간표를 꺼내 세 시 오십 분 발 기차에 동그라미를 그려놓았다. 그러곤 다시 의자에 기대어 생각에 잠겼다. 낮 열두 시 정각이었다.

그날 오전, 기차가 재의 골짜기를 지날 때 나는 일부러 반대편으로 자리를 옮겼다. 그곳은 온종일 호기심에 찬 구경꾼들로 북적였을 것이다. 어린아이들은 먼지 구덩이 속에서 핏자국을 찾아 두리번거렸을 테고, 수다 떨기 좋아하는 사람들은 그날 밤 일어난 일에 대해 말하고, 또 말했을 것이다. 너무 여러 번을 말해서 더 이상 실제 일같이 느껴지지 않을 때까지, 그래서 더 이상 말할 수 없게 될 때까지, 그렇게 말했을 것이다. 그때쯤이면 머틀 윌슨의 비극도 아득히 잊힐 것이다. 여기에서 잠시 시간을 거슬러 올라가, 사고가 발생한 그날 밤 우리가 그곳을 떠난 후 정비소에서 있었던 일에 대해 말하고 싶다.

사람들은 머틀의 동생 캐서린을 어렵사리 찾아내어 사고에 대해 알렸다. 술을 끊겠다는 결심을 깨버린 모양인지, 그녀는 고주망태가 되어 정비소에 도착했다. 구급차가 시신을 플러싱으로 이미 옮겨갔다는 말조차 잘 알아듣질 못했다. 간신히 그 말을 알아들은 후, 마치

시신이 병원으로 옮겨졌다는 사실이 가장 큰 충격이기라도 하듯 그
녀는 실신했다. 친절해서였는지 혹은 호기심에서였는지, 누군가가
그녀를 언니의 시신이 있는 곳으로 데려다주었다.

자정이 훨씬 지나서까지 사람들은 정비소 안팎을 둘러쌌다. 조지
월슨은 사무실 안 소파에 앉아 계속해서 몸을 앞뒤로 흔들고 있었
다. 사무실 문은 한참 동안 열려 있었고, 정비소 안에 들어온 사람이
면 누구나 사무실 안을 들여다볼 수 있었다. 마침내 누군가가 도리
에 맞는 일이 아니라며 사무실 문을 닫아주었다. 미카엘리스를 비롯
한 몇몇 남자들이 그의 곁을 지켰다. 처음엔 네다섯 명이던 것이, 얼
마 후 두세 명으로 줄었다. 조금 더 지난 뒤, 미카엘리스는 마지막으
로 남은 남자에게 십오 분가량만 더 머물러달라고 말하고는 자신의
집으로 돌아가 커피를 끓여왔다. 새벽이 올 때까지 미카엘리스는 홀
로 월슨 옆에 남았다.

새벽 세 시경이 되자 종잡을 수 없던 월슨의 중얼거림도 잦아들
었다. 중얼거리는 대신에 그는 노란 차에 대해 말하기 시작했다. 그
는 노란 차의 주인이 누구인지 알아낼 방법이 있다고 했다. 그러다
가 불쑥, 두 달쯤 전에 자기의 부인이 뉴욕에 가더니 얼굴에 멍이 들
고 코가 부어오른 채로 돌아온 일이 있다고 말했다.

방금 자신이 한 말을 깨달았을 때, 그는 몸을 움찔하더니 "오, 하
느님 맙소사!" 하며 또다시 고통스럽게 통곡하기 시작했다. 미카엘
리스는 월슨의 주의를 다른 데로 돌리려 애를 썼다.

"결혼한 지 얼마나 되셨죠, 아저씨? 자, 진정하고 가만히 좀 앉아

서 대답해보세요. 결혼한 지 얼마나 되신 거죠?”

“십이 년이야.”

“아이는 없었나요? 자, 아저씨. 몸 좀 가만히 하고……. 제가 방금 여쭤봤잖아요. 아이는 없었어요?”

짙은 갈색의 딱정벌레들이 흐릿한 전등에 계속해서 딱딱 부딪쳤다. 바깥 도로에서 차 지나가는 소리가 들릴 때마다 미카엘리스는 몇 시간 전에 머틀을 치고 달아난 그 차 소리를 듣는 듯했다. 그는 정비소 안쪽으로 들어가고 싶지 않았다. 그녀의 시신이 놓여 있던 작업대에 아직도 핏자국이 흥건했기 때문이다. 윌슨의 사무실로 들어갈 때도 불편한 마음으로 작업대와 멀리 떨어진 쪽으로 우회해서 걸었다. 동틀 무렵쯤 되자, 그는 사무실 안에 있는 모든 집기들을 쫙 펼 수 있게 되었다. 그는 계속해서 윌슨 옆에 앉아 그를 달랬다.

“아는 교회라도 있나요, 아저씨? 오래 다닌 곳이 아니라도요. 제가 그곳에 연락해서 목사님이나 신부님더러 여기 와서 아저씨와 얘기라도 나눠달라고 할게요, 네?”

“교회엔 안 다녀.”

“교회 하나는 알고 있어야 해요, 아저씨. 이런 경우를 위해서요. 잘 생각해보세요. 한 번이라도 가본 교회가 있을 거예요. 교회에서 결혼하신 거 아니에요? 자, 아저씨, 제 말 좀 들어보세요. 교회에서 결혼하신 거 아니에요?”

“그건 너무 오래전 일이야.”

대답하려고 애쓰다 보니 몸 흔들림의 리듬이 깨졌다. 그는 잠시 조용히 있었다. 곧이어 반쯤 정신을 차린 듯한 표정이 그의 흐릿한 눈에 감돌았다.

"저쪽 서랍 좀 열어봐." 책상을 가리키며 그가 말했다.

"어느 서랍이요?"

"그거……. 그 서랍."

미카엘리스는 가장 가까이에 있는 서랍을 열었다. 작고 값비싸 보이는 개 목줄 하나가 덩그러니 놓여 있었다. 은으로 장식된 가죽 줄로 완전히 새것이었다.

"이거요?" 줄을 들어 보이며 그가 물었다.

윌슨이 쳐다보며 고개를 끄덕였다.

"어제 오후에 그걸 발견했어. 집사람은 이리저리 둘러댔지만 뭔가 심상치 않은 물건이라는 걸 직감했지."

"아주머니가 이걸 샀다는 말씀이세요?"

"그걸 화장지에 꼭꼭 싼 채 책상에 놓아두었더라고."

그게 왜 대수로운 문제인지 헤아리지 못한 미카엘리스는 윌슨 부인이 개 목줄을 샀을 여러 가지 이유를 말했다. 하지만 짐작컨대 윌슨은 머틀에게서 이미 그런 설명을 듣고도 남은 듯했다. 그가 또다시 나지막이 "오, 하느님 맙소사!"를 연발하기 시작했기 때문이다.

"그러고 나서 그놈이 집사람을 죽인 거야." 윌슨이 말했다. 갑자기 그가 입을 딱 벌렸다.

"누가요?"

"알아낼 방법이 있어."

“몸이 편찮으신 거예요, 아저씨.” 미카엘리스가 말했다. “너무 큰 충격을 받으셔서 아저씨 스스로도 무슨 말씀을 하시는 건지 모르고 계세요. 아침까지 그냥 조용히 앉아 계시는 게 좋겠어요.”

“그가 집사람을 일부러 죽인 거라고.”

“그건 사고였어요, 아저씨.”

윌슨이 머리를 세차게 가로저었다. 미간이 좁혀지고 입이 벌어지면서 “흐흠!” 하며 허깨비 같은, 그러나 자신에 찬 소리를 냈다.

“난 알아.” 그가 단호하게 말했다. “난 평생을 착하게 살아온 사람이야. 누구 한 사람한테 나쁜 짓 한 번 한 적이 없다고. 하지만 눈치 하나는 정확해. 내가 그렇다면 그런 거야. 그 차 안에 있던 놈이었어. 집사람이 달려가서 그놈한테 뭐라고 말하려고 한 건데, 그놈은 차를 멈추지 않았어.”

미카엘리스도 그 장면을 보았지만, 그것에 특별한 의미가 있다고는 생각하지 않았다. 그는 윌슨 부인이 어떤 특정한 차를 향해 달려가 그 차를 멈추게 하려던 것이 아니라, 그저 남편한테서 도망가던 거려니 생각했다.

“설마 아주머니가 그러셨을 리가요?”

“집사람은 속을 알기가 어려운 사람이야.” 미카엘리스의 질문에 대한 대답이기라도 하듯 윌슨이 말했다. “아아……:”

그는 다시 몸을 앞뒤로 흔들기 시작했다. 미카엘리스는 손으로 개 목줄을 비비 꼬며 그대로 서 있었다.

“제가 전화해드릴 친구 분이라도 있나요, 아저씨?”

헛된 바람이었다. 그는 윌슨에게 친구 하나 없다는 것을 알고 있었다. 오직 아내만을 바라보며 살기에도 허덕이던 그였다. 잠시 후 사무실 분위기가 조금씩 달라지는 것을 느끼자 미카엘리스는 비로소 마음이 놓였다. 창밖에 푸른빛이 감돌기 시작한 것으로 보아, 새벽이 머지않았음을 알 수 있었다. 다섯 시쯤 되자 바깥은 전등을 꺼도 될 만큼 파르스름해졌다.

윌슨의 짓무른 눈이 재의 골짜기를 향했다. 그곳에선 자그마한 잿빛 구름들이 또다시 갖가지 괴괴한 형상들을 만들며, 희미한 새벽바람 속에서 이리저리 떠다니고 있었다.

"집사람에게 말했지." 한참을 침묵한 뒤 윌슨이 웅얼대듯 말했다. "나를 속일 수는 있어도 신은 속일 수 없다고. 내가 집사람을 창가로 끌고 갔어." 그는 가까스로 일어서서 뒤쪽 창문으로 걸어가 얼굴을 창에 눌러댄 채 기대어 섰다. "그리고 말했어. '네가 무슨 짓을 하고 다니는지, 네가 하는 모든 짓거리를 신은 다 알고 있다'라고. '나를 속일 수는 있어도, 절대로 신은 속일 수 없어!'라고 말이야."

윌슨의 뒤에 선 미카엘리스는 흠칫 놀랐다. 닥터 T. J. 에클버그의 눈이 이쪽을 정면으로 응시하고 있었기 때문이다. 서서히 잦아드는 어둠을 뚫고 나타난 두 눈동자는 창백하면서도 거대했다.

"신은 모든 걸 보고 있다고." 윌슨이 되뇌었다.

"그건 광고 문구일 뿐인걸요." 미카엘리스가 윌슨을 달래고자 말했다. 왠지 창밖을 내다보기가 불편해진 그는 방 안으로 눈길을 돌렸다. 하지만 윌슨은 한참 동안 그렇게 서 있었다. 얼굴을 유리창에

댄 채, 그는 새벽 여명을 향해 힘껏 고개를 끄덕였다.

아침 여섯 시경이 되자 미카엘리스도 기진맥진했다. 밖에서 차 멈추는 소리가 들리자 그렇게 반가울 수가 없었다. 전날 밤의 구경 꾼 중 한 사람으로서, 다시 오겠다던 약속을 지킨 것이다. 미카엘리 스는 세 사람이 먹을 아침 식사를 준비했지만, 밥을 먹은 건 방금 온 그 남자와 자기뿐이었다. 윌슨이 이제 훨씬 조용해진 터라 미카엘리 스는 집으로 돌아가 잠을 청했다. 잠을 깨보니 어느새 네 시간이나 지난 뒤였다. 그는 허겁지겁 정비소로 달려갔지만 윌슨은 그곳에 없 었다.

나중에 밝혀진 윌슨의 행적은 이랬다. 우선, 그는 걸어서 루스벨 트 항으로 갔다. 사실 그는 그날 내내 걸어서 다녔다. 그런 후에 개 즈힐로 가서 샌드위치와 커피 한 잔을 샀다. 샌드위치는 먹지도 않 았다. 정오가 지나서야 개즈힐에 도착한 걸 보면, 극심한 피로로 아 주 느리게 걸은 모양이었다. 그게 몇 시쯤이었는지 확인하는 것은 어렵지 않았다. '제정신이 아닌 것 같은' 남자를 보았다는 아이들이 몇몇 있었고, 그 남자가 도로 옆에 서서 자신들을 뚫어지게 살펴보 았다고 증언한 운전자들도 여럿 있었다. 그러나 그 후 세 시간 동안 그의 행적은 묘연했다. 그가 "알아낼 방법이 있다"라고 말했다는 것 을 미카엘리스에게서 전해 들은 경찰은 윌슨이 개즈힐 근처의 정비소를 하나하나 돌아다니며 노란 차에 대해 물어보고 다녔을 것으로 추정했다. 하지만 그를 보았다는 정비소는 하나도 없었다. 그에겐 자신이 알고자 하던 것을 더 확실하게 알아낼 다른 방법이 있었던 게 분명했다. 두 시 반쯤 그가 웨스트에그에 나타났다. 근처를 지나는 사람에게 개츠비의 집이 어딘지를 물었다. 어느 틈에 그는 개츠비의 이름까지 알고 있었다.

$$\text{Y}$$

　오후 두 시에 개츠비는 수영복으로 갈아입었다. 풀장에 있을 테니 전화가 오면 알려달라고 집사에게 당부한 뒤, 차고에 들러 공기 매트리스를 꺼냈다. 여름 내내 파티에 온 손님들을 흥겹게 만들어준 매트리스였다. 운전기사가 매트리스에 공기 넣는 것을 도와주었다. 개츠비는 무슨 일이 있어도 저 오픈카만은 절대로 밖으로 내오지 말도록 기사에게 지시했다. 기사는 의아했다. 차의 오른쪽 앞면이 심하게 찌그러져 수리가 필요했기 때문이다.

　개츠비는 매트리스를 어깨에 지고 풀장으로 향했다. 그러다가 잠깐 걸음을 멈추고는 매트리스를 살짝 고쳐 들었다. 운전기사가 도움이 필요하냐고 묻자 고개를 가로저었다. 잠시 후, 노랗게 색이 바래기 시작한 나뭇잎들 속으로 그가 사라졌다.

　전화는 오지 않았다. 하지만 집사는 졸지도 않고 네 시까지 전화를 기다렸다. 설령 전화가 왔다 해도, 그 메시지를 전달받을 사람이 이미 세상을 떠난 지 한참이 지난 시간이었다. 내 생각엔, 개츠비 자신도 전화가 올 것이라곤 생각하지 않았을 것이다. 전화가 오든 오지 않든, 그는 더 이상 개의치 않았을 것이다. 내 생각이 맞는다면, 아마도 그는 자신이 간직해온 과거의 따뜻한 세계는 이제 완전히 사라져버렸다고 느꼈을 것이다. 단 하나의 꿈을 붙들고 너무나 오랜 세월을 보냈다고, 그 때문에 너무나 큰 대가를 치러왔다고 느꼈을 것이다. 섬뜩한 나뭇잎들 사이로 낯설기만 한 하늘을 올려다보며 온몸이 전율했을 것이다. 장미 한 송이가 얼마나 괴기스러울 수 있는지, 드문드문 자란 풀 위로 내리쬐는 햇볕이 얼마나 잔인할 수 있는지 깨달았을 것이다. 하나의 새로운 세상이, 진실 없이 물질적이기만 한 세상이, 허기진 유령들이 공기를 들이켜듯 꿈을 들이켜 삼키는 세상이 그의 주변을 배회하고 있었다. 어지러운 나무들 틈을 헤집고 그에게 미끄러지듯 다가온 그 잿빛의 기괴한 형상처럼…….

울프심의 부하였던 운전기사는 몇 발의 총소리를 들었다. 하지만 나중에 그는 그 소리를 별것 아닌 것으로 생각했다고 말했다. 나는 기차에서 내려 곧장 개츠비의 집으로 차를 몰았다. 내가 현관 앞 계단을 서둘러 뛰어 올라오는 걸 보자 그들은 놀란 얼굴을 했다. 그제야 뭔가 심상치 않은 일이 발생했다고 느꼈던 것 같다. 거의 말 한마디 나누지도 않은 채, 우리 네 명, 즉 운전기사, 집사, 정원사, 그리고 나는 허겁지겁 풀장으로 달려갔다.

풀장의 물은 아주 잔잔했다. 한쪽 끝에서는 새 물이 조용히 흘러나오고, 다른 쪽 끝에서는 헌 물이 배수구로 조용히 흘러내려 갈 뿐이었다. 이는 듯 마는 듯한 물결 위로, 개츠비의 몸을 실은 매트리스가 이리저리 조금씩 움직이며 배수구 쪽으로 밀려가고 있었다. 옅은 바람이 한 자락씩 불어올 때마다 물에 주름이 잡혔고, 주름은 매트리스의 행로를 가볍게 방해했다. 한 움큼의 나뭇잎이 풀장으로 떨어졌다. 나뭇잎에 닿은 매트리스가 천천히 회전하자, 물 위에 가늘고 붉은 원 하나가 그려지며 매트리스를 에워쌌다.

우리가 개츠비를 집 안으로 옮기고 난 후, 정원사가 잔디밭 가장자리에서 윌슨의 시체를 발견했다. 홀로코스트는 그렇게 끝이 났다.

제9장

　두 해가 지난 지금, 나는 그날 오후와 그날 밤, 그리고 그다음 날에 벌어진 일을 자세히 기억한다. 경찰들과 사진사들과 신문기자들이 쉴 새 없이 개츠비의 현관을 드나들었다. 정문에는 로프가 둘러쳐졌고, 그 곁을 경찰관 한 명이 지키고 있다. 하지만 호기심에 찬 동네 아이들은 내 집 뜰을 통해 저택으로 들어가는 길을 용케 찾아냈고, 그들은 풀장 옆에 옹기종기 모여 입을 다물지 못한 채 서 있곤 했다. 그날 오후에 수사관인 듯한 어느 깍듯한 남자가 몸을 굽혀 윌슨의 시체를 들여다보며 '미치광이'라는 표현을 썼다. 겉보기와 달리 권위가 짙게 묻어난 그의 목소리 덕에 다음 날 조간신문의 보도 방향이 결정됐다.

그 사건을 다룬 대부분의 뉴스 기사들은 악몽이나 다름없었다. 핵심을 빼놓은 채 정황만을 다룬, 괴상하기 짝이 없는 기사들만 난무했다. 의욕만 앞섰을 뿐, 진실과는 거리가 멀었다. 미카엘리스의 증언을 통해 윌슨이 자기 아내를 의심한 사실이 세간에 알려진 순간, 나는 이 사건이 곧 선정적인 웃음거리로 회자되리라 생각했다. 하지만 할 말이 적지 않았을 캐서린은 끝내 아무 말도 하지 않았다. 이 사건과 관련해서 그녀가 뱉어낸 말은 그저 어처구니가 없을 뿐이었다. 어색하게 다듬어진 특유의 눈썹 아래로 번득이는 그녀의 눈이 검시관을 쏘아보았다. 그녀는, 맹세컨대 자기의 언니가 개츠비를 만난 적이 없으며, 남편과 더없이 행복한 결혼 생활을 했고, 어떤 부정한 짓도 한 적이 없다고 말했다. 남들에게뿐 아니라 자기 스스로에게도 그렇게 다짐하는 것 같았다. 그녀는 손수건에 얼굴을 묻고 울부짖었다. 언니의 행실을 의심하는 듯한 질문 자체를 참을 수 없다는 태도였다. 그렇게 해서 윌슨은 단지 '아내를 잃은 슬픔으로 정신이 나가버린' 남자로 규정되었다. 그래야 사건도 간단히 처리될 수 있을 것이었다. 일은 그렇게 마무리되었다.

그러나 이 모든 일들이 내게는 그저 아득히 멀고 비본질적인 것으로 보였다. 나는 개츠비의 편에 섰다. 나만 그랬다. 내가 웨스트에 그 빌리지에서 벌어진 그 비극적인 사건을 전화로 신고한 그 순간부터, 개츠비에 대한 모든 추측, 사실관계에 대한 모든 질문은 내게 쏟아졌다. 처음에는 충격적이고 혼란스럽기만 했다. 그러다가 집 안으로 옮겨 뉘어진 개츠비가 시간이 지나도 움직이거나 숨을 쉬거나 말하지도 않는 것을 보며, 결국 이 사태를 수습할 사람은 나밖에 없으리라는 생각이 들기 시작했다. 아무도 관심을 보이지 않았기 때문이다. 그에게 최소한 마지막으로나마 관심을 보일 법한 사람들조차 그러지 않았다.

개츠비를 발견한 지 삼십 분쯤 지난 후, 나는 데이지에게 전화했다. 아무 주저도 없이 본능적으로 그렇게 했다. 하지만 그녀와 톰은 그날 낮에 집을 떠났다고 했다. 가방도 여러 개 챙겨 갔다고 했다.

"어디로 가는지 주소라도 남겼나요?"

"아뇨."

"언제 돌아온다는 말은 하던가요?"

"아뇨."

"어디로 간 것 같습니까? 그들과 연락하려면 어떻게 해야 하죠?"

"저는 모릅니다. 말씀드릴 수가 없군요."

개츠비를 위해 누구라도 부르고 싶었다. 그가 누워 있는 방에 가서 그에게 이렇게 말하고 싶었다. "당신을 위해 달려와 줄 사람을 꼭 찾아드리겠습니다, 개츠비. 걱정 마십시오. 나를 믿으십시오, 빈드시 그렇게 해드리겠습니다⋯⋯."

전화번호부에 마이어 울프심의 이름이 없었다. 집사가 브로드웨이에 있는 울프심의 사무실 주소를 적어주었다. 전화번호 안내소에 문의하여 번호를 알아내어 전화했지만, 이미 다섯 시가 한참 지나서였는지 아무도 전화를 받지 않았다.

"다시 한 번 걸어주시겠습니까?"

"벌써 세 번이나 했습니다."

"아주 중요한 일입니다."

"죄송합니다만, 아무도 없는 것 같군요."

나는 다시 거실로 돌아왔다. 갑자기 그곳에 경찰 직원들이 가득 들어찼다. 순간적으로 나는 그들이 뜨내기 방문객인 줄로 착각했다. 그들은 시트를 걷어내더니 호기심 가득한 눈으로 개츠비를 들여다보았다. 개츠비가 내게 이렇게 호소하는 듯했다.

"자, 친구. 나를 위로해줄 사람을 데려다주십시오. 좀 더 열심히 찾아보세요. 혼자서는 이 일을 감당하기가 어렵군요."

누군가가 내게 질문을 퍼붓기 시작했다. 하지만 나는 그곳을 도망치듯 벗어나 위층으로 올라가 잠겨 있지 않은 그의 책상을 허겁지겁 뒤졌다. 그가 자신의 부모님이 세상을 떴다고 딱 잘라 얘기한 적이 없다는 기억이 떠올라서였다. 그러나 아무것도 찾지 못했다. 눈에 띄는 것이라곤 벽에 걸린 채 나를 내려다보는, 이제는 까마득히 기억에서 사라진 폭력의 상징, 댄 코디의 사진뿐이었다.

다음 날 아침, 나는 편지 한 장을 적고는 집사를 시켜 그것을 울프심에게 갖다 주도록 했다. 개츠비에 대한 좀 더 자세한 정보를 알려달라는, 그리고 당장 기차를 잡아타고 개츠비의 집으로 와달라는 내용의 편지였다. 편지를 쓰면서도, 나는 어쩌면 그게 불필요한 일일 수 있다는 생각을 했다. 신문을 보자마자 그가 달려올 것이라 확신했다. 오전 중으로 데이지가 전화를 할 것이라는 것도 믿어 의심치 않았다. 하지만 울프심은 오지 않았고, 데이지도 전화를 하지 않았다. 전날보다 더 많은 경찰과 사진사와 신문기자만 밀려들 뿐이었다. 집사가 울프심의 답장을 들고 돌아왔을 때, 마침내 내 안에 투쟁의지가 솟구치기 시작했다. 저 모든 사람들을 대적해 싸우고자 하는, 개츠비와의 지극히 냉소적인 연대 의식이 움터 올랐다.

친애하는 캐러웨이 씨. 이번 사건은 내가 살아오면서 겪은 가장 심한 충격 중 하나라 할 수 있소. 이런 일이 발생했다는 것 자체가 믿기 힘들 정도라오. 그 사내의 그런 미친 짓이 우리 모두로 하여금 깊이 생각하게 만드는 것 같소. 나는 지금 그곳으로 내려갈 수가 없소. 이런 일 때문에 그르쳐선 안 되는, 사업상 중요한 업무 때문이라오. 나중에라도 내가 할 수 있는 일이 있다면 에드거를 통해 편지로 알려주시오. 이 사건에 대해 듣고 나니, 내가 어디에 있는지조차 모를 정도로 심신이 지쳐오와다.

그럼 안녕히. 마이어 울프심.

그 밑에는 급히 쓴 듯한 추신이 적혀 있었다.

장례식 등에 관해 내게 알려주시오. 그의 가족에 대해서는 전혀 아는 바 없소이다.

그날 오후, 전화벨이 울렸다. 시카고에서 온 장거리 전화라는 교환원의 말을 듣자 나는 마침내 데이지가 전화한 것이려니 생각했다. 하지만 전화에서 들린 건 아주 작고 가느다란 남자 목소리였다.

"슬레이글입니다."

"네?" 처음 듣는 이름이었다.

"기가 막힌 일 아닙니까? 제 전보는 받았습니까?"

"아무 전보도 오지 않았는데요."

"파크에게 문제가 생겼습니다." 그가 서둘러 말했다. "그가 카운터에서 증권을 넘기려 할 때 놈들이 그를 덮쳐 잡아갔습니다. 그를 잡기 오 분 전에 뉴욕에서 온 메모를 확보했던 모양이더군요. 숫자가 적힌 메모 말입니다. 이 일에 대해 좀 아는 거라도 있습니까? 이놈의 촌구석에선 뭐가 뭔지 도통 알 수가 있어야……."

"이보십시오!" 내가 숨 가쁘게 그의 말을 끊었다. "저는 개츠비가 아닙니다. 개츠비 씨는 죽었습니다."

전화 반대편에서 꽤 오래 침묵이 흘렀다. 이어서 짧은 탄식 소리가 들리는가 싶더니, 딸각 하고 전화가 끊겼다.

미네소타에 있는 한 도시에서 '헨리 C. 개츠'라는 이름으로 서명이 된 전보 한 통이 온 것은 아마도 사흘째 되던 날이었을 것이다. 즉시 이쪽으로 출발할 예정이니, 자기가 도착할 때까지 장례식을 미뤄달라는 내용이 전부였다.

그 사람은 개츠비의 아버지였다. 근엄해 보이지만 한없이 추레하고 낙담한 노인이었다. 따뜻한 9월 날씨인데도 긴 싸구려 외투로 몸을 잔뜩 감싸고 나타난 그는 끝없이 눈물을 흘렸다. 내가 그의 손에서 가방과 우산을 넘겨받은 순간부터, 그는 드문드문 자라난 허연 턱수염을 쉴 새 없이 잡아당기기 시작했다. 그의 외투를 벗기는 것조차 힘들 정도였다. 나는 쓰러지기 직전인 개츠비의 아버지를 음악실로 모셔 앉힌 후, 집사에게 먹을 것 좀 가져오라고 일렀다. 하지만 그는 아무것도 먹으려 하지 않았다. 손이 떨리는 바람에 컵에 든 우유가 흘러내렸다.

“시카고 신문에서 기사를 읽었소이다.” 그가 말했다. “시카고 신문이 온통 그 얘기뿐이더라고. 읽자마자 곧장 이곳으로 출발한 거요.”

“연락드릴 방법을 몰랐습니다.”

그의 눈은 끊임없이 방 안을 훑었지만, 아무것도 보는 것 같지 않았다.

“어느 미치광이의 짓이라던데.” 그가 말했다. “정신이 이만저만 나간 게 아니었겠지.”

“커피 좀 드시겠습니까?” 내가 그에게 권했다.

“아무것도 입에 대고 싶지 않소. 난 이제 괜찮소. 이름이…….”

“캐러웨이입니다.”

“자, 이제 난 괜찮소. 지미는 어디에 있는 거요?”

아들이 누워 있는 거실로 그를 안내한 후, 그를 남겨둔 채 방을 나왔다. 사내아이들 몇 명이 계단을 올라와 홀 안을 들여다보고 있었다. 죽은 이의 아버지가 오셨다고 말하자 아이들은 주춤거리더니 돌아갔다.

잠시 후, 개츠 씨가 거실 문을 열고 나왔다. 입이 조금 벌어져 있었고, 얼굴은 약간 붉게 상기되어 있었다. 눈물은 이따금씩만 흘렸다. 더 이상 죽음을 무시무시한 공포로 여기지 않을 만큼 나이를 먹은 사람이었다. 이제야 조금 정신을 차리고 아들이 살던 집을 둘러볼 수 있었다. 으리으리한 홀과 높은 천장이 눈에 들어왔다. 홀의 양 끝 입구를 지나 늘어선 멋진 방들도 볼 수 있었다. 그의 슬픔은 어느덧 경이에 찬 자부심과 뒤섞이기 시작했다. 나는 위층의 침실로 그를 부축해 갔다. 그가 외투와 조끼를 벗는 동안, 나는 그가 오기를 기다리느라 장례식 준비가 중단된 상황임을 말해주었다.

"어르신의 뜻이 어떨지 몰라서 그랬습니다, 개츠비 씨."

"내 이름은 개츠요."

"……개츠 씨. 시신을 서부로 옮기고 싶어 하실지도 모른다고 생각했습니다."

그가 머리를 가로저었다.

"지미는 늘 동부를 더 좋아했소. 그 아이가 이렇게 자리를 잡은 것도 동부였고. 자네는 그 아이의 친구였나……?"

"막역한 친구였습니다."

"지미는 앞날이 정말 창창했다오. 아직 새파란 청년이었지만, 여기 이 머리가 보통이 아니었지."

그가 자랑스럽게 손으로 자신의 머리를 가리켰다. 나는 고개를 끄덕였다.

"죽지 않았다면 그 애는 아주 위대한 사람이 됐을 것이오. 제임스 J. 힐* 같은 사람 말이오. 나라를 일으켜 세우는 데 큰 몫을 했을 거라고."

"맞는 말씀입니다." 내가 말했다. 마음이 그리 편하진 않았다.

그는 곱게 수놓인 이불을 더듬으며 그것을 침대에서 벗겨내려 애쓰는 듯하더니 도로 쓰러졌다. 그러곤 곧 깊은 잠에 빠졌다.

그날 밤, 어떤 남자가 잔뜩 겁에 질린 목소리로 전화를 했다. 자기가 누군지 밝히기도 전에 대뜸 내가 누구냐고 물었다.

"저는 캐러웨이라고 합니다." 내가 말했다.

"아!" 그는 마음이 놓인 듯했다. "클립스프링거입니다."

나도 마음이 놓였다. 개츠비의 무덤에 동행할 또 한 사람을 확보했다는 생각에서였다. 장례식 일정을 신문에 공지하면 구경꾼들이 몰려들 것 같아서, 몇몇 가까운 사람들에게만 내가 직접 연락하려 했었다. 하지만 가까운 사람들을 찾기가 영 쉽지 않았다.

"장례식은 내일입니다." 내가 말했다. "세 시에 이곳 저택에서 치러질 겁니다. 혹시 관심 있는 지인이 있다면 말씀드려주십시오."

"아, 알겠습니다." 그가 서둘러 말했다. "누굴 만나게 될 것 같진 않지만, 혹시라도 만나면 말하겠습니다."

그의 말투가 의심스러웠다.

"물론, 당신도 오시리라 믿습니다만."

"글쎄요, 노력은 해보겠습니다. 제가 전화한 이유는……"

---

* James J. Hill. 미국 북서부 지역 열차 노선을 운영한 철도업자로서 '제국의 건설자' 라는 별명을 가졌다.(옮긴이)

"잠깐만요." 내가 말을 끊었다. "오겠다고 확답해주시지 않겠습니까?"

"그게 말입니다……. 사실은, 제가 지금 여기 그리니치에서 어떤 사람들과 함께 있는데 말입니다. 그 친구들은 내일 제가 자기들과 함께 있어주었으면 하거든요. 뭐랄까, 피크닉 같은 게 있어서 말이죠. 상황을 봐서 최대한 빠져나올 수 있도록 애는 써보겠습니다."

나도 모르게 "허!" 하는 소리가 터져 나왔다. 그 소리를 들었는지 그의 목소리가 허둥대기 시작했다.

"제가 전화한 건, 그곳에 두고 온 제 신발 때문입니다. 혹시 집사를 시켜서 그것 좀 제게 가져다주도록 하실 수 있을까요? 테니스 신발인데, 그게 없으면 제가 좀 난처하거든요. 제 주소는 B. F……."

주소를 다 듣기도 전에 나는 수화기를 내려놓았다.

그러고 나자 개츠비에 대한 측은함이 밀려들었다. 내가 전화한 어떤 점잖은 신사는 개츠비가 그렇게 죽어도 싸다는 식으로 말하기까지 했다. 하지만 그건 내 잘못이었다. 그 남자는 개츠비의 술을 마시고는 술김에 용기를 내어 개츠비를 가장 신랄하게 빈정대던 사람이었기 때문이다. 그에게 전화하기 전에 그에 대해 좀 더 알아보았어야 했다.

장례식 날 아침, 나는 마이어 울프심을 만나기 위해 뉴욕으로 갔다. 직접 가지 않고서는 도저히 그와 연락할 수 있을 것 같지 않았다. 나는 엘리베이터 보이가 말해준 대로 사무실 문을 밀어 열었다. '스와스티카 지주 회사'라고 쓰여 있는 문이었다. 사무실 안에는 아무도

없어 보였다. 내가 "여보세요"라고 몇 번을 소리치자 칸막이 뒤에서
말다툼 소리가 들리더니 예쁘장하게 생긴 유대인 여자 하나가 안쪽
문에서 나왔다. 그녀의 검고 싸늘한 눈이 나를 빤히 쳐다보았다.

"아무도 없습니다." 그녀가 말했다. "미스터 울프심은 시카고에
가셨어요."

그녀가 한 말 중 적어도 첫 부분은 사실이 아니었다. 안쪽에 있는
누군가가 휘파람으로 〈로사리〉*를 부르기 시작했기 때문이다. 음정
이 엉망이었다.

"캐러웨이가 만나 뵙고자 한다고 전해주십시오."

"시카고에 계신 분을 어떻게 데려오란 말이죠?"

그때 문 안쪽에서 "스텔라!"라고 외치는 소리가 들렸다. 누가 들
어도 울프심의 목소리였다.

"책상 위에 이름을 남겨놓으시죠." 그녀가 빠르게 말했다. "돌아
오시는 대로 전해드리겠어요."

"그가 저 안에 있다는 걸 알고 있습니다."

그녀는 내게 한 걸음 다가오더니 성난 표정으로 양손을 엉덩이에
대고 위아래로 문지르기 시작했다.

"이봐요, 젊은 양반. 댁이 원하면 아무 때나 여기에 쳐들어올 수
있다고 생각하는 모양인데." 그녀가 코웃음 치며 말했다. "이젠 진
절머리가 나는군요. 그가 시카고에 있다고 말하면, 그는 시카고에

---

* The Rosary. 1920년대에 유행하던 가톨릭 성가. 울프심이 유대인이라는 사실과
　일종의 '형용모순'을 이룬다.(옮긴이)

있는 거예요."

내가 개츠비의 이름을 언급했다.

"아아……!" 그녀가 다시 한 번 내 얼굴을 살펴보았다. "잠깐만요……. 댁의 이름이 뭐라고 했죠?"

그녀가 안으로 사라졌다. 잠시 후, 마이어 울프심이 자못 엄숙한 얼굴로 나오더니 두 팔을 내밀어 나를 자신의 사무실 안으로 끌다시피 데리고 들어갔다. 우리 모두에게 너무도 비탄스러운 시간이라고 정중하게 말하며 내게 시가를 권했다.

"내가 그를 처음 만난 때를 기억한다네." 그가 말했다. "갓 제대한 젊은 소령이었는데, 전쟁에서 받은 메달이 한두 개가 아니더군. 경제적으로 어찌나 쪼들렸는지 평상복 살 돈이 없어서 계속 군복을 입고 다닐 정도였지. 43번가에 있는 와인브레너의 당구장에서 그를 처음 보았는데, 내게 일자리를 부탁하더라고. 이삼 일을 밥 한 끼 먹지 못한 것 같았지. '자, 이리 와서 나와 점심이나 하세'라고 내가 말한 지 삼십 분도 안 돼서 무려 사 달러어치도 넘는 음식을 먹어치우더군."

"그가 사업을 하도록 도와주신 겁니까?" 내가 물었다.

"도왔다고? 내가 그를 만들어냈다고 해도 과언이 아니네."

"아……."

"아무것도 아닌 그를 도랑에서 건져 올려 키워낸 셈이지. 준수한 외모를 가진 신사다운 젊은이라는 것을 단박에 알아봤지. 오그스퍼드에 다녔다고 하는 순간, 그를 잘 써먹을 수 있다는 걸 직감했어. 그를 미국재향군인회에 가입하도록 했는데, 거기에서 꽤 높은 지위까지 올라간 모양이더군. 그러고는 곧 올버니에 있는 내 고객의 일을 맡아 해냈지. 우리 두 사람은 이만저만 두터운 관계가 아니었네. 모든 일을 늘 함께했지." 그가 울퉁불퉁한 손가락 두 개를 치켜들었다.

나는 두 사람이 1919년 월드 시리즈 조작 사건에도 함께 관여했는지 궁금했다.

"이제 그는 죽었습니다." 잠시 후 내가 말했다. "당신은 그와 가장 가까운 친구였으니, 오늘 오후 그의 장례식에 참석하고 싶으실 거라 믿습니다."

"물론 참석하고야 싶네만."

"그럼 참석하십시오."

그의 코털이 가볍게 떨렸다. 어느새 눈물을 머금은 채 그가 머리를 가로저었다.

"그럴 수 없네……. 그 일에 휘말리고 싶진 않아." 그가 말했다.

"휘말리고 뭐고 할 일은 없습니다. 다 끝난 일입니다."

"이렇게 누군가가 살해당한 경우엔 난 절대로 그 근처에도 가고 싶지 않다네. 그냥, 거리를 둘 뿐이야. 젊을 땐 물론 얘기가 달랐지. 그때는 친구가 죽으면 무슨 일이 있어도 끝까지 그의 곁을 지켰다네. 감상적으로 들릴지 모르겠지만 진짜 그랬어. 끝이 아무리 험했더라도 말이야."

이유가 어쨌건, 그가 결코 장례식에 올 의향이 없음을 깨달은 나는 자리에서 일어났다.

"자네, 대학을 나왔나?" 그가 갑자기 물었다.

한순간 나는 그가 내게 '여언줄'을 대주려는 건 아닌가 생각했다. 하지만 그는 고개를 끄덕이며 내게 악수를 청할 뿐이었다.

"친구가 죽고 나서가 아니라 살아 있을 때 우정을 보여주는 법을 배우도록 하세나." 그가 말했다. "죽은 후에는 모든 걸 그대로 내버려두자는 게 내 철칙이라네."

그의 사무실을 나오자 하늘이 거뭇거뭇해져 있었다. 나는 부슬비를 맞으며 웨스트에그로 돌아왔다. 옷을 갈아입은 뒤 옆집으로 가니 잔뜩 흥분한 개츠 씨가 홀 아래위를 서성이고 있었다. 아들에 대한, 그리고 아들이 소유한 것에 대한 그의 자부심은 계속해서 커져만 갔다. 그는 내게 뭔가를 보여주고 싶어 했다.

"지미가 내게 이 사진을 보냈다오." 손가락을 떨며 그가 지갑에서 사진을 꺼냈다. "여기 좀 보게."

개츠비 저택의 사진이었다. 가장자리가 여기저기 갈라지고, 여러 사람의 손을 거친 듯 더럽혀진 사진이었다. 개츠 씨는 사진 속 이곳저곳을 세세하게 가리켰다. "여기도!" 그는 내게서도 감탄의 표정을 읽어내려 애썼다. 그동안 그는 그 사진을 꽤나 여러 사람에게 보여준 모양이었다. 실제 저택 자체보다 그 사진 속 저택이 그에게는 더욱 실감 나 보이는 듯했다.

"지미가 이걸 내게 보냈다네. 아름다운 사진 아닌가. 집이 정말 근사하게 나왔지."

"아주 근사합니다. 최근에 아드님을 만나보신 적이 있습니까?"

"이 년 전에 나를 보러 왔었네. 지금 내가 사는 집도 그때 그 애가 사준 거고. 물론 그 애가 가출했을 때 우리 관계도 끊어졌네만, 이제야 그 이유를 알 것 같네. 거대한 미래를 품었던 게야. 성공하고 나서부턴 늘 내게 잘 해주었다네."

개츠 씨는 사진을 집어넣고 싶지 않은 듯 얼마 동안 그것을 내 눈앞에서 계속 들고 있었다. 그는 사진을 지갑에 다시 집어넣은 후, 호주머니에서 《호펄롱 캐시디》*라는 제목의 낡고 오래된 책 한 권을 꺼냈다.

"여기 좀 보시오. 그 애가 소년 시절에 끼고 다니던 책이라오. 그 애가 어떤 애였는지를 한눈에 볼 수 있지."

그는 뒤표지를 펼치고는 내가 볼 수 있도록 책을 돌렸다. 마지막 자면에는 '하루 일과'라는 단어와 '1906년 9월 12일'이라는 날짜가 적혀 있었다. 그리고 그 아래에는 다음과 같이 쓰여 있었다.

기상	6:00 A. M.
아령 운동 및 벽 오르기	6:15~6:30
전기학 및 기타 공부	7:15~8:15
일하기	8:30~4:30 P. M.
야구와 스포츠	4:30~5:00
웅변 및 자세 연습	5:00~6:00

---

* *Hopalong Cassidy*. 1904년 클래런스 멀포드Clarence E. Mulford가 쓴 카우보이 소설.(옮긴이)

필요한 발명품 연구   7:00~9:00

나의 결심

샤프터 집안 아이들이나 (또 다른 이름이 있었지만 알아볼 수 없
었다) 아이들과 어울리며 시간을 낭비하지 말 것

담배를 피우거나 씹지 말 것

이틀에 한 번씩 목욕할 것

일주일에 한 권씩 유익한 책이나 잡지를 읽을 것

일주일에 5달러(그 위에 줄이 쫙 그어졌다) 3달러씩 저축할 것

부모님께 더 잘할 것

"우연히 이 책을 발견했소." 개츠 씨가 말했다. "그 애가 어떤 애
였는지 단박에 알 수 있지 않소?"

"정말 그렇군요."

"지미는 앞으로 쭉 뻗어 나갈 운명이었소. 늘 이런저런 결심을 하
곤 했지. 자신을 단련시키기 위해 그 애가 얼마나 노력했는지 보이
지 않소? 정말 대단했다오. 한번은 나더러 돼지같이 먹지 좀 말라고
하더라고. 나한테 흠씬 두들겨 맞았지."

그는 책을 덮을 생각을 안 했다. 한 줄 한 줄 큰 소리로 읽으며 그
때마다 나를 힘주어 바라보았다. 나도 그 목록들을 받아 적어 실천
하기를 바라는 듯한 표정이었다.

세 시 조금 전에 플러싱에서 루터교회 목사가 도착했다. 나는 나

도 모르게 창밖을 내다보며 혹시 다른 차들은 오지 않는지 살폈다. 개츠비의 아버지도 마찬가지였다. 시간이 되어 개츠비의 하인들이 홀에 들어와 자리를 잡고 서자, 그의 눈이 초조하게 깜박였다. 비가 와서 걱정이라며 자신 없이 말했다. 목사가 자신의 손목시계를 몇 번이나 들여다보기에, 내가 그를 옆으로 불어내어 삼십 분 정도만 더 기다려달라고 부탁했다. 하지만 소용없었다. 아무도 오지 않았다.

다섯 시쯤 자동차 석 대로 이루어진 우리의 장례 행렬은 굵은 빗방울을 맞으며 묘지 정문 옆에 멈춰 섰다. 제일 앞차는 무서우리만치 시커멓고 축축이 젖은 영구차였고, 그 뒤의 리무진에는 개츠 씨와 목사와 내가 탔다. 조금 떨어져서, 네댓 명의 하인들과 웨스트에 그의 우편집배원이 개츠비의 스테이션왜건을 타고 우리를 따랐다. 우리 모두 뼛속까지 젖어 있었다. 정문을 지나 묘소로 들어가려는 순간, 자동차 한 대가 멈추더니 누군가가 질척한 땅을 철퍽거리며 우리를 따라오는 소리가 들렸다. 내가 뒤를 돌아보았다. 석 달 전 어느 날 밤 개츠비의 서재에서 눈을 휘둥그레 뜨고 서가를 둘러보던, 올빼미 안경을 쓴 그 남자였다.

나는 그때 이후로 그를 본 적이 없었다. 장례식이 그날 치러진다는 걸 그가 어떻게 알았는지, 아니, 그의 이름조차 나는 지금도 모른다. 빗줄기가 그의 두꺼운 안경 위로 사정없이 내리쳤다. 그는 안경을 벗어 물기를 닦은 뒤, 개츠비의 묘지 주변에 둘러쳐진 천막을 벗겨내는 것을 바라보았다.

나는 잠시 개츠비에 대해 생각해보려 애썼지만, 그는 이미 너무 멀어져 버렸다. 그 순간 유일하게 내 머리에 떠오른 건, 데이지에게서 아무 메시지도, 하다못해 꽃 한 송이조차도 오지 않았다는 사실이었다. 원망스러운 마음 따위는 들지 않았다. 누군가가 "하관식 때 비가 오면 고인이 축복받았다는 뜻입니다"라고 중얼거리는 소리가 자그맣게 들렸다. 그러자 올빼미 안경을 쓴 남자가 결연한 목소리로 "아멘" 하고 말했다.

우리는 빗속에서 뿔뿔이 흩어져 재빨리 차로 달려갔다. 정문에 다다르자 올빼미 안경을 쓴 남자가 내게 말을 걸었다.

"개츠비 씨의 댁까지는 갈 수가 없었습니다." 그가 말했다.

"아무도 오지 않았습니다."

"설마요!" 그가 외쳤다. "세상에나! 날이면 날마다 수백 명씩 드나들지 않았습니까!"

그가 다시 안경을 벗어 앞뒤를 닦았다.

"더럽게 불쌍한 인간이로구만." 그가 말했다.

고등학교를 마친 후, 그리고 대학 시절에 크리스마스 때마다 서부로 돌아가곤 하던 때가 기억에 생생하다. 시카고 출신 학생들과

시카고보다 더 서쪽에 위치한 지역에 고향을 둔 학생들은 12월 어느 날 저녁 여섯 시에, 낡고 컴컴한 유니언 역에서 함께 만난다. 이미 명절 기분에 어지간히 들뜬 우리는 서로를 바쁘게 배웅한다. 모피 코트를 빼입고 고향에 돌아가는 이런저런 여학교 학생들도 많다. 우리는 얼어붙은 입김을 내뿜으며 재잘대기도 하고, 아는 얼굴을 보면 손을 번쩍 들어 흔들기도 하며, 이 집 저 집에 초대받은 일정도 서로 확인한다. "오드웨이네 집에 갈 거지?", "허시네는?", "슐츠네는?" 장갑 낀 우리의 손에는 길쭉한 초록색 기차표가 꼭 쥐여 있다. 탑승구 옆 트랙에는 '시카고-밀워키-세인트폴 철도회사'의 칙칙하고 누런 열차들이 늘어서 있다. 크리스마스 그 자체만큼이나 즐거워 보이는 열차들이다.

겨울밤 속으로 열차가 빨려 들어가고, 어느새 눈이, 진짜 눈이, 우리들의 눈이, 열차 양옆에서 직선으로 비껴 내리기 시작한다. 차창에 부딪친 눈은 반짝이를 뿌린 듯 빛난다. 위스콘신의 작은 기차역들이 밝혀놓은 희미한 전등불이 하나둘씩 우리 곁을 스쳐 지나간다. 갑자기 짜릿하고도 격정적인 전율이 허공을 지배한다. 서녁 식사를 마치고 매섭도록 추운 열차와 열차 사이의 연결 통로를 지나 자리로 돌아오면서, 우리는 그 전율의 기운을 깊이 들이마신다. 설렘 속에서 그 후 한 시간을 더 달리는 동안, 우리는 그곳 서부에 대한 일체감을 말로 표현하기 어려울 만큼 사무치게 느낀다. 그러곤 곧 그 일체감 안으로 완전히 녹아들어 가버린다.

그것이 바로 나의 중서부다. 밀밭도 아니고, 대초원도 아니고, 이제는 사라진 스웨덴 이민자 촌락들도 아니다. 젊은 시절, 기차를 타고 흥분에 들떠 돌아가던 곳. 얼어붙듯 차가운 어둠 속에서 가로등이 빛나고, 썰매가 방울을 울리며 달리는 곳. 크리스마스 화환들이 창에서 새어나오는 불빛을 받아 눈 위로 길게 그림자를 드리우는 곳. 그것이 나의 중서부다. 나는 그곳의 일부다. 그곳의 길고 긴 겨울은 나를 자못 엄숙하게 만든다. 수십 년의 세월이 지나도 여전히 그곳에 사는 가족의 이름으로 집들이 불리는 그런 마을에서, 캐러웨이라는 이름의 집에서 자라날 수 있었다는 것에 기분이 뿌듯하다. 이제야 나는 알게 되었다. 사실, 이 이야기는 서부에 관한 이야기라는 것을. 톰과 개츠비, 데이지와 조던, 그리고 나. 우리는 모두 서부 사람들이었다. 우리에겐 어떤 공통된 결함이 있었던 것 같다. 우리로 하여금 동부의 삶에 온전히 적응할 수 없게 만든, 그런 결함 말이다.

내가 동부에 푹 빠져 있을 때조차, 오하이오 너머 서쪽으로 광활하게 펼쳐진 지루하고도 울퉁불퉁 불거진 마을들, 아이와 노인을 제외하고 집요할 정도로 타인의 사생활을 캐묻는 그 마을들에 비해 동부가 얼마나 멋지고 우월한지를 뼛속 깊이 인지하고 있을 때조차, 동부는 늘 어딘가 일그러진 모습으로 내게 다가왔다. 특히 요즘도 나의 가장 어지러운 꿈에는 늘 웨스트에그가 등장한다. 그곳은 내게 엘 그레코*의 그림 속에 묘사된 밤의 모습과도 같다. 음침한 하늘과 희뿌연 달빛 아래로 낡고 그로테스크한 수백 채의 집들이 움츠리고

---

* El Greco. 16세기 스페인 르네상스 시기의 화가이자 조각가, 건축가.(옮긴이)

있는, 그런 밤의 모습이다. 그 속에서 야회복을 입은 네 명의 남자가 엄숙한 얼굴로 들것을 나르며 보도를 걸어간다. 들것 위에는 하얀 이브닝드레스를 입은 술 취한 여자가 누워 있다. 들것 옆으로 축 늘어진 그녀의 손에서 보석들이 차갑게 반짝인다. 남자들이 장중하게 어떤 집으로 들어간다. 잘못 찾은 집이다. 하지만 아무도 여자의 이름을 모른다. 아무도 알려고 하지 않는다.

개츠비의 죽음 이후, 동부는 내게 그런 모습으로만 비쳤다. 눈을 고쳐 뜨고 다시 보려 해도, 이미 돌이킬 수 없을 만큼 뒤틀려버렸다. 해서, 메마른 나뭇잎이 불에 타 푸른 연기를 내뿜을 무렵, 바람이 불어와 빨랫줄 위의 옷가지들을 뻣뻣이 흔들어댈 무렵, 나는 고향에 돌아가기로 결심했다.

떠나기 전에 해야 할 일이 하나 있었다. 그냥 내버려두는 것이 더 나을지도 모를, 어색하고도 내키지 않는 일이었다. 하지만 나는 제대로 일을 정리하고 싶었다. 내가 만들어낸 쓰레기들을 친절하고도 무심한 바다가 대신 치우도록 내버려두고 싶지 않았다. 조던 베이커를 만났다. 우리에게 일어났던 일, 그리고 그 후 내게 일어난 일에 대해 그녀에게 말했다. 그녀는 커다란 의자에 기대어 앉아 미동도 하지 않은 채 내 말을 들었다.

골프복을 입고 있던 그녀는 한 장의 멋진 그림과도 같았다. 살짝 치켜든 턱은 당차 보였고, 머리색은 가을 낙엽을 떠오르게 했다. 얼굴은 여전히 갈색으로 그을렸고, 같은 색을 띤 손가락 없는 장갑을 끼고 있었다. 내가 얘기를 마치자 그녀는 내 말엔 아무 반응도 하지 않은 채, 어떤 남자와 약혼했다고 말했다. 그녀가 고개 한 번 끄덕이면 당장 결혼하자고 덤벼들 남자들이 한둘이 아닐 것이었다. 하지만 나는 그녀가 거짓말하는 것이라 생각했다. 그래도 짐짓 놀란 척을 했다. 내가 큰 실수를 하고 있는 건 아닐까 하는 마음이 잠시 스쳐가긴 했지만 재빨리 생각을 고쳐먹었다. 자리에서 일어나 작별 인사를 했다.

"어쨌든, 저를 거절한 건 당신이에요." 조던이 갑자기 말했다. "그것도 전화로 말이죠. 지금은 당신에게 아무 감정이 없지만, 저한텐 새로운 경험이었어요. 한동안 정신을 차리기가 좀 힘들었죠."

우리는 악수를 나눴다.

"아, 기억하세요?" 그녀가 덧붙였다. "운전에 대해 우리가 나눴던 대화요."

"글쎄요……. 기억이 안 나는군요."

"부주의한 운전자는 또 다른 부주의한 운전자를 만날 때까지만 안전하다고 말씀하셨죠? 제가 바로 또 다른 부주의한 운전자를 만난 거예요. 안 그래요? 그토록 심한 판단 착오를 한 제가 정말 어리석었어요. 저는 당신이 꽤 정직하고 올곧은 사람인 줄 알았어요. 그걸 자신만의 비밀스런 자부심으로 간직한 사람이라고 생각했죠."

"제 나이 이제 서른 살입니다." 내가 말했다. "스스로에게 거짓말을 하고, 그것을 자랑스럽게 생각할 나이에서 다섯 살이나 더 먹었습니다."

그녀는 아무 대답도 하지 않았다. 나는 화가 났다. 그녀에 대한 미런과 말로 다 할 수 없는 미안한 마음도 솟구쳤다. 나는 돌아서서 자리를 떴다.

10월 어느 날 늦은 오후, 나는 톰 뷰캐넌을 보았다. 그는 5번가를 따라 내 앞쪽에서 걸어가고 있었다. 여전히 긴장을 놓지 않은, 공격적인 자세였다. 누가 길을 막기라도 하면 당장 주먹다짐이라도 할 것처럼 양손이 몸에서 조금 떨어져 있었다. 머리는 날카롭게 이곳저곳을 향했고, 두 눈도 그에 맞춰 쉴 새 없이 움직였다. 그를 앞서지 않으려 내가 걸음을 늦춘 순간, 그도 걸음을 멈추고 미간을 찌푸리며 보석상 쇼윈도를 들여다보았다. 갑자기 그는 나를 발견하고는 뒤돌아서서 손을 내밀었다.

"무슨 일인가, 닉? 나와 악수하기 싫다는 건가?"

"그렇다네. 내가 자네를 어떻게 생각하는지 알지 않는가."

"자네 돌았군, 닉." 그가 빠르게 말했다. "돌아도 단단히 돌았어. 무슨 일로 그러는지 도통 모르겠군."

"톰." 내가 물었다. "그날 오후 윌슨에게 뭐라고 말한 건가?"

그가 말없이 나를 노려보았다. 그날 그 세 시간 동안 무슨 일이 있었는지, 나는 충분히 짐작하고 있었다. 그대로 돌아서서 걸음을 옮기려는 순간, 톰이 다가와 내 팔을 붙잡았다.

"사실을 얘기한 것뿐이네." 그가 말했다. "우리가 떠날 채비를 하

250

고 있는데, 그가 문 앞에 와 있다고 하더군. 집에 없다고 말하라고 시켰는데, 그가 하인들을 밀치고는 막무가내로 위층으로 올라온 거야. 그 차의 주인이 누구인지 말하지 않았으면 나를 죽이고 말았을 거라고. 완전히 미쳐 있었어. 호주머니에 있는 리볼버에서 한순간도 손을 떼지 않았단 말일세." 그가 항변했다. "그래, 내가 말했네. 그게 뭐 어떻다는 건가? 그 개츠비라는 친구. 자기가 자기 무덤을 판 거나 마찬가지야. 그자가 자네를 속인 거야. 데이지를 속인 것처럼 말이야. 그렇지만 그자는 이만저만 막돼먹은 놈이 아니었다고. 길 가던 개를 치고 달아나듯, 머틀을 치고 그대로 달아난 걸 보란 말일세."

나는 아무 말도 할 수 없었다. 그게 사실이 아니었다는 말이 차마 입 밖으로 나오지 않았다.

"혹시 그 일로 내가 아무런 고통도 겪지 않았다고 생각한다면, 그건 오산이네……. 그 아파트에 갔었네. 내놓아야 했으니까. 그 망할 놈의 개 비스킷 상자가 탁자에 있더군. 난 그 자리에 주저앉아 어린 애처럼 통곡을 했지. 정말 끔찍한 일이었다고……."

나는 그를 용서할 수도 좋아할 수도 없었다. 하지만 그가 한 행동은, 적어도 그에게는 전적으로 정당하다는 것을 깨달았다. 그것은 너무도 파렴치하고 추악한 행위였다. 톰과 데이지. 그들은 파렴치한 인간들이었다. 그들은 사물과 사람을 박살 낸 뒤, 자신들의 돈과 거대한 파렴치 뒤로, 두 사람을 묶어주는 것이라면 무엇이든지 간에 그 뒤로 들어가 몸을 숨겼다. 그리고 다른 사람들로 하여금 자기들이 남긴 쓰레기를 치우도록 했다.

나는 그와 악수를 나누었다. 더 이상 거절하는 것도 어리석은 것 같았다. 문득 마치 어린아이와 얘기하는 것처럼 느껴졌기 때문이다. 그는 보석상 안으로 들어갔다. 진주 목걸이 한 세트를 사려는 것일지도, 혹은 커프스단추 한 쌍을 사려는 것일지도 몰랐다. 그는 그렇게 나의 촌스런 결벽증을 영원히 따돌렸다.

내가 떠날 무렵, 개츠비의 저택은 여전히 빈 채였다. 정원의 잔디는 내 집 잔디만큼이나 길게 자라 있었다. 그 마을의 택시 운전사 하나는 그 저택 앞을 지날 때마다 잠시 차를 멈추고 손가락으로 집 안쪽을 가리키지 않고서는 요금을 받지 않았다. 그 사고가 있던 날 밤, 데이지와 개츠비를 이스트에그까지 태우고 온 운전사일 것이다. 그는 그날에 관해 자기 나름대로 한껏 이야기를 지어낸 것 같았다. 그의 이야기를 듣고 싶지 않아, 나는 기차에서 내려 다른 택시를 기다리곤 했다.

나는 매주 토요일 밤을 뉴욕에서 보냈다. 개츠비가 열던 화려하고 현란한 파티들에 대한 기억이 너무 생생해서, 마치 그 음악과 그 웃음소리가 희미하고도 끊임없이 내 귀를 두드리는 것 같았고, 자동차들이 여전히 그 집을 드나드는 것 같았기 때문이다. 어느 날 밤, 나는 진짜 자동차 한 대가 불을 켠 채 그의 현관 계단 앞에 멈추는 것을 보았다. 하지만 무슨 일인지 굳이 알아보려 하지 않았다. 한동안 지구 끝에 가 있느라, 파티가 끝났다는 사실을 미처 모르고 찾아온 마지막 손님일 것이 분명했다.

마지막 날 밤, 짐을 다 꾸리고 내 차를 동네 식료품점 주인에게 넘긴 뒤, 나는 한 번 더 개츠비의 집으로 건너가 그 거대하고 볼품 잃은 실패작을 살펴보았다. 하얀 계단 위에는, 어느 동네 꼬마가 벽돌로 휘갈겨 써놓았을 외설적인 욕설이 달빛을 받아 선명하게 도드라져 있었다. 나는 신발로 돌 위를 문질러 그것을 지웠다. 그리고 배회하듯 해변으로 걸어가 백사장 위에 큰 대大자로 누웠다.

대부분의 큰 해수욕장들이 폐장한 터라 불빛은 거의 없었다. 해협을 가르며 지나는 어느 나룻배에 켜진, 미끄러지듯 흐르는 희미한 불빛 하나가 전부였다. 달이 하늘 꼭대기로 멀어지면서, 보일 듯 말 듯하던 집들은 이제 완전히 어둠 속에 잠겨 사라졌다. 문득 이 낡은 섬이, 한때는 네덜란드 선원들의 눈을 황홀케 했던 신세계의 풋풋한 초록색 젖가슴이었다는 사실이 떠올랐다. 개츠비의 저택을 위해 길을 내어준, 지금은 사라진 그 나무들은 한때 인간의 가장 마지막이자 가장 원대한 꿈을 소곤대며 선원들을 유인했을 것이다. 그들은 마법에 홀린 듯 이 대륙의 존재에 잠시 넋을 잃었을 것이다. 역사상 가장 마지막으로 인간이 놀랄 수 있는 최대한의 놀라움을 안긴 이 대륙을 목도하며 그들은 결코 이해하지 못할, 그리고 결코 욕망조차 하지 못할 비장한 미학적 묵상 속으로 빨려 들어갔을 것이다.

알려지지 않은 옛 세계에 대해 상상하면서, 나는 데이지의 집 선

창가에 빛나던 초록 불빛을 처음 보았을 때의 개츠비를 그려보았다. 그 순간 그가 느꼈을 경이로움에 대해 생각했다. 이 푸른 잔디밭에 도달하기까지 그는 참으로 먼 길을 달려왔다. 꿈이 너무도 가까이 다가왔기에 그것을 놓치는 것은 불가능해 보였을 것이다. 그는 그 꿈이 이미 지나가 버렸다는 것을, 도시 저 너머 거대한 암흑 속 어딘가로, 공화국의 검은 들판이 시커먼 밤하늘 아래에서 출렁대는 그곳으로 사라져버렸다는 것을 알지 못했다.

개츠비는 초록 불빛을 믿었다. 그 짜릿한 미래를 믿었다. 하지만 그것은 한 해 두 해 지날수록 우리들 뒤로 퇴각한다. 그해 여름, 초록 불빛은 우리 곁을 지나쳐 갔다. 하지만 그건 중요하지 않다. 내일이면 우리는 더 빨리 달릴 것이고, 더 멀리 두 팔을 뻗을 것이다……. 그러다가 어느 맑은 아침…….

그렇게 우리는 헤쳐 나아간다. 물살을 거슬러 노를 저으며, 끊임없이 과거로 떠밀려 들어가며.

옮긴이의 글
F. 스콧 피츠제럴드 연보

옮긴이의 글

제1차 세계대전이 끝난 후 1920년대의 미국은 유례없는 경제 호황을 구가했다. 농업과 광업 분야는 침체를 벗어나지 못했지만, 자동차를 필두로 한 제조업이 신기술 도입과 새로운 경영 전략을 통해 대량생산과 대량소비의 경제 패러다임을 주도했고, 주식시장은 투자자들의 즐거운 비명으로 아우성쳤다. 도시 근로자들의 소득이 향상되었고, 중산층의 수도 늘어났다. 이러한 경제적 풍요는 문화적 풍요와 격변으로 이어졌다. 라디오의 보급으로 대중문화가 급격히 보편적으로 확산되었고, 영화 산업과 음악 산업도 절정기를 누렸다. 제1차 여성해방운동의 여파로 여성들은, 특히 대도시의 젊은 여성들은 빅토리아 시대풍의 코르셋을 벗어 던지고 짧은 치마와 짧은 머리, 짙은 화장과 캐주얼 섹스, 그리고 재즈를 즐겼다. 미국의 1920년대를 가리켜 '광란의 20년대Roaring 20s', '재즈 시대

Jazz Age'라고 부르는 것은 이러한 배경에서다. 뉴욕, 시카고, 필라델피아 등 동부의 메트로폴리탄들은 그 '광란'의 주요 무대로 성장했다.

미국의 1920년대는 또한 긴장과 모순이 팽팽하게 감돌던 시기이기도 했다. 대중적으로는 민주주의와 개인의 자유에 대한 욕구와 기대가 비약적으로 높아지는 한편, 정치적으로는 배타주의와 엄숙주의가 강화되었다. 모든 알코올음료의 상업적 제조와 판매를 금지한 1919년의 금주법禁酒法은 도덕적 엄숙주의가 정치적으로 표현된 대표적인 사례로서, 이를 계기로 밀주密酒 제조와 판매를 독점하는 마피아 집단이 양산된 것은 잘 알려진 사실이다.

러시아 사회주의 혁명의 승리를 계기로 미국의 노동운동이 급진적인 성격을 띠기 시작했고, 노동쟁의와 이에 대한 잔인한 탄압이 꼬리를 문 것도 이 당시였다. 전쟁에서 돌아온 흑인들이 시민권을 요구하면서 KKK단으로 대표되는 백인우월주의의 폭력이 기승을 부리기도 했다. 풍요와 갈등, 쾌락과 폭력, 희망과 혼돈이 불안하게 공존하던 1920년대는 1929년 10월 대공황의 시작과 더불어 끝을 맺는다. 그리고 어둠 속에서도 초록 불빛의 존재를 믿었던 많은 이들의 아메리칸 드림도 그렇게 사그라진다.

F. 스콧 피츠제럴드Francis Scott Key Fitzgerald(1896~1940)의 《위대한 개츠비》는 이러한 시대상을 배경으로 탄생한 작품이다. 서부의 가난한 농사꾼의 아들인 제이 개츠비는 늘 원대한 꿈을 지니고 살았다. 신의 아들처럼, 그 누구도 도달하지 못한 전지전능한 위인이 되고자 어릴 때부터 엄격하게 자신을 갈고 닦으며 인생을 뒤바꿔줄 환상의 길모퉁이를 기다린다. 그러다가 루이빌의 부잣집 딸 데이지 페이를 만나면서 그의

꿈은 그녀와의 절대적 사랑을 완성하는 것으로 대체된다. '돈으로 가득 찬 목소리'를 가진 그녀와 해후하기 위해 물불을 가리지 않은 그는, 마침내 온갖 부정한 방법으로 거부巨富가 되어, 그러면서도 거룩하다 싶을 정도로 오염되지 않은 영혼을 간직한 모습으로 데이지 앞에 나타난다. 그러나 '궁전같이 하얀 저택과 회색빛 재의 골짜기'가 음울하게 공존하는 곳, '문명의 잿더미'이자 '도덕의 황무지'인 동부에서, 물질주의와 허세와 위선과 기만에 난도질당한 개츠비는 '장미 한 송이가 얼마나 괴기스러울 수 있는지, 풀 위에 내리쬐는 햇볕이 얼마나 잔인할 수 있는지'를 깨달으며 마침내 죽음을 맞는다.

F. 스콧 피츠제럴드는 어니스트 헤밍웨이Ernest Miller Hemingway(1899~1961), 에즈라 파운드Ezra Loomis Pound(1885~1972), T. S. 엘리엇Thomas Stearns Eliot(1888~1965) 등과 더불어, '상실의 세대Lost Generation'로 불리는 문학 집단을 대표하는 작가로 꼽힌다. 제1차 세계대전을 거치며 인간의 순수함이 상실되는 것을 목도한 이들은 사실주의 기법으로 현실을 표현하는 기존의 문학 관행에 한계를 느끼고 의식의 흐름, 시간적 연속성의 파괴, 풍부한 상징 기법 등을 동원하는 새로운 형태의 문학적 모더니즘을 추구했다.

이 책《위대한 개츠비》역시 당시로선 무척이나 신선하고 흥미로운 이러한 기법들로 독자를 숨 막힐 듯 사로잡았다. 내레이터 닉 캐러웨이의 '안에 있기도 하고, 또 밖에 있기도 한' 이중적이고 경계적이며 시적인 시선은 이야기의 긴장과 감동을 극대화한다. 또, 단 하나의 색깔이나 사물도 무심히 읽고 지나칠 수 없을 정도의 무수한 상징과 복선은 페이지를 앞에서 뒤로 넘기는 '단선적인 읽기' 행위에 제동을 걸며 인생의 수수께끼뿐만 아니라 언어 세계의 수수께끼 안으로 독자를 끌어들인다.

《위대한 개츠비》는 물질적 욕망으로 가득 찬 아메리칸 드림의 비극적 에너지를 문학적으로 가장 완성도 높게 보여준 작품으로 꼽힌다. 하지만 모든 글이 그러하듯 이 작품 역시 하나의 결론적 메시지를 염두에 두고 감상할 필요는 없을 것이다. 독자에 따라서는 아름답고 슬픈 한 편의 사랑 이야기로, 문명 이전의 삶에 대한 불가능한 노스텔지어로, 혹은 감성적 카타르시스를 이끌어내는 유려한 언어적 조각품으로 받아들일 수 있을 것이다.

인도 출신의 석학 가야트리 스피박Gayatri Chakravorty Spivak(1942~)은 "시를 읽고 싶어서 외국어를 배웠다"라고 말한 적이 있다. '외국어(특히 강대국의 언어)가 곧 권력으로 군림하는' 세태를 비판하는 맥락에서 언급된 말이긴 하지만, 내게는 '시의 번역 불가능성'을 지적하는 것으로도 받아들여진다. 《위대한 개츠비》는 '장문의 산문시'라 해도 과언이 아니다. 다중적 의미를 전달하기 위해 치밀하게 선택된 수많은 단어들과 비장한 운율은 물론이거니와 단어와 단어 사이의 공백과 쉼표 하나까지도, 결코 무심히 지나칠 수 없는 의미심장한 시어詩語의 역할을 한다. 원문의 이러한 아름다움과 짜릿함을 우리말로 온전히 번역할 수 없다는 것이 큰 안타까움으로 남는다. 여건이 허락되는 독자라면 꼭 원문으로 다시 한 번 읽어볼 것을 권하고 싶다. 그렇지 않은 독자라면, 아름다운 시 한 편이 전해주는 전율을 느끼기 위해 외국어를 익히는 것도 그 어떤 '실용적' 목적 못지않게 가치 있는 일일 수 있다고 감히 말하고 싶다.

F. 스콧 피츠제럴드 연보

1896년　9월 24일 미국 미네소타 주 세인트폴의 상류층 가톨릭 집안에서 에드워드 피츠제럴드Edward Fitzgerald와 몰리 맥퀼리언Mollie McQuillan 사이에서 태어남. 이름 'Francis Scott Key'는 미국 국가 〈성조기여 영원하라The Star-Spangled Banner〉를 작사한 시인이자 그의 먼 친척인 프랜시스 스콧 키에게서 물려받은 것임.

1898년　아버지의 사업 실패로 일자리를 따라 뉴욕 주로 이사함.

1901년　여동생 애너벨Annabel이 태어남.

1909년　첫 단편 작품 〈레이먼드 저당의 신비*The Mystery of the Ray-*

mond Mortgage〉를 세인트폴 아카데미에서 발행하는 잡지《지금과 그때 *Now and Then*》에 발표함.

1911년 뉴저지 주의 뉴먼 스쿨에 입학. 시릴 시고니 웹스터 페이Cyril Sigourney Webster Fay 신부를 만남. 그는 피츠제럴드의 지적知的 자아 형성에 중대한 영향을 끼침.

1913년 프린스턴 대학에 입학. 미국 문단에서 크게 활약한 에드먼드 윌슨Edmund Wilson, 시인 존 필 비숍John Peale Bishop과 친구가 됨. 여러 동아리나 학회 활동을 하며 글을 썼고, '유니버시티 코티지 클럽 University Cottage Club'에서는 아직도 피츠제럴드가 썼던 책상을 전시 하고 있음.《나소 문학잡지*The Nassau Lit*》와《프린스턴 타이거*The Princeton Tiger*》에 단편소설, 희곡, 시 등을 발표.

1914년 세인트폴에서 일리노이 주 레이크포리스트의 부유한 가정 출신의 16세 소녀 지니브러 킹Ginevra King을 만남. 킹에게서 가난하다 는 이유로 만남을 거절당하는데, 이 경험은 훗날 그의 모든 작품에 중요 한 모티브가 됨.

1917년 대학을 중퇴하고 미국 보병대에 입대하여 소위로 임관됨. 장 편소설《로맨틱 에고이스트*Romantic Egoist*》의 집필을 시작함.

1918년　앨라배마 주 대법관의 딸 젤다 세이어Zelda Sayre(1900~1948)를 만남. 탈고를 끝낸《로맨틱 에고이스트》의 원고를 스크리브너즈 출판사Scribner's에 보내지만 출간을 거절당함.

1919년　제1차 세계대전이 끝나자 2월에 제대하고 뉴욕에 있는 배런 콜리어Barron Collier 광고 회사에 입사하지만 피츠제럴드의 미래가 불투명하다는 이유로 젤다가 약혼을 파기함. 이후《로맨틱 에고이스트》의 개작에 몰두하여, 스크리브너즈 출판사에서《낙원의 이편This Side of Paradise》이라는 제목으로 출간하기로 결정됨.

1920년　3월 26일《낙원의 이편》이 출간되자 엄청난 경제적 여유와 인기를 얻으며 남부로 돌아와 젤다와 약혼하고 4월에 뉴욕에서 결혼함. 잡지《스마트 셋The Smart Set》에 〈오월제May Day〉를,《새터데이 이브닝 포스트The Saturday Evening Post》에 〈말괄량이 아가씨들과 철학자들Flappers and Philosophers〉을 발표함.

1921년　5월부터 8월에 걸쳐 영국, 프랑스, 이탈리아를 여행하고 8월에 세인트폴로 돌아옴. 10월에 딸 프랜시스 스코티Frances Scottie가 태어남.

1922년　《아름답고도 저주받은 사람들The Beautiful and Damned》이 출간되고 워너브라더스에 판권이 팔려서 훗날 영화로 만들어짐. 9월에는 단편집《재즈 시대의 이야기*Tales of the Jazz Age*》를 출간함.

화이트 베어 요트 클럽White Bear Yacht Club에서 《위대한 개츠비*The Great Gatsby*》의 초기 줄거리를 구상함. 이후 뉴욕으로 돌아와 10월 그레이트 넥Great Neck 게이트웨이 드라이브 6번지로 이사하고 뉴욕을 오가면서 호화롭게 생활하며《위대한 개츠비》의 배경이 되는 세상에 대해 파악하게 됨. 〈겨울 꿈*Winter Dreams*〉을《메트로폴리탄*Metropolitan*》 12월호에 게재함.

1923년　장편 희곡 〈야채*The Vegetable*〉로 애틀랜틱 시에서 시험 공연을 하는 데 실패한 후 빚을 갚기 위해 5개월 동안 단편소설 집필에 전념함.

1924년　유럽으로 이주하여 프랑스 파리와 니스 등지에서 거주. 프랑스 남부의 앙티브에서 만난 제럴드 머피Gerald Murphy와 사라Sara 머피 부부는《밤은 부드러워*Tender Is the Night*》에 나오는 다이버Diver 부부의 모델이 됨.《위대한 개츠비》의 초고를 집필하고 개작에 들어감.

1925년　《위대한 개츠비》출간. 파리 몽파르나스에서 어니스트 헤밍웨이를, 파리 근교에서 이디스 워튼Edith Wharton(1862~1937)을 만남.

1926년　잡지《레드북*Redbook*》에 〈부잣집 아이*The Rich Boy*〉를 1월에 발표하고,《모든 슬픈 젊은이들*All the Sad Young Men*》을 2월에 출간함.

1927년　할리우드 영화사에서 일하기 시작함.《밤은 부드러워》에 나오는 로즈마리 호이트Rosemary Hoyt의 모델이 된 여배우 로이스 모런Lois Moran과 사귀며 젤다와 큰 갈등을 빚음.

1929년　〈벨라의 최후*The Last of the Belles*〉를《새터데이 이브닝 포스트》에 발표함. 프랑스와 이탈리아를 여행함.

1930년　젤다가 신경쇠약 증세를 보이기 시작하여 치료를 위해 스위스로 이주함.

1931년　아버지의 사망으로 미국에 돌아옴. 〈다시 찾은 바빌론*Babylon Revisited*〉을《새터데이 이브닝 포스트》2월호에 게재함. 다시 할리우드로 가서 메트로-골드윈-메이어MGM사에서 영화 시나리오를 씀.

1932년　젤다가 메릴랜드 볼티모어의 존스홉킨스 대학 병원에 입원함. 젤다는 자신의 유럽 생활 경험을 바탕으로 소설을 쓰고 피츠제럴드의 편집자에게 보내어 10월 7일 첫 장편소설《나를 위해 왈츠를 남겨주오*Save Me the Waltz*》가 출간됨.

1934년　젤다가 신경쇠약으로 쓰러져 메릴랜드의 정신병원에 입원함. 4월에 장편소설《밤은 부드러워》가 출간됨.

1935년　피츠제럴드가 병에 걸려서 휴양하기 위해 트라이턴과 애슈빌에 머묾.《기상 시간에 소등나팔을 *Taps at Reveille*》이 출간됨. 에세이집 《몰락 *The Crack-Up*》을 준비함.

1936년　젤다가 애슈빌의 하일랜드 정신병원에 입원함. 피츠제럴드의 어머니 사망.

1937년　피츠제럴드는 세 번째로 할리우드로 가서 MGM과 6개월간 계약을 맺음. 이 무렵에 칼럼니스트 셰일러 그레이엄 Sheilah Graham과 만나, 그가 사망할 때까지 연인으로서 교제함.

1938년　할리우드 MGM사와 계약이 종료됨.

1939년　할리우드에서 프리랜서 시나리오 작가로 일함.《마지막 거물의 사랑 *The Love of the Last Tycoon*》의 집필에 착수함. 알코올 중독 증세가 계속됨.

1940년　《에스콰이어 *Esquire*》에 〈적절한 취미 *Pat Hobby*〉를 발표함. 12월 21일 그레이엄의 집에서 심장마비로 사망. 12월 27일 메릴랜드 로크빌 유니언 묘지에 묻힘.

1941년　미완성 유작인《마지막 거물 *The Last Tycoon*》을 친구 에드먼드 윌슨이 편집해서 출간함.

　1948년　하일랜드 병원에서 발생한 화재로 입원하고 있던 젤다가 사망. 젤다는 스콧과 함께 로크빌 유니언 묘지에 묻혔다가 1975년 세인트 메리 가톨릭교회묘지로 함께 이장됨.